KB060608

의미 있는 생

의미 있는 생

박 경 숙 소설

문이당

작가의 말

나는 스스로를 경계인 소설가라 칭한다. 짧지 않은 세월동안 고국과 미국의 경계에서 소설을 써왔다. 세상이 알아듣지 못하는 말들을 가슴에 품고 나 혼자 앓아왔는지도 모르겠다. 그래도 여기까지 온 것은 더러 감동하고 좋아해 주는 이들이 있었기 때문이다. 그들의 격려가 힘이 되어 나를 뚜벅뚜벅 걷게 했다.

이제 세 번째 소설집을 묶는다. 첫 번째 소설집은 타국의 삶이 절실히 체감되지 않는 태생적 안일함에 그저 중얼거린 감수성의 잔재였다. 두 번째 소설집은 비로소 절감된 이민의 삶에 상처받고, 아픔과 분노를 흩뿌린 좀 독한 것이었다. 그리고 이제 나는 무엇을 썼는가?

나는 아직 아프다. 그럼에도 세월은 나를 다독거린 듯도 하다. 소설 속에 그려낸 타인의 삶에 내 아픔을 숨기며 위로받았다. 때로 송곳처럼 일어서는 분노를 다스리며 꾸역꾸역 소설을 써왔다. 지난 10년 거북이걸음처럼 이어져 온 나의 작업이 다시 책 한권이 되었다. 허투루 낭비했던 내 시간들을 이 책을 통해 용서받을 수 있기를 소망해본다. 나를 지켜보고 사랑하는 이들로부터.

하늘에서 세상을 굽어보는 분은 내게 말한다.
'이 쓸데없는 존재야! 너는 이렇게라도 하고서 내게 돌아오라. 너의 소설이 배설이 아닌 분만이 될 때 너는 그 쓸데없음을 벗어날 수 있을 것이다. 마지막의 진정한 분만 위해 너의 생애는 내내 산통을 겪는 것이 당연하다.'
이토록 잔인한 말은 정말 하늘에서 온 것인지 아니면 내 깊은 곳에서 솟아난 것인지 알 수 없다. 나는 어쩌면 하늘의 뜻과 인간적 카타르시스의 경계에 서 있는 듯하다. 나의 소설도 그러하다. 얼마나 더 아파야 내 쓸데없음을 버릴 수 있는 소설을 쓸 것인가.

나는 죽기까지 거기 이르지 못할지도 모른다. 그럼에도 아직은 더 걸어가야 할 삶의 길 위에 오늘만큼의 발자국을 찍어본다. 언젠가는 그 흔적에 빛이 실릴 것을 꿈꾸며.

지적의 바다에서 바람이 불어온다. 고국 땅 내륙에서 태어났던 나는 참 멀리도 와서 실컷 바다를 보며 살고 있다.

2021년 늦가을
캘리포니아 샌디에고에서
박 경 숙

차례

작가의 말

의미 있는 생

　바람이 산들 불어왔다. 한쪽 팔로 눈을 가리고 자는 척 누운 내 얼굴 위로 초가을 바람과 아버지의 체취가 뒤섞였다. 방문객들이 쉬기 좋게 지붕을 드리운 정자였지만, 툭 트인 사면으로 오후의 햇빛이 들이쳤다. 이마에 올려놓은 왼팔 틈으로 햇빛 입자가 스며 눈이 부셨다. 나는 슬그머니 몸을 돌려 아버지를 등지고 거의 엎드린 자세를 했다. 그 바람에 마룻바닥에 깔린 비닐 돗자리가 내 몸에 밀리며 부스럭 소리를 냈다. 마치 그 소리가 신호이기나 하듯 아버지는 한동안 꾹 다물었던 입술을 움직여 졸졸 말을 쏟기 시작했다. 아버지의 말은 마치 기다란 고무호스에서 끊임없이 쏟아져 나오는 물처럼 느껴졌다. 내 귀로 쏟아지지만 손등으로 슬그머니 닦아버리면 햇빛과 바람에 말라버릴 물. 아버지의 몸은 고무호스였다. 군데군데 색이 허옇게 바랜, 헐어버린 표면에 보이지 않는 구멍들이 여러 개 뚫려 있어 엉뚱한 곳으로 물이 새나가기도 하는……. 고무호스는 아버지의 생만큼 길고 볼품없었다.

"그러니까 말이지. 나는 그때…… 참, 신통방통한 아이였단다. 흐흐흐……."

웃는 건지 우는 것인지 모를 그 웃음소리가 으레 이어졌다. 나는 조금 더 몸을 돌려 돗자리 위로 아예 엎어져버렸다. 제발 그 자세가, 당신의 말을 더 이상 듣고 싶지 않아요, 라는 뜻으로 아버지에게 전달되길 바라면서. 이번엔 내 몸에 비닐돗자리가 밀리지 않도록 조심스레 움직였다. 또 한 번 부스럭 소리가 나면 아버지의 목소리가 좀 더 커질 것 같았기 때문이다.

내 등으로 아버지의 말이 쏟아졌다. 마치 살아온 세월만큼 찌꺼기가 농축돼 구릿한 냄새를 풍기는 미지근한 물처럼……. 어느 날에 아버지는 몹시 뜨거웠던 지도 모른다. 그리고 또 어느 날은 차갑기도 했을 것이다. 오랜 시간이었다. 아버지와 내가 인연지어 살아온 꼭 서른 해의 세월. 나는 그 서른 해를 다 기억할 수는 없다. 아버지란 존재가 기억회로에 새겨진 시점이 언제부터인지 정확히 기억하는 사람이 있을까.

"너 어릴 때에, 넌 임마! 누굴 닮았는지 공부도 못했고 싸움만 잘 했잖냐? 나는 말이다. 나는 정말 싸움 같은 건 할 줄도 모르는 착한 아이였다. 전교 1등은 늘 내 차지였지. 단 한 번 그 아이에게 빼앗긴 적은 있었지만 말이야. 그 아이…… 그 아이 말이다. 아니, 지금은 나만큼 늙었겠지?"

아버지가 내 등에 손을 얹었다. 9월 초순 햇살에 조금 더위를 느끼던 나는 아버지의 체온을 견디지 못하고 화다닥 일어나 앉았다.

"또 그 소리예요? 제발…… 그 아이인지 계집애인지 아줌마인지 땜에 여기까지 쫓겨 오고도 정신을 못 차려요?"

나는 그만 아버지의 얼굴에 대고 소리를 지르고 말았다.

"이놈이 왜 지랄이냐? 미친 놈!"

아버지가 화난 표정을 지었지만 그 목소리는 힘이 쑥 빠져 있었다. 아버지의 벌어진 입술 사이에서 악취가 풍겨왔다. 호스에서 물이 새는 게 맞는다면 그건 썩은 물일 것이다. 필시 아버지의 몸과 정신은 썩고 만 것이리라.

"미친 건……."

나는 거기까지 말하다 그만두었다. 미친 건 내가 아니라 당신이라고 말하려다.

아버지가 늘 집에 있게 된 게 언제부터였던지 기억에 없다. 그는 혼자서 밥을 차려먹고 담배를 피우고 소주를 마셨다. 아침 일찍 곱게 화장을 하고 나간 어머니가 피로에 지쳐 집에 돌아온 저녁이면, 싱크대에 더러운 그릇과 컵이 쌓이고 거실엔 내팽개쳐진 빨래들이 어질러져 있었다. 어머니는 그것들을 바라보며 한숨을 쉬었다.

"내가 미친년이지. 저런 사람을 뭘 보고……."

어머니는 곱게 생긴 얼굴이었으나 늘 지친 표정이 늙어보였다. 어머니는 아버지보다 무려 일곱 살이나 나이가 많았다. 아버지를 선택했던 자신을 스스로 미친년이라 말한 어머니는 정말 미쳤다고 생각되는 아버지를 3개월 전 이곳으로 보냈다. 그동안 두 번, 나는 어머니와 함께 아버지를 만나러 왔었다. 처음 왔을 때 아버지는 덩치 큰 보호사와 함께였다. 약물치료 덕분인지 많이 얌전해져 있었지만, 아버지를 지키는 보호사의 눈길은 날카로웠다. 옛날 상머슴처럼 우락부락 생긴 중년남자가 고운 보라색 가운을 입고 눈을 번득이는 게 우습기만 했다. 단 한 마디도 입을 떼지 않던 아버지는 치료를 받은 게 아니라 마치 심한 고문에 입을 다문 듯 눈도 마주치려 하지 않았다. 아니면 자신이 부렸던 난동을 기억하고 부끄러워하는지도 몰랐다.

두 번째 면회는 면회실 밖으로 나가는 게 허락되었다. 덩치 큰 보호사도 따라붙지 않았다. 흰 면직에 국화무늬가 프린트 된 환자복을 입은 아버지는 잔디가 잘 가꾸어진 병원 뜰을 걸으며 무표정한 얼굴을 했다. 본래 왜소한 체구가 더 여윈 듯, 어쩌다 돌풍이 불면 허공으로 날려갈 것만 같았다. 어머니는 멀찍이 서서 뜰을 거니는 아버지와 나를 바라보기만 했다.

그리고 오늘 나는 세 번째 면회를 왔다. 혼자 오기로 했던 건 아니었다. 오늘 아침 어머니는 말했다.

"난 이제 네 아버지 보고 싶지 않다. 오늘 면회는 너 혼자 가렴. 담당의사는 곧 퇴원해도 된다지만 난 네 아버지를 다시 받아들일 생각이 없다."

어머니는 나를 바라보지도 않은 채 성경책을 챙겨들고 일어섰다. 예정대로라면 오늘 나는 어머니를 따라 교회로 가 하품을 하고 앉았다가 예배가 끝나는 대로 같이 여기로 왔을 것이다.

"자동차는 두고 가마."

막 현관을 나서려던 어머니가 고개를 돌려 했던 말은 나에 대한 배려도 친절도 아니었다. 대중교통 수단으론 도저히 갈 수 없는 골짜기 병원을 어떻게든 내가 가게하려는 의도에서였다.

아버지의 입이 조금 벌어져 있었다. 마치 물이 새기를 멈춘 낡은 호스구멍 같은 그의 입속이 꺼멓게 들여다보였다. 나는 한숨을 내쉬며 비닐 돗자리 위에 다시 누웠다. 아버지가 물끄러미 나를 내려다보았다.

"고놈 참, 잘 생겼구나. 인물은 어미를 닮아 나보다 낫지만, 머리는 또 제 어미를 닮아 나만 못하지."

나는 막 팔을 뻗어 이마 위로 올려놓으려다 다시 졸졸졸 말이 새기 시작하는 아버지를 바라봤다. 슬며시 웃음을 머금은 늙은 남자의 표정이 제법 아버지다워 나는 화를 내지 않기로 하고 눈을 감았다. 57년의 길이를 가진 낡은 고무호스에서 또 물이 졸졸 쏟아지고 있었다.

"그 아인 필시 천사였던 거야. 내겐 그렇게 생각됐단다. 하얗고 통통한 두 볼과 숱이 많은 검은 머리를 양 갈래로 땋아 내린 끝엔 분홍색 리본이 나풀거렸지. 흰 블라우스를 받쳐 입은 빨간 스커트 밑에 하얀색 타이즈를 입고, 발등으로 끈이 매어지는 빨간 구두를 신고 있었어."

나는 꿈꾸는 늙은 남자의 목소리가 점점 감미로워지는 걸 느꼈다. 슬쩍 눈을 뜨고 그를 바라봤다. 초가을 햇살이 환하게 어린 아버지의 얼굴이 빛 속에 둥실 뜬 듯했다. 왜 그런지 내 마음이 착 가라앉았다. 아버지의 말이 이어졌다.

"그 애는 나의 꿈이었어. 다가갈 수 없었지만, 다가갈 필요도 없었단다. 그저 멀리서 바라보기에 족한 꿈이었지."

그가 낮은 웃음소리를 냈다.

"그럼 왜 엄마랑 결혼했어요? 그 여자애인지 아줌만지 잡지 않고……."

나도 모르게 대꾸하고 말았다.

"내가 말했잖아. 다가갈 필요도 없었다고……. 그냥 그런 아이가 이 세상에 존재한다는 것만으로도 나는 족했단다."

"참, 그렇다면 왜 지금에 와서 찾는 거예요? 그것도 혼자서 조용히 찾지 못하고 왜 엄마나 내 앞에서 그 여자 얘기를 하기 시작한 거냐고?"

아버지는 이마에 올려놓은 팔 밑으로 반쯤 눈을 뜬 나를 바라보며 히죽 웃었다.

"이제는 찾을 때가 된 거지. 언젠가부터 네 어미가 날 버렸잖니."

"그럼 그 여자가 엄마 대신이란 말예요?"

"그건 아니다. 나는 네 엄마와 부부가 된 예의를 지키려 했었다."

"예의?"

"그래, 예의……."

나는 아버지를 향해 비스듬히 떴던 눈을 바로하며 생각에 잠겼다. 이마에 올려진 팔을 슬쩍 비켜 하늘을 봤다. 하늘이 파랬다. 구름 한 점 없는 하늘은 바로 내 앞에 있거나 너무나 멀어보였다. 파란 하늘 앞에 갑자기 내 속이 텅 비어버리는 것 같았다. 텅 빈 내 안으로 아버지의 목소리가 계속 울려왔다.

"네가 아직 장가를 못 갔으니 부부간의 예의라는 게 뭔지 알기나 하겠냐? 난 말이다. 평생 그 여자애를 마음에 품고 살았어도 네 엄마에겐 성실했다. 비록 내가 돈을 못 버는 날이 왔어도 가정을 지키고 네 엄마 곁에 있었으니……."

텅 빈 내 속이 갑자기 흔들리기 시작했다. 내 안의 공명에 웃음소리가 가득 찼다.

하하하하! 아버지가 엄마 곁을 지켰다고? 아버지가 엄마를 떠나 뭘 할 수 있는데? 엄마가 매일 아침 출근해 코흘리개 아이들과 씨름하다 들어오면, 아버지가 하루 종일 꼼짝 않고 앉았던 냄새나는 집안을 통풍시키고, 쓰레기를 내다버리고, 쌓인 설거지를 하고서 밥을 지어야만 아버지는 방에서 나왔잖아. 그게 엄마 곁을 지키는 거였나? 엄마는 차라리 당신이 떠나주길 바랄 거야. 어쩌면 아주 죽음으로라도…….

나는 웃었으나 속엣말은 뱉지 못했다.

"이 녀석이 왜 웃고 지랄이야? 대학까지 가르쳐 놓았어도 어디 가서 돈 한 푼 못 벌어오는 주제에!"

아버지의 말이 바늘 침처럼 튀어 내게 돌진해왔다. 미친 아버지가 멀쩡한 아들의 가슴을 이렇게 날카롭게 후빌 수가 있다니……. 나는 그만 벌떡 일어나 앉았다. 아무렇지도 않게 히죽 웃는 아버지의 면상에 주먹을 한 방 날리고 싶은 충동이 내 얼굴 근육을 불룩거리게 했다.

아버지란 아무리 화가 나도 쥐어 팰 수는 없는 존재다.

누가 가르쳐줬던 것인지 머릿속에 떠오르는 한 문장에 나는 쥐었던 주먹을 스르르 놓았다. 김빠지게 흘러나오는 한숨이 나를 조금 가라앉혔다. 하긴 그의 말이 틀린 것도 아니었다. 내가 이 시대에 넘쳐나는 청년 백수의 한 자리를 채우고 있는 것만은 사실이니까. 거기다 초등학교 때부터 수석을 놓치지 않았다는 아버지의 일류 학벌을 따라갈 수도 없는, 삼류대학 경영학과를 겨우 졸업한 처지였다.

전문대학을 나와 유치원 교사자격증을 땄던 미모의 어머니가 긴 연애에 실패한 후 아버지를 만났다는 걸 외삼촌에게 들은 적이 있었다. 대학을 졸업하고 막 사회에 나왔던 아버지는 좋은 학벌에도 대기업에 들어가지 못하고 작은 개인회사의 직원이 되었다. 아버지는 못생긴 외모에 말재주도 변변치 못했다. 외삼촌은 아버지와 같은 사무실에서 일했다. 외삼촌을 통해 어머니를 알게 된 아버지는 어머니의 미모에, 어머니는 아버지의 학벌에 족하여 결혼했다고 했다. 어머니는 학벌이 능력과 비례하지 않는다는 걸 몰랐던 게 분명했다.

언제부턴가 아버지는 늘 집을 지켰다. 그 구멍가게만한 회사가 그만 거덜이 나버린 것이다. 아버지와 함께 일하던 외삼촌은 벌써 다른 곳으로 옮겨간 뒤였고, 아버지는 회사가 문을 닫자 갈 곳이 없었다. 어쩌면 그는 아무 일도 하고 싶지 않았던 지도 몰랐다. 어머니가 하루 종일 비운 집에서 몽상에 젖어 지내는 게 자신에게 딱 맞는 삶이라고 생각하는 것도 같았다.

나는 집을 지키는 아버지를 보며 성장했다. 아버지는 늘 내 숙제를 봐주고 시험공부를 시키며 나름 자신의 역할을 했다. 내 머리에 하루에도 몇 번씩 꿀밤을 먹이는 것도 아버지의 일 중 하나였다.

"너는 왜 이렇게 머리가 나쁘냐? 날 닮지 않고 네 엄마를 닮은 거야. 반드르르한 얼굴에 머리는 깡통인 게 영 네 엄마라니까!"

아버지가 내 숙제를 봐주며 늘 하던 소리였다. 그가 내 공책을 팽개치고 담배를 한 대 피워 물고 베란다로 나가면, 나는 쪼르르 안방으로 들어가 어머니의 화장대 앞에 앉았다. 먼지인지 분가루인지가 늘 뿌옇게 내려앉은 흐린 거울에 나를 비춰봤다. 사람들은 나를 보면 잘생겼다고 했다. 아니, 사내답게 생기기보다 어머니를 닮아 계집애처럼 예쁘다고 했다. 나는 아버지의 못생긴 얼굴을 닮지 않아 다행이라 여겼지만, 어머니의 나쁜 머리를 닮았다는 말은 듣기 싫었다. 어머니의 얼굴에 아버지의 머리를 닮아 나왔다면 얼마나 좋았을까, 한숨을 쉬며 어른이 됐다. 하지만 우리 가족은 그 머리 나쁜 어머니가 벌어오는 돈으로 연명하고 있었다. 머리 좋은 아버지가 했던 일은 내가 초등학교에서 대학에 들어가기까지 공부를 봐준 것뿐이었다. 어머니는 내심 아버지가 제 역할을 하고 있다고 생각하는 듯 별 불만을 표하지 않았다. 아버지가 하루 세 끼를 꼬박 챙겨먹고 부엌에 쌓아놓은 그릇들에 대해서도, 고린내 나는 양말짝들이 거실을 굴러다니는 것에 대해서도 별 말을 하지 않았다. 다만 아름다운 어머니는 점점 늙어갔다.

아버지의 집안 과외지도에도 불구하고 내가 변두리 삼류 대학밖에 진학하지 못하자 어머니의 태도가 돌변했다. 어머니는 학벌이 좋은 아버지를 만나 아이를 낳으면 저절로 아이의 학벌쯤은 좋아질 거라 믿었는지도 몰랐다. 어머니는 퇴근을 하고 들어와 거실에 흩어진 빨래들을 발로 툭툭 밀어 욕실 앞으로 가져가며 말했다.

"집구석에 앉아 있으려면 아이라도 제대로 가르쳐놓던가, 공밥 먹고 앉아 겨우 애를 삼류 대학이나 보내다니……."

혼자 구시렁대는 말 같았지만 어머니는 아버지가 들으라는 듯 목소리를 높였다.

"아무리 가르쳐도 지가 모자라 그런 걸 나보고 어쩌라고? 그나마 다행인 줄이나 알아. 그래도 서울 안의 대학에 들어갔잖아. 지방으로 가거나 거기도 못 가 낙오되는 애들이 얼마나 많은데……. 이만큼 된 것도 다 내 덕인 줄이나 알라고."

어느 새 뒤에 서서 당당하게 말하는 아버지를 어머니가 흘긋 고개를 돌려 쏘아보았다.

아마 그때부터였을 것이다. 두 사람이 방을 따로 쓰기 시작한 게……. 협소한 시립아파트엔 그래도 방이 세 개였다. 안방과 내 방을 뺀 현관 앞의 쪽방은 오랫동안 창고처럼 쓰던 방이었다. 아버지는 침구를 들고 쪽방으로 갔다.

어머니는 자주 화를 냈고, 그럴 때마다 어깨를 움츠리던 아버지는 어느 날부턴가 혼자 히죽히죽 웃는 시간이 많아졌다. 나는 부모에게 갱년기라는 게 왔다는 걸 알았기에 그들의 어긋난 시간을 신경 쓰지 않았다. 아버지의 웃음은 그저 상황을 모면하려는 비굴함, 혹은 현명함으로 보이기까지 했으니까. 부모는 늙어 갔지만 나는 청춘이었다. '꽃미남'이란 말이 내 트레이드마크처럼 따라다녔다. 어머니가 젊어서 그 예쁜 얼굴 때문에 몇 명의 남자를 만났는지 모르지만, 내겐 많은 여자애들이 있었다. 나는 확실히 아버지와는 다른 청춘이었다. 더러는 부잣집 딸이었고, 더러는 가난했다. 하지만 그런 것들은 그 애들을 버리거나 붙잡을 요인이 되지 못했다. 여자애들은 그저 지나갔다. 그리고 나는 지금 서연이를 만나고 있다. 서연이는 나보다 일곱 살이나 아래이다. 아버지가 일곱 살 연상의 어머니를 택한 걸 만회라도 하듯, 나는 일곱 살 어린 서연이에게 정을 들였다. 어머니처럼 예쁘지도 아버지처럼 못생기지도 않은 서연이는 우리 집 앞 은행 창구에 앉아 있었다. 학자금 대출을 갚으라는 독촉에 무직증명을 하기 위해 갔을 때 그녀가 거기 있었다. 그녀는 내 꽃미남 외모에 반하고 말았다. 나는 상냥하고 어린 그녀가 편했다. 내 사정을 뻔히 아는 그녀는 분식집과 자판기 커피를 즐겼고, 가끔은 나를 고급 식당으로 데려가기도 했다. 내가 그녀에게 베풀어줄 수 있는 것은, 어머니가 출근하지 않는 날 아파트 앞에 세워놓은 낡은 차를 끌고 가 드라이브 하는 것이었다.

그 자동차는 출퇴근 시간의 만원 지하철에 지친 어머니가 몇 년 전에 겨우 마련한 것이었다. 어머니 친구가 운영하던 유치원이었지만, 늙은 얼굴로 교실에 들어서지 말라는 원장의 명령에 아이들 간식이나 챙기며 잡무를 맡던 어머니였다. 젊은 교사가 아이들이 고물거리는 교실에 서 있는 걸 보며 어머니는 때로 배변 훈련이 덜 된 아이들이 바닥에 지린 오줌을 닦고, 소화불량에 걸린 아이들이 게워낸 토사물을 치웠다. 어머니는 명칭만 원장 대리였다. 그러다 건강 땜에 집에 들어앉게 된 원장의 고물차를 헐값에 인수했다.

홧김에 일어나 앉자 바지주머니 속에 든 자동차 열쇠가 세워져 내 허벅지를 찔렀다. 나는 어서 이 보잘 것 없는 아버지를 병실에 밀어 넣고 서연이한테 가고 싶었다. 그녀를 태우고 어디론가 쏜살같이 달려가고 싶었다.

"근데 왜 너는 취직을 못하는 거냐? 아무리 청년 백수시대라지만 그 외모와 언변에 왜 못하는데?"

아버지는 나를 빤히 바라보며 눈을 두어 번 깜박였다. 나는 버럭 소리를 지르고 싶은 충동을 꿀꺽 삼키며 온힘을 다해 잔잔한 표정을 지었다. 왜냐면 아버지는 정상이 아니니까……

"아버지를 닮지 못해 학벌이 나쁘잖아요."

분노를 꿀꺽 삼킨 내 목소리가 앙다문 이빨 사이에서 입 안으로 말려들어갔다. 그 낮은 소리를 아버지는 용케 알아들은 것 같았다. 그가 갑자기 흐흐흐 웃기 시작했다. 스포츠형으로 자른 그의 반백 머리칼이 비스듬한 햇살에 흔들렸다. 웃느라 움찔 움찔 그의 몸이 움직일 때마다 아버지의 머리칼은 온전히 하얗게 바랬다가 반백으로 돌아오길 반복했다. 짧게 잘랐어도 끝이 구부러진 아버지의 머리칼은 곱슬머리였다. 내가 단 하나 아버지를 닮은 것이 있다면 그 곱슬머리일 것이다. 서연이는 내 곱슬머리를 좋아했다. 발가벗고 누워 막 잠에 떨어지려는 내 옆머리를 쓸며 그녀는 속삭이곤 했다.

"오빠는 이 곱슬머리 땜에 더 로맨틱해 보여. 너무 곱게 생긴 얼굴에 머리까지 곱슬이라 누군가는 여자처럼 보인다고도 하지만……."

나는 그녀를 힘껏 안고 난 후라 그녀의 말이나 손놀림이 좀 귀찮게 느껴져 돌아누웠다. 하지만 그녀가 말하는 누군가가 누구인지는 또렷하게 기억났다. 은행창구 그녀 뒤에 앉아 있는 노처녀였다. 그러니까 서연이의 상사였다. 별 개성이 없는 외모에 살이 찐 여자였다. 나이는 서연이보다 무려 열네 살이나 많다고 했다. 단 한 번 서연이와 셋이서 술을 마신 적이 있었다. 아끼는 부하직원의 애인에게 술을 사겠다고 꾸역꾸역 그 자리를 마련한 노처녀는 자꾸만 나를 흘긋거렸다. 어지간히 술기가 올랐을 때, 그녀와 서연이의 열네 살 나이차 중간에 내가 있다는 게 문득 깨달아졌다. 새삼 아버지가 어머니보다 일곱 살이나 어리다는 것도……. 그 순간 나는 벌떡 일어섰다. 노처녀가 나를 바라보는 야릇한 눈빛에 갑자기 요의가 느껴졌다. 화장실로 가 바지지퍼를 내리며 적어도 어머니는 어린 아버지를 저런 눈빛으로 바라보지는 않았을 거라 생각했다. 소변을 보며 나도 모르게 몸서리쳤다.

"그래, 내가 공부 하나는 잘 했지. 그런데 이게 뭐냐? 내 인생이 말이다."

아버지는 눈꼬리로 흘러나온 눈물을 찍어내며 중얼거렸다.

"뭐가요? 나이가 좀 많긴 해도 돈 벌어다주는 아름다운 부인을 만나 이제껏 백수로 잘 살아왔잖아요."

툭 내뱉은 말에 나를 바라보는 아버지의 눈이 벌게졌다. 그가 갑자기 흑흑 울기 시작했다.

"그러니까 난 그 여자애를 만나야 해. 그 애한테 데려다줘. 그 애한테 데려다 달라고!"

조금씩 커지는 그의 목소리가 듣기 싫었다. 나는 벌떡 일어서고 말았다.

"그만 병실로 들어가요. 엄마가 집에 오지 말라니까 아버지는 여기서 그냥 죽 살라고요!"

나는 버럭 소리를 지르며 바닥에 깔린 비닐 돗자리를 잡아당겼다. 아버지가 비실비실 돗자리 밖으로 몸을 비키며 더 크게 울기 시작했다.

"나를 그 애한테 데려다 달라고!"

아버지가 고함을 쳤다. 나는 비닐돗자리를 착착 접었다. 아이스박스에 담아왔던 과일과 음료수도 도로 집어넣었다. 미친 아버지에게 더 이상 아무것도 먹이고 싶지 않았다.

"들어가세요!"

짐을 다 챙겨든 나는 바닥에 주저앉은 아버지의 팔을 잡아당겼다.

"싫어!"

"그럼요? 조금 있으면 날이 저물 텐데 여기 계속 있을 거냐고요?"

"날 그 애한테 데려다 달라니까!"

"그 애인지 아줌만지 어디 있는지 내가 어떻게 알아요?"

나는 그만 악을 쓰고 말았다. 근처를 산책하던 환자와 방문객들이 걸음을 멈추고 우리를 바라봤다. 긴 다리에 착 달라붙는 스키니 청바지를 입은 잘 생긴 청년과 왜소하고 늙은 추남이 부자 관계라는 걸 그들은 짐작할 수 있을까. 나는 창피했다. 어서 그 자리를 벗어나고만 싶었다. 길을 지나는 보호사도 없었다. 나는 아버지의 손을 더 세게 잡아당겼다.

"어서 일어나요. 사람들이 구경하고 있잖아요."

내가 애원하듯 말했지만 그는 다리를 버둥거리며 아이처럼 더 크게 울기 시작했다. 나는 할 수 없이 아버지 앞에 쪼그려 앉았다.

"그 여자 이름이 뭐랬죠? 내가 찾아봐줄게요. 아버지가 일어나면 찾아주겠다고요."

질끈 감긴 채 눈물을 흘리던 아버지의 눈이 번쩍 떠졌다.

"정말?"

아버지는 갑자기 아이처럼 해맑간 표정으로 미소 지었다. 초라한 모습의 아버지가 갑자기 번쩍 빛을 뿜는 듯했다. 그가 내 손을 잡고 일어섰다. 내 손에 매달리는 그의 체중은 다른 한쪽 손에 들린 작은 아이스박스만도 못한 것 같았다.

"그럼 조금만 있다가 가. 내 얘기를 들어야 할 것 아니냐. 그럴 거지?"

아버지는 병원 현관 근처에 놓인 그네벤치를 가리켰다. 잘 다듬어놓은 잔디 위를 아버지의 짧은 다리가 느릿느릿 가로질렀다. 붉은 벽돌로 지어진 고풍스런 병원 건물과 푸른 잔디, 군데군데 들어선 방문객을 위한 정자와 벤치들, 그리고 푸른 하늘과 소슬한 바람……. 환자복을 입은 아버지의 뒷모습은 이곳이 병원이란 걸 말하기 위해 일부러 배치해 놓은 초라한 소품 같았다. 나는 옆구리에 비닐돗자리를 끼고 한 손엔 아이스박스를 든 채 엉거주춤 그를 따랐다. 곁을 지나던 여자 환자 하나가 내게 빙긋 웃음을 지었다. 긴 머리에 가늘고 노란 헤어밴드를 한 게 언뜻 눈에 들어왔다. 웃음을 머금은 커다란 눈은 오후의 햇살에 반짝거렸고, 상아빛 피부에 오뚝 선 콧날이 귀여웠다. 옷소매로 입을 가리고 웃으며 나를 지나쳐가는 그녀를 돌아볼 수밖에 없었다. 아버지처럼 흰 무명천에 분홍색 국화무늬가 프린트 된 환자복을 입은 그녀의 뒷모습은 날씬했다. 하지만 잔디 위를 걷는 그 걸음이 왠지 뒤뚱대는 듯 했다. 조금 멀리 갔을 때서야 그녀가 빨간 하이힐을 신고 있다는 걸 알았다. 아버지가 큭큭 웃는 소리가 바람을 타고 내 귓가로 날아왔다. 그는 벌써 그네벤치에 앉아 팔짱을 낀 채 나와 그녀를 바라보고 있었다. 저만치 가던 그녀가 힐끗 돌아보았다. 벤치의 진동에 물결치는 아버지의 크지도 않은 웃음소리를 그녀가 들은 것 같았다.

"저 늙은이가?"

좀 어눌한 쇳소리와 함께 그녀가 입을 가리고 있던 옷소매를 내렸다. 순간 나는 하마터면 비명을 지를 뻔했다. 그녀는 입술이 없었다. 입근처가 놀랍도록 뭉개져 있었다. 키들거리는 아버지와, 금방 달려들 듯 노려보는 그녀의 시선 사이에 우뚝 멈춰선 나는 아연해졌다. 막 아버지를 향해 돌진하려는 그녀에게 어디선가 보호사가 나타났다. 보호사는 그녀의 양 어깨를 다잡고 돌려세웠다. 잠시 앙탈을 부리던 그녀는 순순히 보호사를 따라 조금 전 아버지와 내가 있었던 정자로 가 앉았다. 그 모습을 멀거니 바라보고 있는 내게 아버지가 소리쳤다.

"어서 와!"

그제야 나는 아버지가 앉은 벤치로 걸어갔다. 벤치 옆에 아이스박스와 돗자리를 내려놓고 아버지 옆에 앉았다. 아버지의 짧은 다리와 내 긴 다리가 나란한 채 햇살을 받았다.

"황산을 마시려다 실패했다더라. 입술이 다 망가진 거지. 그 예쁜 얼굴에 말이다. 우리들 사이에도 소문이란 게 돈단다. 연애에 실패해서 죽으려 했던 건데, 망가진 제 모습에 이젠 미쳐버렸다더라. 가끔 나만 보면 저렇게 사나와진단다."

아버지가 벤치의 진동에 숨이 찬지 푸푸 숨을 내뱉었다. 그의 숨에 묻어나오는 냄새에 나는 또 낡은 호스를 연상했다.

"아버지가 먼저 웃으셨잖아요."

나는 아버지와 함께 흔들리고 있는 게 피곤해져 눈을 감았다. 아버지는 벤치를 더 심하게 흔들었다.

"아냐! 내가 웃기 전에도 저 애는 나만 보면 사나와졌단다. 혹 내가 누굴 닮았나?"

내가 아무 대답이 없자 그가 천천히 벤치 흔들기를 멈췄다.

"그건 말이다. 저 여자애가 제 안에 쌓인 분노를 내게 표출하고 싶은 욕구를 느끼는 거야. 왜? 왜 그럴까? 흠, 아마도 내가 만만한 대상이기 때문 아닐까. 좋게 말하면 그건 편안함이다. 너도 네 엄마도 나한테는 별 말을 다하지 않니."

아버지는 또 큭큭 웃기 시작했다. 나는 생각했다. 그건 당신이 너무 못났기 때문이라고. 그 입이 없는 여자가, 입만 제대로 있었다면 정말 아름다웠을 그녀가 당신만 보면 화를 내고 싶어 하는 건 당신이 너무 못나 보이기 때문이라고.

나는 그 말을 참느라 후유~ 긴 숨을 내쉬었다.

"그 여자 얘기를 하신다면서요. 어서 말해보세요. 저도 약속이 있어요."

"무슨 약속?"

아버지가 내 옆얼굴을 바라보았다.

"아버지가 그걸 다 알아야 해요?"

"하긴……. 근데 이렇게 예쁜 놈이 머리도 좀 좋았더라면 얼마나 좋았을까?"

나는 내 볼에 쏘여오는 아버지의 미지근한 입김에 그만 일어서고 말았다.

"제발 그런 얘긴 그만 좀 해요. 그래요! 아버지의 좋은 머리를 닮지 못해 죄송해요. 하지만 난 절대 아버지 나이에 아버지처럼은 되지 않을 거라고요."

나는 잠시 아버지가 정상인이 아니라는 걸 잊고 소리쳤다. 아버지가 나를 올려다보며 히죽 웃었다. 그가 이 병원으로 오기 전엔 별말 아닌 것에도 소리를 치고 화를 냈다. 그렇다면 웃고 있는 아버지가 정상인 건가, 아니면 화를 내던 아버지가 정상인 건가. 나는 가슴이 답답해 왔다. 눈이 시리게 펼쳐진 푸른 잔디, 티 없는 하늘, 햇살과 바람……. 이 아름다운 계절에 갇힌 듯이.

"애야! 여기 좀 앉아봐라. 내가 너 만한 나이에, 아니 너보다 어렸던 그 나이에 네 엄마를 만나지 않았니. 나이는 먹었지만 참 예쁘고 열심히 살아가는 여자였단다. 그날이 바로 그 여자애가 시집가던 날이었지. 다른 동창들이 결혼식에 가보자고 했지만 나는 갈 수가 없었다. 내가 무슨 짓인가 저지를 것 같았거든. 회사 근처에서 술을 마시고 비실비실 골목을 걸어 나오는데 네 엄마가 어둠 속에 쪼그리고 앉아 울고 있더라. 네 외삼촌과 함께 한 번 만난 적이 있어 금방 알아보았지. 나도 너무나 울고 싶던 터라 무작정 그 옆에 쪼그리고 앉아 울어버렸다. 우리는 부둥켜안고 울었고, 어디론가 옮겨가 또 울었고, 울다 잠이 들었는데 눈을 뜨니 둘 다 알몸이었다."

나는 대충 두 사람의 스토리를 짐작했지만 아버지의 입을 통해 듣기는 처음이었다. 왠지 낯이 뜨거웠다. 그대로 아버지를 등지고 돌아가고 싶었다. 하지만 이어지는 아버지의 목소리는 이상하게 나를 벤치에 도로 앉혔다.

"네 엄마가 예쁘지만 않았다면, 그리고 네 엄마에게 내 좋은 학벌이 점수를 따지 못했다면 우린 아마 그 하룻밤으로 끝났을지도 모른다. 나는 예쁜 네 엄마가 좋았다. 그 애도 아주 얼굴이 예뻤거든. 먼저 결혼하자고 한 건 네 엄마였다. 혼기를 놓친 나이였지. 나는 오랫동안 그 여자애를 좋아했었다만 결혼 같은 건 아직 꿈꾸어보지 못했던 때였단다."

"그렇게 좋아했었다면서 왜 그 여자애, 아니 그 아줌마에게 고백하지 못했던 거예요?"

나도 모르게 툭 튀어나온 말이었다. 맘과 달리 아버지의 이야기 속에 들어가 버린 것 같았다.

"너무 오랫동안 혼자 좋아해 와서 나는 그만 그 사실 자체에 홀로 족하고 있었단다. 그리고 너도 알다시피 나는 추남이잖니. 감히 말할 수가 없었다. 사춘기 시절엔 그저 그 애의 집근처를 맴도는 것만으로도 가슴이 가득 차는 것 같았단다. 그렇게 그 애를 가슴에 품고 자랐어. 대학을 졸업한 후 군대에 가고 취직을 해 조금 느긋해진 어느 날, 그 애가 결혼한다는 소식을 들었던 거지."

아버지의 목소리가 차분했다. 나는 슬그머니 고개를 돌려 그를 바라보았다. 허옇게 일어선 짧은 머리가 잔바람에 떨고 있었다. 늘어진 볼과 구부러진 매부리코, 볼품없는 아버지의 옆모습에 깊이 어리는 알지 못할 기운에 내 가슴이 고적해왔다. 그가 나를 바라봤다. 옴팡한 작은 눈에 미소와 물기가 어려 있었다.

"너는 그런 사랑을 해봤니?"

그가 손을 들어 내 볼을 쓰다듬었다. 다른 때 같으면 얼른 치워버렸을 그의 손을 나는 내버려두었다. 그가 내 이마와 머리칼까지 쓰다듬다 손을 내렸다.

"아니요. 그런 사랑 같은 건 하지도 않아요. 사랑은 서로 교류하는 것이지 아버지처럼 일방적으로 하는 게 아니잖아요. 저도 사랑은 해요. 하지만 아버지와 같은 방식은 아니죠. 그럼 어머니는 사랑하지 않으셨단 말인가요?"

나는 더 할 말이 많았지만 거기까지만 말했다. 경제행위를 하지 못하는 당신을 이제껏 참아준 어머니를 당신은 사랑을 넘어 존경해야 마땅하다고, 그럼에도 어린 시절의 짝사랑이나 찾는 당신이 사람이냐고? 그러다 여기까지 와버린 당신은 폐물이라는 말이 자꾸 튀어나오려 했지만 참아야 했다. 나는 얼른 아버지의 말을 들어주고 서연이를 만나러 가야했다. 다 큰 자식 앞에서 어린 시절의 첫사랑이나 운운하는 아버지는 정말 미친 게 틀림없었다.

아버지가 술만 취하면 그 여자애를 찾아달라며 떼를 쓰기 시작한 건 내가 대학을 졸업할 무렵이었다. 물론 그런 상황이 되기까진 어머니의 잔소리와 아버지의 고성이 어느 정도 오가고, 집안의 가구가 몇 개쯤 부서졌다. 언제부터였는지 어머니는 아버지를 격리시킬 궁리를 했다. 집안의 기본 생활비와 아버지의 병원비를 수없이 계산하던 어머니는 나를 올려다보았다.

"이렇게는 살 수 없지 않니. 네가 얼마간이라도 벌어오면 좋으련만······."

나는 슬그머니 고개를 돌리는 일 외에는 아무것도 할 수 없었다. 미안해하지도 화를 내지도 않았다. 당분간은 아버지의 상태를 주시하자던 어머니는 한숨만 내쉬었다. 그리고 어느 날, 술에 절어 잠이 든 아버지는 하얀 앰뷸런스에서 내린 보라색 가운의 보호사들에 의해 이곳으로 옮겨졌다. 기독교 재단에서 운영하는 이 병원은 바로 어머니가 다니는 교회와 연관돼 있었다. 한 달 병원비가 얼마인지는 어머니에게 묻지 않았다. 그리고 아버지의 증상이 심각한지 아닌지에 대해서도 묻지 않았다. 술을 마시고 그 여자애를 찾아달라는 것만 빼면 아버지는 정상에서 거의 벗어나지 않았다.

"얘야! 내가 지금 여기에 와 있다만 넌 정말 내가 미쳤다고 생각하니?"

마치 내 생각을 읽고 있는 듯 아버지가 물었다.

"그러게, 그 여자만 안 찾으셨으면……."

웅얼거린 내 말을 아버지가 용케 알아듣고 대답했다.

"나이를 먹으니 평생 속에 있던 말이 저절로 나오더구나. 젊어서는 생각만으로도 위로가 되던 사실이 이제는 말로 쏟아내야만 속이 시원해지는……. 내 맘을 넌 모를 거다. 내가 평생 무엇에 기대고 살아왔는지를……. 인생이 비루하다고 느낄 때마다 그 애를 생각하면 견딜 수가 있었단다. 그때……."

"그때의 아버지를 생각하면서 말이죠? 공부 잘하고 영특했던 어린 시절의 아버지를 말이죠?"

나는 아버지의 말이 끝나지 않았는데도 쏘아붙였다. 아버지가 나를 바라봤다.

"그럼, 너는 아직 젊다만 이담에 그렇게 생각하며 위로받을 무엇이라도 있다고 생각하니?”

느닷없는 아버지의 질문은 나를 당혹하게 했다. 나는 벌떡 일어섰다.

“됐어요. 이제 그만 들어가세요. 그 여자 얘기는 다음에 와서 듣죠. 아직까지 건강하게 살아 있는지 알기나 하세요? 그것이라도 알아야 찾을 것 아니에요? 혹 찾았더라도 그 여자가 아버지를 잊었거나 만나고 싶지 않다고 하면 어쩌실 거예요?”

나는 비닐 돗자리와 아이스박스를 챙겨들었다. 해가 뉘엿거리고 있었다. 바람이 조금 차가워진 듯 했다. 더 늦기 전에 서연이한테 가야했다.

“그 애…… 죽었다더라. 한 2년 전에…….”

아버지가 비죽비죽 울기 시작했다. 나는 막 돌아서려던 걸음을 멈출 수밖에 없었다.

“죽었다면서 왜 만나게 해달라고 했어요? 죽은 걸 알고 있으면서…….”

쏘아붙인 내 말 위로 바람이 지나갔다. 목소리가 떨려나왔다.

“빌어먹을! 모르고나 있었다면 얼마나 좋아. 그러면 그냥 언젠가는 만나지겠지, 했을 거 아냐. 이따금 전화를 거는 동창 놈이 그만 알려주지 않았겠니. 만날 희망이 사라지고 나니 그냥 만나고 싶다는 말이 자꾸 나왔던 거다.”

아버지는 기어이 엉엉 울기 시작했다. 울음소리는 점점 커졌고 해도 자꾸 기울고 있었다. 아버지가 울수록 그네벤치는 더 심하게 흔들렸다. 57년의 생을 구불텅구불텅 이어온 낡은 고무호스가 벤치에서 요동을 쳤다. 뭉클뭉클 호스에서 솟는 눈물은 저무는 햇살 속에 자꾸만 흘렀다. 갑자기 아버지가 가여워졌다. 아무리 애원해도 이제는 그 여자를 찾아줄 수도 없다는 생각에…….

주춤 선 내 앞으로 보호사가 다가왔다. 맨 처음 면회를 왔을 때 만났던 덩치가 큰보호사였다.

"상태가 좀 호전되신 것 같았는데요. 처음 입원했을 땐 거의 하루 종일 저렇게 울고 계셨죠. 약물치료로 효과를 보자 지난주부터 마그네틱 치료에 들어갔어요. 몇 주 후면 퇴원하셔도 될 것 같다는 담당의사 선생님 말씀이 있었는데……. 모시고 들어갈게요."

보호사가 아버지를 부축해 일으켰다. 아버지는 울음을 그치지 않았다. 어쩌면 그는 자신의 생 전체를 울고 있는지도 몰랐다.

아버지가 보호사와 함께 병원 건물로 들어가는 걸 바라보다가 주차장으로 발길을 돌렸다. 어머니의 낡은 소나타가 저무는 시야에 우두커니 서 있었다. 아버지가 울음을 터트리지 않았어도 방문객들이 돌아가야 할 시간이었다. 나는 트렁크에 돗자리와 아이스박스를 넣고 운전석에 앉았다. 한낮의 햇살에 달궈진 차 안이 후덥지근했다. 시동을 걸고 차창을 내리며 긴 숨을 내쉬었다.

잠시 들러 면회 시늉만 내고 얼른 서연이에게 달려가려던 게 너무 늦어버렸다. 지금쯤 서연이는 뾰로통한 채 내 전화를 기다리고 있을 것이다. 어서 그녀를 만나 이 어두운 사실들은 잊고 싶었다. 그녀를 안고 삶의 바다 밑으로 침몰한다면 적어도 오늘 하루만큼의 어둠은 잊을 수 있으리라.

막 차를 출발시키려던 순간이었다. 누군가가 열린 차창으로 나를 들여다보고 있었다. 한쪽 소매로 입을 가린 아름다운 그녀였다. 그녀는 입을 가리지 않은 다른 손으로 잠시 멈추라는 시늉을 했다. 얼결에 바라보자 차창으로 그녀의 말이 쏟아져 들어왔다.

"어이! 꽃미남! 오늘 나랑 같이 가자! 아까부터 봤는데 오빠 참 잘 생겼어. 우리 연애할까? 사랑은 사랑으로 치료하면 된다는데, 제기랄! 난 이게 뭐냐고?"

그녀가 순식간에 입을 가린 옷소매를 내렸다. 뭉개진 그녀의 입술 사이로 시커먼 잇몸과 녹아내린 이빨들이 보였다. 소스라쳐 놀랐지만 나는 차를 출발시킬 수도 없었다. 그녀의 손이 차창 안에 내밀어져 있었다.

"오빠! 나도 데려 가! 응? 나도 같이 가!"

그녀가 애원하듯 말했다. 그녀의 손이 내 볼을 쓸어내리고 있었다. 가녀리고 부드러운 손이었다.

"오빠! 나도 같이 가! 나 버리지 마! 응?"

그녀의 눈물이 차창 틀로 뚝뚝 떨어져 내렸다. 그녀가 가엾게 느껴졌다.

왜 아버지도 그녀도 울고 있는 걸까? 우는 사람들만 사는 이곳은 어쩌면 세상으로부터 격리된 곳이 아니라 선별된 곳일까?

나도 모르게 그런 생각을 했다. 가느다란 그녀의 몸에서 졸졸 맑은 물이 흘러나오고 있는 것 같았다. 잠깐 사이 해가 더 기울었다. 어둑해진 병원 뜰을 가로질러 보호사가 뛰어오고 있었다. 헐레벌떡 다다른 그가 내 차에 붙어 선 그녀를 떼어냈다.

"죄송합니다. 제가 잠깐 한눈을 판 사이 사라져서……."

그가 정중히 고개를 숙이며 내게 사과했다. 나는 차창을 올리며 보호사에게 거의 안기다시피 병원 건물로 향하는 그녀의 뒷모습을 바라봤다. 빨간 하이힐을 신은 그녀의 두 발이 허공에 들린 채 잔디 위를 스쳤다.

그녀와 보호사가 병원 안으로 사라졌을 무렵, 불이 환히 켜진 병원 창문들이 좀 더 짙어진 어둠 속에 빛을 냈다. 나는 그 창문들을 멀거니 올려다봤다. 그 불빛 어디쯤에서 아직도 아버지가 울고 있을 것 같았다. 가슴언저리가 뻐근해왔다.

막 액셀을 밟으려는데 핸드폰이 울렸다. 서연이가 용케도 지금까지 잘 참았다 싶었다. 나는 덜컥 전화에 대고 말했다.

"지금 간다! 오래 기다렸지?"

그러나 생각지 않은 목소리가 울렸다.

"서연인 줄 알았어요? 그 애 전화기를 꺼버렸어요."

서연이의 상사 노처녀였다. 칼칼한 노처녀의 목소리에 나는 잠시 멍청해졌다.

"전화 걸어도 소용없을 걸요. 오늘은 나랑 술이나 한 잔 할래요?"

재차 들려온 노처녀의 목소리는 더 탁음이었다. 딴엔 내게 속삭이고 있었다. 나는 가만히 숨을 머금었다. 내가 하루 종일 아버지와 시간을 보내면서 서연이를 만나러 가야한다고 몇 번이나 되뇌었던 걸 생각했다. 어쩌면 나는 꼭 서연이를 만나고 싶은 게 아니라 아버지로부터 도망칠 구실이 필요했던 지도 모른다.

"서연이가 전화를 꺼났다고요?"

나는 별 의미도 없이 물었다. 노처녀에게 뭔가 대꾸할 말이 필요했기 때문이다.

"그래요. 바로 10분 전에 나랑 통화했는데 지금 다시 걸어보니 꺼져 있어요."

노처녀의 칼칼한 목소리 위로, 나를 바라보며 늘 꿈을 꾸는 듯한 서연이의 눈을 떠올렸다. 문득 그녀의 꿈과 나의 무능력이 조합한다면, 어쩌면 아버지의 생보다 더 못한 생이 내 앞에 도래할지도 모른다는 생각이 들었다. 나는 전화기에 대고 헛기침을 했다.

"알았어요. 어디로 가면 되죠?"

덤덤하게 물으며 차를 출발시켰다.

핸드폰을 내려놓고 헤드라이트를 켰다. 깜깜해진 주차장을 빠져나가는 내 뒤의 병원 건물 불빛 속에서, 입이 사라진 여자와 늙은 추남이 울고 있었다. 그리고 내가 알지 못할 상처들이 그 불빛 속에 갇혀 있었다. 어둠을 달리는 나는 어둠이고 불빛 속에 우는 그들은 정작 빛인지도 몰랐다.

고슴도치

조셉 신부는 높이 쌓아올린 젠가 블록 한가운데에 조심스럽게 손가락을 넣었다. 엄지와 검지로 원목 블록 하나를 빼내어 잡아당기는 그의 손이 유난히 희고 곱다. 그는 사십을 갓 넘긴 나이다. 가족을 부양하기 위해 아등바등하는 그 나이 남자들에 비하면 그의 삶이 가끔은 한량처럼 느껴지기도 한다. 더러는 집안 벽에 못질도 하고 부서진 울타리도 고쳐야 하는 그 나이 남자들을 생각하면 그의 손이 저리 고운 게 당연한 것인가. 적어도 궂은일은 하지 않을 테니 말이다. 문득 조셉 신부의 손을 잡아보고 싶은 충동이 일었다.

하지만 나는 그의 손을 지나쳐 젠가 블록 놀이에 몰입했다. 그와 내가 세 번째 하는 젠가 게임의 막바지, 어지간히 빼낸 높은 블록 탑이 위태위태하다. 내 손가락이 아래쪽 가운데 블록에 닿자 그가 블록 탑이 곧 무너져 내릴 것을 예감했는지 게임 테이블에서 일어나 멀리로 피신하는 시늉을 했다. 왜소한 몸을 감싼 검은 셔츠의 목 부분 하얀 로만칼라가 그의 흰 얼굴과 잘 어우러졌다. 볼품없는 체격이지만 얼굴만큼은 또렷하게 생긴 그가 장난스럽게 웃었다. 나는 혀를 내밀어 마른 윗입술에 침을 바르며 아주 천천히 블록을 당겼다. 하지만 블록 탑은 순식간에 와르르 무너지고 말았다. 그가 박장대소를 하며 손뼉을 쳤다.

"내가 이겼어. 그러니 고기 값은 당신이 내!"

나는 세 게임 중 두 번을 지고 말았다. 점심을 먹기 위해 들어온 바비큐 식당은 손님이 많아 대기자 명단에 이름을 넣고 기다려야 했다. 기다리는 사람들을 위해 대기 테이블에 비치된 젠가 블록을 만지작거리다 시작한 게임이었다. 우연인지 그 식당 이름도 '젠'이었다. 언제와도 순서를 기다려야 하는 '젠'은 늘 젊은이들로 가득했다. 올 유 캔 잇 All you can eat을 먹기에는 하긴 나는 나이가 들었다. 온갖 종류의 고기를 맘껏 구워 먹는다면 적당히 낡은 몸의 장기들이 반란을 일으키고 말 것이다. 그러나 오늘만큼은 조셉 신부를 위해 무시하기로 했다. 베트남 출신인 그는 코리언 바비큐 식당을 선망하는 눈치였다. 일요일 아침 미사를 마친 브런치 타임, 나는 사실 갓 구운 빵에 따끈한 커피, 거기에 신선한 과일이 함께하면 좋을 것 같았지만, 조셉 신부는 내가 오기를 기다렸다는 듯 코리언 식당으로 가자고 했다.

하긴 나는 어찌 보면 조셉 신부의 호출을 받고 그의 밥을 사주기 위해서 온 사람이었다. 한국 식당으로 가자는 그의 말을 무조건 들을 수밖에 없는.

유창한 영어지만 베트남 악센트가 있는 그의 말에 나는 고개를 끄덕였다.

"그럼, 고기 값은 내가 내지. 오늘 내가 당신 밥 사주려고 왔는데 뭐."

나는 유창하지 않은 영어를 코리언 악센트로 발음했다. 어쩔 수가 없다. 중국인은 중국어 악센트로 영어를 말하고 일본인들도 이란인들도 다 자기 나라 악센트의 영어를 한다. 영국의 오랜 지배를 받았던 인도인들은 영국식 악센트로 말하고 프랑스인도 자기 악센트가 있다. 이민으로 이루어진 이 나라는 그렇게 저마다 다른 악센트로 영어를 사용하고 산다.

무너지는 블록에 맞을까봐 테이블 멀찍이 피해 있던 그가 다가와 흩어진 블록들을 모았다. 그의 손이 유난히 희고 고운 것을 다시 봤다.

"당신 손은 여자 손 같아. 손톱까지 예쁘네."

나도 모르게 말했다. 그러나 그는 내 말을 못 들은 것 같았다. 작게 웅얼거리기도 했지만 때론 서로의 발음을 못 알아들을 때도 있으니까. 나는 혼자 실소하며 다행이라는 생각을 했다. 군이 그에게 전달될 필요가 없는 말이었으므로.

그가 블록을 정리해 종이 박스 안에 넣고 있을 때 그의 전화기가 진동했다. 재빠르게 전화기를 열어본 그가 서빙홀로 가자는 뜻으로 내게 고개 짓을 하며 자리에서 일어섰다. 대기 리스트에 있던 우리 차례가 되었다고 메시지가 뜬 것이다. 그가 앞장 서 웨이트리스가 안내하는 테이블로 갔다. 홀 안 쪽에 있는 자리는, 한쪽은 벽에 길게 붙은 푹신한 부스 의자이고 반대편은 딱딱한 나무의자였다. 그가 머뭇거리며 나를 바라봤다. 그리곤 편안한 부스 의자에 앉으라는 손짓을 했다. 내가 여자니까 그곳에 앉으라는 뜻인 것 같지만 나는 고개를 저었다. 당신이 사제이니 편안한 곳에 앉으라고 말해줬다.

"정말?"

그의 입이 활짝 벌어지며 얼른 안쪽 의자에 가 앉았다. 그에게 거기 앉으라고 말했으면서도 나는 맘이 조금 섭섭해졌다. 아니 사실은 자세가 좀 불편했다. 남자와 함께 식당에 가면 항상 편안한 자리에 납죽 앉아버리던 버릇 때문에 딱딱한 의자가 영 낯설었다. 하긴 조셉 신부가 내게 남자인가. 더구나 나보다 훨씬 젊은 나이다.

자리에 앉자마자 웨이트리스에게 치킨 테리야끼와 생새우, 불고기를 주문하는 그의 표정이 몹시 즐거워 보였다. 그가 이 식당을 무척 오고 싶어 했던 게 분명했다.

"당신 여기 오늘 몇 번째 온 거야?"

나도 모르게 물었다.

"오늘 두 번째! 전에 코리언 사제가 나를 한번 데리고 왔었어."

그가 메뉴판을 접어 테이블에 내려놓으며 다시 즐거운 표정을 지었다. 하긴 값이 비싼 한국식 바비큐 식당에 그를 데리고 올 사람이 몇이나 있겠는가. 더구나 그가 몇 달 전 새로 부임한 이 근처 성당은 백인천지였다. 오늘 아침 미사만 해도 그들 사이에 박혀 있는 단 하나 동양인인 내가 어색할 정도였다. 이 왜소한 베트남 출신 신부는 성당에 가득한 수백 명의 백인들에게 힘찬 목소리로 미사를 집전했다. 백인들이 조셉 신부에게 머리를 조아리며 영성체를 영하고 미사 후 강복을 받았다. 성당 안의 신자들은 아무도 그가 패망하여 공산화된 베트남인이라는 걸 생각하지 않았을 것이다.

생 등심과 모듬 야채를 주문하는 내게 그가 눈을 동그랗게 뜨고 물었다.

"왜 불고기를 주문 안 해? 불고기는 코리언의 대표적인 바비큐 아니야?"

나는 그저 웃었다. 한국인의 입맛은 벌써 전통적인 불고기의 달콤함을 지나 담백한 소금구이 맛으로 바뀌었다는 걸 그가 알리 없었다.

"달아서 싫어. 또 어릴 때 많이 먹었거든."

그가 고개를 끄덕이며 웃었다. 잠시 고즈넉해지는 그의 눈빛이 아리송 했다. 나이 먹은 나를 여자로 볼 리가 없는데도. 어쩌면 삼성 핸드폰을 사용하고 엘지 텔레비전을 보면서 자신도 모르게 코리아란 나라를 선망하고 있는 것인가. 고국의 농촌을 방문했을 때 농부 남편의 트럭 조수석에 앉은 베트남 여인을 본 적이 많았다. 그녀들은 때로 잡초가 무성한 밭에서 농약을 치기도 했고 농로 위를 탈탈대며 경운기를 몰고 가기도 했다. 그럼에도 나는 한 번도 조셉 신부가 가난 때문에 한국으로 시집오는 여자들과 같은 민족이란 생각이 들지 않았다.

"당신은 코리언이면서 왜 코리언 교회에 가지 않지?"

언젠가 그가 물은 적이 있었다.

"그냥 싫어서……."

내 대답에 그가 고개를 갸웃했다. 하긴 그를 이해시키려면 나는 조금 더 자세하게 답했어야 했다.

그러니까 말이야. 우리 민족의 교회에 가면 서로를 너무 알게 되거든. 나는 그게 싫어. 고향, 출신학교, 성격, 직업, 월수입, 아이들 성적까지……. 그러다보면 뒤에서 속닥대고 흉을 보고 싸움까지 생기거든. 나는 그런 것들에서 자유롭고 싶을 뿐이야. 나는 말이야. 오래전 서울의 강남이란 곳에 살았어. 나는 그냥 거기 살고 있었을 뿐인데 친구들이 날 부러워하며 8학군 어쩌고 하더라고. 모임이 있는 날이면 그녀들은 샤넬과 루이비통 핸드백을 들고 나와 서로 가짜니 진짜니 말을 주고받고, 내가 입은 바바리

코트의 라벨을 뒤집어 보며 어느 회사 제품이냐고 묻곤 했지. 나는 그것이 지독하게 싫었어. 꼭 그런 것 때문에 미국으로 도망친 건 아니었지만 와서 보니 한국인 커뮤니티는 여기서도 똑 같아.

나는 그런 말들을 속에 담아둔 채 그저 그를 바라보기만 했다. 길게 대화한다면 완벽하지 않은 내 영어가 그에게 정확하게 전달될지도 걱정이었지만, 사실 그런 말들을 쏟아놓기엔 가슴속이 아파왔다.

1년쯤 전이었다. 성당 근처에서 그와 신자 몇 명이 모여 점심을 먹던 자리였다. 조셉 신부와 난 그저 안면이 있었을 뿐 같은 자리에 앉아본 건 그때가 처음이었다. 식사가 거의 끝날 무렵, 나를 빤히 바라보고 있던 그가 갑자기 내게 딸이 있느냐고 물었다. 내가 대답을 하기도 전에 그는, 만약 내게 딸이 있다면 사위가 되고 싶다고 했다. 농담이었지만 왠지 진지한 그의 표정에 같이 식사를 하던 사람들 모두가 깔깔 웃고 말았다.

그날 점심을 마치고 돌아오는 길에 내 자동차에 동승했던 그에게 나는 아이린 얘기를 할 수밖에 없었다.

"조셉 신부님! 내게 딸이 있긴 해. 하지만 결혼할 수는 없지. 당신은 사제니까 결혼할 수 없잖아. 그러니까 됐다. 결혼할 수 없는 딸을 가진 내게 당신은 결혼할 수 없는 사위가 되는 거니까."

운전을 하며 담담히 말하는 나를 조수석에 앉은 그가 빤히 바라보는 게 옆 볼에 느껴졌다.

"왜 딸은 결혼할 수 없는데?"

나는 긴 숨을 쉬며 그를 사제관에 내려주기 위해 교차로에서 좌회전 했다.

"그 애는 하늘나라에 살거든."

속도를 줄이지 않았던가. 회전을 하는 타이어 마찰음이 크게 들렸다. 나는 그저 웅얼거린 내 말을 그가 못 들었길 바랐다. 타이어 마찰음 사이로 묻혀버렸기를…….

1백 미터 앞쯤에 성당 건물이 보였다. 그를 어서 내려주고 돌아가고 싶었다. 아이린을 생각하는 것만으로도 가슴 가운데가 칼에 베인 듯 아팠다.

"하늘나라? 언제부터? 언제부터 당신 딸은 거기 살기 시작했어?"

그는 내 말을 용케 들어버린 모양이었다. 나는 아무 말 없이 성당 입구로 들어서 차를 세웠다. 그가 기어이 대답을 듣겠다는 듯 자동차 문을 열어둔 채 나를 바라봤다. 그의 눈이 고즈넉했다. 그 눈에 어린 것은 궁금증보다는 연민의 빛이었다. 나는 슬쩍 미소 지었다.

"1년이 넘었어. 우리 아이린이 거기 살기 시작한 게……."

그의 얼굴에 흐릿한 미소가 떠올랐다. 연민을 품은 눈빛에 슬픈 듯한 미소, 문득 그가 아름답다고 생각했다. 베트남인들은 피부가 검은 사람들이 많았지만 그는 백인처럼 얼굴이 희었다. 한 때 프랑스 식민지였던 베트남엔 그 혼혈의 후손들이 많다던데 조셉 신부가 그런 사람인지도 몰랐다.

"아이린도 당신처럼 예뻤어? 만나고 싶군. 아이린의 껍질은 어디다 뒀어? 그녀가 두고 간 껍질 말이야."

"껍질?"

나는 곧 그가 아이린의 유해를 어디에 뒀냐고 묻고 있다는 걸 알았다.

"멀지 않아. 전망 좋은 야외 납골당에 뒀지."

"그럼 우리 다음에 아이린 만나러 가자. 가보고 싶군."

그의 말투에 진심이 어려 있었다. 하지만 그가 정말 나와 함께 아이린의 납골당에 갈 거라고는 생각하지 않았다.

그 후 몇 달이 지났을 때 그는 갑자기 인사발령을 받게 됐다. 그의 임기가 1년 여 남았는데도 그가 옮겨가게 된 데는 이유가 있었다. 성당에서 주요 직책을 맡은 백인 신자들이 백인 사제를 보내달라고 교구청에 탄원을 넣은 것이다. 백인과 이민족이 반반 섞인 교회 안에서 주도권을 잡고 있는 건 당연히 백인들이었다. 그들은 이민족 신자가 늘어갈수록 백인 사제를 원했다. 하지만 근처 부유한 백인들이 사는 동네의 성당에도 젊은 사제들은 대부분 베트남인들이었다. 백인 젊은이들은 더 이상 동정과 청빈을 지켜야하는 사제직을 지원하지 않는 것 같았다. 보트피플의 후예로 자라난 베트남인 젊은이들만 미국 땅에서 지위를 보장받을 수 있는 사제직을 원하는 건지.

조셉 신부는 떠날 날을 며칠 앞두고 나에게 전화를 걸었다.

"나 떠나기 전 아이린 만나고 싶어. 시간이 없어. 갑작스런 발령이라 할 일이 많아. 내일 같이 아이린한테 갈 수 있어?"

나는 그러자고 대답했다. 그가 떠나기 전 어차피 점심 한 끼 정도는 대접해야 할 것 같았다. 아이린의 납골당에 들렀다가 점심을 먹으면 좋겠다 싶었다.

이튿날 아침 나는 조셉 신부가 짐을 꾸리고 있을 사제관 앞에서 그를 기다렸다. 내가 아무리 여성이라도 사제는 모시고 다녀야 하는 분이므로 먼저 가 기다리는 게 예의였다. 시동을 끄지 않은 채 15분쯤 기다린 후에야 그가 검은 셔츠 목에 하얀 로만칼라를 끼우며 헐레벌떡 나왔다.

"옮겨가려니 힘들어 죽겠어. 왜 갑자기 나보고 이 성당에서 나가라는 건지."

정말 모르고 하는 소리인가 싶어 나는 조수석에 앉는 그를 빤히 바라봤다. 그에게서 남성용 스킨로션 냄새가 났다. 금방 샤워를 하고 나온 듯했다.

"신부님! 새로 가는 곳도 나쁘지 않잖아. 여기보다 백인들이 더 많이 사는 동네라고 하던데."

"아냐! 여기가 더 좋아. 정이 막 깊이 들려던 참인데 떠나게 되다니.”

그가 탄식처럼 말했다. 그 말이 어쩌면 나와 정이 깊이 들려던 참인데 떠나게 되었다는 말로 들렸다.

그가 막 나온 사제관 건물과 내 자동차 사이로 아침 햇살이 비쳤다. 자동차 보닛 위로 희미한 무지개가 어렸다. 아이린이 벌써 나를 기다리고 있는 것인가. 그 애가 있는 곳에 이르면 늘 어떤 방식으로든 무지개를 보게 됐다. 햇살을 바라보다가, 사진을 찍기 위해 카메라를 들이대다가, 어느 땐 근처에 핀 꽃 위로 무지개가 어렸다.

조셉 신부가 안전벨트를 매자 나는 차를 출발시켰다. 보닛 위에 어렸던 무지개가 부서지며 사라져갔다.

“멀어? 시간이 얼마나 걸리는데?”

그가 물었다. 한국말처럼 경어가 없는 영어 대화는 마치 서로 반말을 주고받는 느낌이 들었다. 정식 문장을 구사하지 않고 간단한 의사소통을 할 때는 더 그랬다.

“아니 멀지 않아. 한 20분.”

그는 그동안 단 한 번도 왜 아이린이 죽었느냐고 묻지 않았다. 어쩌면 궁금하지 않은지도 몰랐다. 언젠가는 죽기마련인 인간이 좀 일찍 죽었다는 게 그리 궁금해 할 일은 아닌 모양이었다. 영혼을 돌보는 직업을 가진 그에겐.

가는 동안 서로 아무 말도 하지 않았다. 자동차 안에 나지막한

클래식 음악이 울리고 있었지만 그도 나도 음악을 듣고 있진 않았다. 그는 정면을 주시한 채 뭔가 골똘한 표정을 지었고 내 가슴속으로 차츰 아이린의 존재가 차올랐다. 마치 연못에 물이 차오르듯 나는 물속에 갇혀가는 기분이었다. 그 아이를 만나러 갈 때면 늘 그랬다. 종 내엔 숨을 쉴 수가 없어 온몸을 털고 생각의 물속을 빠져나오듯, 자동차가 목적지에 도착할 때면 나는 아이린의 존재를 털어내 버렸다. 정작 나는 그 아이가 있는 곳에 이르면 그 이름을 생각할 뿐 그 애의 존재 자체를 멀리 떨쳐버린 비정한 어미가 되었다. 그래야만 거기서 그 애의 이름이라도 부를 수 있었다.

땅이 평평한 묘역은 언제 봐도 평화로웠다. 울긋불긋한 꽃들과 빙글빙글 돌아가는 바람개비들, 나는 그곳을 지나쳐 주차장에 차를 세우고 낮은 언덕을 올랐다.

"여기야. 우리 아이린이 있는 곳."

그가 내 뒤를 따라 걸으며 고개를 끄덕였다.

"나 여기 와 봤어. 그것도 아주 여러 번. 내가 이 성당에 부임하고도 사람들은 계속 떠났지. 장례미사를 해주고 때론 묘역까지 따라와 기도해줬으니까. 아이린은 누가 기도를 해줬나? 여기로 올 때……."

나는 언덕을 오르던 걸음을 멈추고 그를 돌아봤다.

"내가 했지. 사제는 아무도 오지 않았어. 사제가 꼭 왔어야 하는 거야?"

"그럼, 당연히 사제의 축성을 받고 안치를 했어야지."

"그래서 우리 아이린은 지금 편치 않은 거야? 사제의 축성이 없어서?"

나는 괜히 심사가 뒤틀려 목소리가 조금 높아졌다. 그거 다 형식 아니냐고 말하고 싶었다. 내가 그렇게 애절하게 마음을 다해 기도한 것이 사정도 잘 모르는 사제의 기도만 못하냐고 따지고 싶어졌다.

"아니, 그런 건 아니야. 그냥 전통이고 전례니까."

그가 날이 선 내 표정을 살피며 얼버무렸다.

"오늘 신부님이 여기 왔으니 축성해줘. 그럼 되잖아."

나는 말투를 누그러뜨리고 나서 다시 언덕을 오르기 시작했다. 그가 뭐라고 말하는 것 같은데 무슨 말인지 잘 들리지가 않았다. 아니 어쩜 듣고 싶지 않은지도 몰랐다. 내 나라 말이 아닌 영어는 신기하게도 듣고 싶지 않으면 그 의미가 들리지 않았다. 그것은 신경을 곤두 세워야만 들린다는 얘기이기도 했다.

언덕 위는 잔잔한 바람이 불고 있었다. 야외 납골당을 빙 둘러 하얗게 피어난 장미가 바람을 탔다. 꽃은 겨울에도 피었다가 지고 봄에서 가을까지는 늘 피어 있었다. 계절을 가리지 않고 꽃을 피우는 곳이 바로 캘리포니아였다.

아이린의 납골 칸 화병에 꽂아놓은 붉은 모조장미 위로 햇살이 쏟아졌다. 꽃을 바꿔준 게 두 달 전인데 어느새 그 붉은 빛이 조금 바래 있었다.

"여기야! 우리 아이린이 쉬고 있는 곳."

나는 손가락으로 가리켜보였다. 그렇게 말을 하면서도 정작 그 애가 거기 쉬고 있다는 생각은 들지 않았다. 그 애는 늘 나를 가운데 두고 여름 장마의 연못물처럼 제 존재를 불리다가 내가 견디다 못해 온 몸을 털며 기어이 그 연못을 기어 나오게 만들었다.

너를 생각하지 않을 거야. 더는 생각하지 못하겠어.

나는 그런 말을 중얼거릴 때가 많았다. 슬픔에 젖는다는 건 견딜만한 슬픔이니까 그럴 수 있다는 걸 새삼 알게 됐다. 견딜 수 없는 슬픔이란 그냥 견딜 수 없는 것이었다.

조셉 신부가 성호를 긋고 잠시 고개를 숙였다. 그리고 아이린의 납골 칸 위로 십자를 그었다. 순간 햇볕이 내려앉는 그의 하얀 얼굴에 가느다란 무지개가 서리다 사라졌다. 그가 바지 주머니에서 손수건을 꺼내 이마에 맺힌 땀을 닦았다. 그를 태우고 올 때에 비하면 햇살이 조금 따가워져 있었다.

"근데 아이린은 왜 떠났지?"

그가 얼굴을 살짝 찌푸리며 물었다. 얼굴로 비치는 햇살이 성가신 듯 몸을 돌려 납골 칸을 등지고 섰다. 나도 그를 따라 몸을 돌렸다. 언덕 아래로 수많은 묘역이 내려다 보였다. 문득 저 사람들은 어떤 이유로 죽은 것일까, 그런 생각이 들었다.

"교통사고."

나는 간단히 대답했다.

"저런! 2년 전이면 몇 살이었어?"

그가 놀라는 듯 말했지만 표정은 전혀 놀라 보이지 않았다.

"스물 둘. 하지만 교통사고는 열여덟 살에 일어났어."

이번엔 그가 진짜 놀란 표정으로 나를 바라봤다. 하지만 나는 담담히 입을 다물었다. 하이스쿨 졸업 전 아이들이 가장 흥분하는 프롬 파티 때문에 사고가 났다는 걸 기억하는 것만으로도 힘들었다.

그날 아이린은 핑크색 드레스로 성장을 한 채 파트너의 리무진을 타고 집을 떠났다. 파트너는 서로 잘 아는 한국 가정의 아들이었다. 유수한 대학에 입학허가를 받아놓은 모범생이었기에 나는 아무 걱정도 하지 않았다.

나중에 들은 얘기지만 파티가 끝나고 아이들 몇 명이 바닷가로 나갔고, 달빛이 비쳤지만 깜깜한 바닷가 모래사장에서 커플끼리 흩어졌다고 했다. 아이들이 어떤 짓을 했을 지는 뻔한 일이었다. 아이들은 누군가의 비명소리를 들었다고 했다. 나중에 생각하니 그게 아이린의 목소리였다고. 아이는 드레스 사이를 파고드는 파트너의 손길을 피해 모래언덕을 넘어 차도로 도망갔다. 한밤중 자동차가 마구 달리는 도로였다. 평소에 좋아하는 파트너였는데 차도로 뛰어들 만큼 그 손길이 싫었던 걸까.

아이린은 가끔 내게 말했다. 공부도 잘하고 잘 생긴 그 아이가 맘에 든다고, 부모가 자동차 바디샵을 하는 블루칼라인 것만 빼면 다 좋다고 했다. 블루칼라……. 새삼스러울 것도 없었다. 이 민족의 대부분이 블루칼라의 삶을 살 수밖에 없으니까. 아이 딴에 우리는 블루칼라가 아니라고 생각하는 것 같았다. 아이는 알지 못했다. 우리는 블루칼라의 삶도 살지 못하는 비정상적인 수입원으로 사는 가족이란 걸. 통장에 돈이 있으면 빈둥빈둥 집에 있다가 돈이 바닥날 때쯤이면 한국으로 날아가 선산 귀퉁이를 떼어 팔고, 놀다가 팔고……. 그렇게 불성실한 방법으로도 신기하게 삶이 이어져갔다. 아이린이 '블루칼라'라는 발음을 할 때 나는 공연히 부끄러워 얼굴을 붉혔다. 어쩜 그 애는 내가 정말 그 블루칼라의 삶을 싫어해서 얼굴을 붉힌다고 생각했는지도 몰랐다.

그렇다고 부모가 블루칼라 직업을 가진 것이 싫어 그 아이의 손길을 거부했을까. 언제쯤 그 애가 첫 키스를 해줄까 기다리고 있다는 글을 아이린의 일기장에서 훔쳐본 일이 있었는데……. 어쩜 평소에 내가 아이 앞에서 웅얼거리던 말을 맘에 담아뒀던 건 아니었는지.

"아이린! 남자에게 함부로 몸을 허락해선 안 돼. 결국 너만 상처받아. 엄마 시대엔 결혼을 앞두고 있을 때서야 겨우 키스를 허락했단다. 몸을 허락하는 건 당연히 결혼 첫날밤이었지. 만약 그렇지 않는다면 불경한 여자로 인식되니까."

저녁밥을 지으며 무심코 한 말에 싱크대에 몸을 기대고 섰던 아이린이 키득키득 웃었다.

"그럼 엄마도 그랬어? 아빠에게 말이야."

아이는 애써 내 눈을 들여다보려 고개를 내밀었지만 파를 썰던 나는 도마 위의 파를 칼로 긁어 담아 얼른 찌개 냄비에 넣었다.

"몰라! 비밀이야. 엄마에게도 프라이버시라는 게 있어."

나는 등 뒤에서 다시 낄낄대는 아이의 웃음소리를 듣고 있었다. 그때 아이린은 열여섯 살이었다. 부엌에서 도마질을 하며 흘린 말을 아이는 열여덟 살이 되도록 간직하고 있었던가. 나는 알지 못했다. 새 목화솜 같은 아이의 순수한 내면이 엄마의 말을 그렇게 깊게 흡수해버린다는 걸.

아이린은 자동차가 달리는 도로에서 넘어졌다. 도망치는 아이를 뒤쫓아 모래언덕을 오르던 파트너가 넘어지는 그 순간을 목격했다고 했다. 도로 가장자리를 따라 달아나던 아이린은 파트너의 손길에 드레스 어깨가 벗겨져 발목까지 오던 드레스 한 자락이 바닥에 끌렸다. 급한 걸음에 하이힐 굽이 드레스 자락을 밟았고 아이는 차도로 넘어졌다. 그 순간 지프 한 대가 달려오다 속력을 늦추지 못한 채 아이린을 치고 말았다. 파트너는 지프의 전조등 불빛 속에 높이 솟구치다 바닥으로 떨어지는 아이린을 보았다고 했다.

조셉 신부가 내가 무슨 말인가를 하길 기다리다 아이린의 납골 칸에 손바닥을 대며 눈을 감았다. 세상에 없는 아이의 남편이 되겠다고 했던 그는 만난 적 없는 아이린과 무슨 말이라도 나누고 있는 걸까. 내가 말해주지 않은 것들을 어쩌면 아이린의 영혼에게 듣고 있는지.

　그가 납골 칸에서 손을 떼자마자 나는 불쑥 말했다.

　"4년 간 병상에 누워 꼼짝하지 못했어. 의식은 있으나 몸을 움직일 수 없는 상태로 말이야. 몸 왼쪽의 뼈가 거의 부서졌지. 장기가 파손되고……. 더 말하기 싫어. 그 아이는 살고 싶었던 거야. 자신의 눈부신 청춘이 그렇게 가버리는 걸 안타까워했어. 수술과 진통제, 그리고 기도……. 우리에겐 그것뿐이었지. 내가 왜 코리언 교회에 가지 않는지 알아? 모두들 수근대거든. 아이린에 대해서. 그 녀석은, 우리 아이린을 겁탈하려던 그 녀석은 멀쩡하게 대학을 졸업하고 지금 의과대학원에 갔어. 법학대학원에 가려다 아이린 때문에 의사가 되기로 결심했다네. 그것으로 속죄하고 싶다고 말이야. 웃기는 녀석! 소문에 들으니 약혼을 했다던데. 우리 아이린이 떠나기도 전에 말이야."

　나는 더 말하기 싫다고 해놓고도 자꾸 말하고 있었다. 내가 사건의 전말을 다 말하지 않았는데도 그는 다 알고 있는 것처럼 고개를 끄덕였다. 조셉 신부가 가만히 내 어깨를 감싸 안았다. 나는 그의 품에 기댄 채 그만 울음을 터트렸다. 울음이 잦아들 때까지 그의 손이 토닥토닥 내 등을 두드렸다.

납골당이 있는 언덕을 내려와 자동차에 오르며 나는 미리 생각해둔 대로 점심을 먹으러 가자고 했다. 하지만 그는 약속이 있다며 거절했다. 대신 자신이 새로 발령받은 성당으로 꼭 한번 오라고 했다. 점심은 그때 먹자고. 그러니까 나는 그 점심 빚을 갚기 위해 지금 조섭 신부를 만나고 있는 것이다.

웨이트리스가 날라 온 치킨테리야끼를 불판에 올려놓으며 그가 물었다.

"닭고기는 안 좋아해?"

나는 고개를 저으며 쿡쿡 웃음을 머금었다.

"올 유 캔 잇을 먹으려면 비싼 고기를 시켜야지. 가장 질이 좋은 소고기로 말이야."

나는 거의 익은 등심을 가위로 잘라 그의 앞 접시에 올려주었다.

"먹어 봐. 소금과 참기름을 조금 찍어서."

그는 내가 시키는 대로 했다. 고기를 우물거리던 그가 엄지손가락을 치켜들었다.

"베리 굿!"

나는 고기는 그렇게 먹는 거라는 듯 의기양양한 표정을 지었다.

"고베고기도 시킬 거야. 고베고기 알아?"

그가 나를 흘깃 바라보며 나보다 더 의기양양한 표정을 했다.

"그럼 고베고기를 몰라? 나는 그보다 더 질 좋은 와규고기도 알아."

"그래? 마블링이 많은 와규? 좋아! 그럼 우리 와규도 시켜보자."

나는 사실 고기가 그다지 입에 당기지 않았지만 오기가 나서 말했다. 그가 고기를 우물거리며 흐뭇한 표정을 지었다. 문득 그가 열한 살에 베트남에서 미국으로 이주했다는 것이 생각났다. 언젠가 그가 미사 강론에서 자신의 이야기를 한 적이 있었다. 그 말을 듣던 때는 베트남 이주자가 신분상승을 위해 사제직을 지원했거니 생각했다. 누군가는 조셉 신부의 왜소한 외모에 여자 친구가 생길 법이나 하겠냐며 아마도 몇 번 딱지 맞고 사제가 되었을 거라며 웃었다. 정말 그런 것인가, 새삼 궁금증이 일었다. 하지만 대놓고 왜 사제가 됐느냐고 물을 수는 없었다.

"당신은 왜 베트남을 떠났어?"

일단 그렇게 물어보기로 했다.

"도망쳤어. 누나와 둘이서."

그가 우물거리던 고기를 얼른 삼키고 말했다.

"뭐? 부모와 같이 이주한 게 아니고?"

놀라서 눈을 동그랗게 뜨는 내게 그가 고개를 저었다.

"아니, 너무나 가난했어. 먹을 것이 없었고 누나는 아팠지. 누

나를 낳고 아이가 없던 우리 부모가 조셉 성인에게 기도를 해서
나를 낳았대. 그래서 내 이름이 조셉이야. 내 뒤로 동생들이 셋이
나 태어났지만 우린 너무 살기가 힘들었어."

"참, 당신은 그 지긋지긋하던 베트남전쟁이 끝난 다음에 태어
난 것이구나. 공산화된 땅에서 태어났네."

나는 학창시절에 '파월 장병 아저씨께'라는 제목으로 단체 위
문편지를 쓰던 때를 떠올렸다.

"난 그때 겨우 열한 살이었지만 집안의 장남이야. 부모님께 누
나를 데리고 미국으로 밀항하겠다고 했지. 부모님은 허락하실 수
밖에 없었어. 그렇게 떠나는 사람들이 많았으니 내가 어리고 어
쩌고 그런 생각은 하지도 않았어. 배불리 먹을 수만 있다면…….
한밤중에 밀항을 할 사람들이 부두에 모였어. 그때가 1987년이
었지. 고생 끝에 미국에 도착했어. 그 수많은 얘기들을 지금 다
말할 수는 없고……. 난민수용소에 머물며 정부가 제공하는 교
육을 거친 후 내가 간 곳은 텍사스의 한 시골이야. 거기에 먼 친
척이 살고 있었거든. 나는 미성년자라 보호자가 필요했어. 아니
면 고아원으로 가야할 처지였으니까. 학교에 가려고 스쿨버스에
오르면 온통 검둥이들뿐이었지. 백인도 없고 동양인은 오직 나
하나. 검둥이 아이들로부터 어지간히 놀림도 당했어. 영어를 제
대로 할 수 없어 대꾸도 못했으니."

나는 입을 벌린 채 그를 바라봤다. 그가 부모를 따라 이주해

평범한 이민족으로 자라난 줄 알았던 내겐 약간 충격이었다. 많은 상처를 남기고 베트남전쟁이 끝났을 무렵 나는 아무렇지도 않은 청춘으로 자라났고, 열한 살 어린 소년인 그가 아픈 누나의 손을 잡고 한밤중 배를 탈 때도 나는 클래식 음악과 블랙커피를 즐겼다.

"오! 그래? 정말 어려운 시간들이었구나."

나는 머릿속에 펼쳐지는 그 시기쯤의 내 삶을 반추하며 겨우 말했다. 어린 그가 어둠을 걷고 있을 때 나의 삶은 환하고 풍족한 봄이었는데 지금은 반대가 된 기분이었다.

"그뿐이 아니야. 나의 친척은 나를 착취했어. 학교가 파한 후면 그의 봉제 공장에서 패턴을 따라 가위질을 해야 했어. 반복되는 가위질에 손가락이 부르텄지만 나에게 임금 같은 건 주지 않았어."

나는 옷감 먼지가 날리는 공장에서 가위질을 하는 어린 소년을 떠올렸다.

"당신 참 훌륭해! 그 어려운 시절을 겪고 이렇게 사제가 됐으니. 오늘 미사만 해도 당신이 성당에 가득한 백인들을 지배하는 것 같았어."

불판 위의 고기들이 새카맣게 타들어가고 우리는 먹는 걸 잊은 채 서로를 바라보았다. 그가 슬그머니 웃었다.

"지배는 무슨? 어쩜 그들은 나를 제물로 내났는지도 모르지.

자기들은 하기 싫은 사제직을 내게 떠밀어놓고……."

그의 표정이 좀 쓸쓸해졌다. 불판에서 검은 연기가 피어오르자 웨이트리스가 다가왔다.

"불판을 바꿔야겠어요."

그녀가 상냥하게 말하며 익숙한 솜씨로 불판을 갈았다. 나는 좀 전에 말한 대로 와규와 고베 고기를 주문하며 그녀를 바라봤다. 차분한 동양인 외모의 그녀에게 한국인이냐고 물었다. 한국말을 전혀 못하는 2세들이 많기 때문이다. 하지만 그녀는 고개를 저었다.

"나는 필리피노예요."

문득 내가 어릴 때는 필리핀도 가보고 싶은 나라 중 하나였다는 게 생각났다. 지금은 그 나라 사람들이 국민소득이 높아진 한국으로 직업을 찾아온다지만, 나는 한국인이 그들보다 우수한 민족이란 생각이 잘 들지 않았다.

필리피노 웨이트리스가 날라 온 마블링이 심한 와규 늑간살을 새 불판에 올리며 조셉 신부가 말했다.

"나를 보호하던 친척이 거주를 여기 캘리포니아로 옮겼거든. 그래서 이곳으로 왔지. 여기선 또 멕시칸들이 우글거리는 가난한 동네에서 학교를 다녔어. 대학을 나왔지만 여자 친구도 없었고 왜 결혼을 하고 자식을 낳아야하나 그런 의문이 들더군. 그래서 사제가 된 거야."

결국 내가 처음에 궁금해 하던 것의 답을 들은 셈이지만 맘이 무거워졌다. 그는 점심을 먹는 짧은 시간에 자기 생애를 내게 다 부려놓았다. 내가 가볍던 날에 그는 생이 무거운 소년이었고, 지금 나는 반대로 날마다 무거운 생을 살고 있는 것만 같았다. 내가 그에게 잘못한 것이 없는데도 왠지 벌을 받고 있는 기분이 들었다.

"나 사제서품을 받을 때쯤 한국에 갔었어. 물가가 아주 비싸더군."

그가 또다시 선망을 담은 눈빛을 했다. 나는 내게 그런 눈빛을 할 이유가 없다는 말을 속으로 삼키며 적당히 익은 고기 한 점을 나무젓가락으로 집었다.

나는 당신을 찾아왔고, 차에 태우고 식당에 왔고, 나보다 편안한 자리에 당신을 앉혔고 지금 당신 점심을 사주고 있어. 나를 선망할 이유는 하나도 없지. 한국인의 GNP가 높아진 것은 나와 상관이 없어. 나는 미국에 살면서 오히려 당신을 선망해. 어둠에서 빛으로 나온 듯한 당신을.

기름기가 많은 고기 조각을 깨물자 육즙이 입안에 가득 찼다. 울컥 내 안에 물기가 가득 차올랐다.

"아이린이 사고를 당하고 나서부터 난 한국인들을 만나지 않아. 그들이 내 슬픔을 주시하고 있다는 게 견딜 수가 없었어. 그것은 위로도 관심도 아니었어. 그들의 호기심과 가십이 될 뿐."

그의 무거운 생애를 갑자기 부려 받은 나도 속을 좀 털어놓아야 할 것 같아 말했다.

"그랬군. 하긴 그래서 내가 당신을 만날 수 있었지만……. 그래도 언젠가는 코리언 커뮤니티로 돌아가겠지. 당신은……."

그의 표정이 조금 쓸쓸해지는 것 같았다.

"아니, 모르겠어. 내가 마치 고슴도치 같아. 언젠가 들은 적이 있어. 인간은 다 고슴도치 같은 존재라고. 가까이 다가가면 서로의 가시가 상대를 찌르는데 그걸 모르고 자신만 찔리고 있다고 생각한대. 그래서 혼자 멀리 도망가 있으면 또 외로워진다는 거야. 동물이나 사람이나 같은 종끼리 모이게 되어 있으니까. 그래서 슬금슬금 다가가서 무리에 끼어 있다가 상대의 가시에 찔려 또 도망치고, 그렇게 얼마쯤 있다가 또 다가가고……."

그가 크게 소리를 내 웃었다.

"그래서 당신은 지금 도망 와 있는 거야? 아님 내 가시에 찔리는 중인가? 나도 당신이 아픈 적이 있었어. 아이린의 납골당에서 당신이 울 때, 당신이 내 품에 기대어 울 때 정말 아프더라. 하하하."

그가 더 크게 웃기 시작했다. 하지만 나는 따라 웃지 않았다. 또다시 불판 위에서 고기가 타며 피어오르는 연기 사이로 그와 나 사이에 모호한 기류가 흐르고 있는 것만 같았다. 나는 얼굴이 붉어졌다. 그때 내 마음을 진정시키던 그의 왜소한 품에서 풍기던 낯선 체취가 문득 되새겨졌다.

굽지 못한 고기가 아직 접시에 남아 있었지만 우리는 그만 일어섰다. 그만하면 배도 부르고 그의 다음 미사시간이 얼마 남아 있지 않은 시각이었다. 신용카드 영수증에 필리피노 웨이트리스에게 팁을 듬뿍 써주고 나왔다. 그녀가 내게 원하는 게 바로 그것이라는 생각에서였다.

서둘러 자동차에 올라 조셉 신부의 성당으로 달렸다. 내 옷과 그의 옷엔 불에 탄 고기 냄새가 잔뜩 배어들었겠지만 우린 서로 감지하지 못했다. 같은 음식을 먹었으므로.

햇빛이 쨍한 성당 마당 가장자리에 차를 세우고 그를 배웅하기 위해 내렸다. 화단에 하얗게 피어난 카리사자스민이 은은한 향기를 풍겼다. 그때서야 내 옷에 배인 고기 탄내가 맡아졌다. 자스민 향기에 코를 큼큼대는 나를 그가 살포시 안았다.

"오늘 고마워. 또 만나. 다음엔 내가 밥을 살게."

그의 입김이 슬쩍 내 귓불을 간지럽혔다. 순간 지릿한 냄새가 코를 스쳤다. 같은 음식을 먹은 것으로는 가려지지 않는 베트남인 특유의 체취였다. 갑자기 가슴이 꿰찔리듯 아파왔다. 어느새 그가 너무 가까이 다가와 나를 찌르고 있었다.

묵주

오후의 햇살이 들이치는 창가에 노파는 뒷모습을 보이고 앉아 있었다. 앙상한 어깨가 움츠러진 채 그 중심에서 뻗어나간 가느다란 목이 해바라기를 하듯 창을 향한 채였다. 백발의 긴 머리카락이 돌돌 말려 정수리 못미처에 핀으로 고정된 모습은 햇살 속에 하얗게 벌어진 목화송이처럼 보였다.

요양보호사와 내가 그 등 뒤로 바싹 다가갔지만 노파는 미동도 하지 않았다. 보호사는 부러 헛기침을 두어 번 했다.

"어제 말씀드린 분이 왔는데요."

나직한 보호사의 목소리에 노파가 그때서야 고개를 돌렸다. 잠시 두 눈을 껌벅거리던 노파가 그 옆에 오도카니 선 나를 올려다봤다. 늘어진 눈꺼풀에 절반은 덮인 눈이었지만 노파의 눈초리는 선명하고 매섭기까지 했다. 나도 모르게 반걸음쯤 물러나며

속으로 중얼거렸다.

이 사람이 91세라니……. 그 눈빛은 나를 뚫어보고 있는 것만 같았다.

"선생님! 오늘은 기분이 어떠신지요? 이렇게 예쁜 아가씨가 자원 봉사를 하겠다고 왔어요."

보호사는 갑자기 간드러진 목소리로 나를 소개했다. 말벗 봉사자를 필요로 하는 노인이 있다며 나를 이 방까지 데리고 온 그녀는 그간의 에피소드를 미리 말해주었다. 자원 봉사를 나온 아주머니들을 방에 들여보내면 그들은 곧 쫓겨나왔다고 했다.

저런 코드도 맞지 않는 여편네와 내가 무슨 말을 나누라고? 나한테 할머니라잖아. 그래, 내가 할머니인 건 맞지만 그 전에 난 작가야! 당연히 나한테 선생님이라고 불러야지.

그 가느다란 몸에서 어떻게 그처럼 앙칼진 소리가 나올 수 있는지 보호사는 때로 믿을 수가 없다고 했다. 서울 변두리의 이 사설 요양원은 대부분 6인실이지만 노파는 그 값이 몇 배인 독방을 쓰고 있었다. 요양원 원장은 그런 노파를 특별 대우한단다. 젊은 시절 문학청년이었던 원장은 노파가 작가라는 말에 허리를 깊이 굽혀 존경심을 표했다고. 하지만 노파 스스로 작가라고 말하기 전까지 원장은 노파가 글을 쓰고 출간을 했었다는 걸 전혀 알지 못했다. 노파가 너무 무명작가거나 아니면 원장이 겉멋만 들렸던 문학청년이었던지…….

나는 보호사에게서 들었던 말을 곱씹으며 원장이 했었다는 것
처럼 깊이 허리를 굽혀 인사했다. 그 모습이 작가인 당신을 존경
한다는 표시가 되길 바라면서. 꺾었던 허리를 펴고 고개를 드는
순간 노파의 얼굴에 슬그머니 미소가 번지는 게 보였다.

"귀여운 아가씨로군. 학생인가요?"

가느다란 노파의 목소리는 결코 늙어있지 않았다. 나는 언뜻
젊은 여성의 목소리를 듣고 있는 듯한 착각에 빠졌다.

"작가 지망생이라고 합니다."

내가 학생이 아니라고 대답하려는데 보호사가 먼저 말했다.
나는 좀 머쓱해져 그저 웃어보였다. 노파가 그때서야 몸을 틀어
바퀴달린 팔걸이의자를 굴리며 나와 보호사를 마주봤다. 창을 등
진 노파의 부슬부슬한 머리칼이 빛 속에 갈기가 선 듯 보였다. 순
식간에 노파의 이목구비가 사라지고 갸름한 얼굴 윤곽만이 드러
났다. 그 모습은 좀 괴기스러웠다.

"선생님! 그럼 말씀 나누고 계세요. 저는 이따 약 드실 시간에
오겠습니다."

보호사는 빛을 등진 노파의 이목구비를 찾기나 하려는 듯 무
릎을 굽히며 그 얼굴에 바싹대고 말했다. 노파가 의자 팔걸이에
놓였던 손을 잠깐 들어보였다. 단지 그만 나가도 좋다는 뜻이겠
지만 그 손짓은 왠지 권위적으로 보였다.

보호사가 나가자 나는 어색함을 감추지 못하고 노파 앞에 엉

거주춤 서 있었다. 노파가 의자에서 슬며시 일어섰다. 그 모양이 좀 비틀거리는 듯 보여 나는 얼른 다가가 노파의 팔을 붙들었다. 환자복에 위에 걸쳐 입은 흰 카디건 소매 속 그 팔은 가늘고 딱딱했다. 조금만 힘을 주면 금방 툭 부러질 것만 같았다. 하지만 노파는 내 손을 뿌리쳤다.

"괜찮아요. 늙은이라고 자꾸 그렇게 부축을 해주면 더 기능이 퇴화되는 거야."

노파는 의자에서 반쯤 일으켰던 허리를 천천히 곧게 폈다. 움츠려 앉았던 모습에 비하면 반듯한 몸매에 키도 큰 편이었다. 분홍색 실내화를 신은 발을 성큼 떼며 침대 옆에 놓인 소형 냉장고 앞으로 간 노파는 냉장고 문을 열고 나를 돌아보았다. 내게 무얼 마시겠냐고 묻는 것 같았다. 냉장고 안엔 각종 음료수가 가득 들어 있었다. 나는 얼른 냉장고 앞으로 다가가며 되레 노파에게 물었다.

"뭘 꺼내드릴까요?"

노파가 얼굴을 찡그리며 나를 바라봤다.

"내가 물었잖아. 뭘 마시겠냐고? 작가 지망생이라면서 그 정도 눈빛도 못 알아채는 건 아니겠지?"

좀 날카로운 그 어투에 나도 모르게 움찔해졌다. 나는 얼른 오렌지 주스 캔 하나를 꺼내들었다.

"알고 있었어요. 제게 눈으로 물으신 걸요. 하지만 언어로 확

70

인하는 습관에 길들여져서……."

기어드는 내 목소리를 못 들은 척 노파는 나와 똑같은 캔 주스
를 꺼내들고는 냉장고 문을 닫았다.

"하긴 그렇지. 인간은 언어영역만을 공적인 소통수단으로 여
기니까. 하지만 우리들의 소통수단은 많아. 눈빛, 몸짓 말고도
말이지. 생각과 기도 때론 꿈도 누군가와 마음을 나누는 길이 되
기도 하거든."

노파는 주스 캔을 들고 창가로 갔다. 보호사와 나를 바라보느
라 출입문을 향해 돌려진 의자를 흘깃 바라보던 노파는 내게 눈
길을 던졌다. 나는 이번엔 금세 알아채고 의자를 돌려 노파가 다
시 창을 향해 앉을 수 있게 했다. 노파가 천천히 의자에 앉았다.
눈길은 그저 창밖을 향한 채 노파는 자신이 들고 있던 주스 캔을
내게 내밀었다. 나는 얼른 캔 뚜껑을 열어 그 손에 쥐어주었다.
그제야 노파가 피식 웃음을 머금었다.

"아가씨와 나는 몇 살 차이지?"

그건 눈이나 몸짓으로 말할 수 없다는 듯 노파가 물었다. 나는
잠깐 암산을 했다.

"69년 차이지는 것 같아요. 전 스물두 살이거든요."

"내 나이는 알고 왔군. 근데 왜 작가가 되겠다는 거야?"

주스 캔을 입으로 가져가는 노파의 목소리는 좀 무심하게 들
렸다.

"잘하는 게 별로 없어요. 공부도 별로여서 겨우 2년제 전문대를 올 봄에 졸업했어요. 4년제 대학으로 편입할까 생각도 했는데 그게 쉽지도 않고요. 취직은 더 어렵고요. 전공이 문예창작이라 글이라도 써야겠다고 컴퓨터 앞에만 있었더니 엄마가 밖으로 내쫓아서……. 저희 집이 이 근처라 제가 어딜 가려면 꼭 이 앞을 지나쳐야 해요. 오며가며 이 건물을 볼 때면 어떤 분들이 여기 계실까 때론 궁금하기도 했어요."

내가 좀 수줍게 말하는 동안 노파는 주스를 두어 모금 마셨다. 그 모습은 마치 내 말이 듣기 싫다는 것처럼 느껴졌다. 주스 캔을 만지작거리는 내 손에 땀이 묻어났다. 내가 왜 이 거만해 보이는 노파 앞에서 주눅이 드는 건지 알 수 없었다. 시급을 받는 것도 아닌데 비위가 상하면 그냥 집으로 돌아가면 그만이었다. 하지만 밖에 나가 뭐라도 하라던 엄마의 성난 얼굴이 떠올랐다. 나는 노파의 시선이 머문 창밖을 바라봤다. 5월의 푸르름이 펼쳐진 잔디 마당 건너편에 근처 전철역까지 순환하는 마을버스 정거장이 있었다. 나도 외출을 할 때면 거기서 버스를 타고 내렸다. 노파가 늘 저 버스 정거장을 바라보고 있었다면 한번쯤은 버스에서 내려 걸어가는 나를 봤을지도 몰랐다. 아니면 버스를 타려고 걸어오는 나를 봤든지. 노파의 시력이 좋다면 말이다.

"아가씨 나이보다도 어렸어. 그때가……."

멍하니 노파의 시선을 따라 버스 정거장을 바라보고 섰던 나는 그제야 손에 들린 주스 캔을 따 한 모금 마셨다.

"그때라면…… 혹시 첫사랑이요?"

무심결에 말이 튀어나왔다. 노파가 그 말에 뭐라 반응하기도 전에 나는 혼자 까르르 웃고 말았다. 노파가 고개를 돌려 슬쩍 나를 올려다봤다.

"왜? 이런 늙은이에게 그런 추억이 있다는 게 우스운 거니?"

또박또박한 그 말투는 조금 화가 난 듯 느껴졌지만 노파는 웃고 있었다. 나는 그제야 노파가 어떤 책을 썼는지 궁금해졌다. 고전에 가까운 작품을 남긴 작가나 현재 문단을 주름잡는 작가들의 작품을 읽고 분석하는 것만으로도 나의 문예창작과 생활은 벅찼다. 수많은 작가들의 책을 다 읽을 수는 없는 노릇이라 내가 노파의 작품을 모르는 건 어찌 보면 당연했다.

"아니요. 아니에요. 전 사실 첫사랑을 했는지 안 했는지 잘 모르겠어요. 데이트를 한 적은 있지만 그게 사랑이었는지는…….."

"그건 어떤 신비에 관한 것이란다. 사랑은 사실 신비의 영역이지."

노파는 내 말을 못들은 것처럼 나직이 말하며 카디건 주머니에 손을 넣었다. 그 손에 들려나온 것은 반짝거리는 구슬 꾸러미였다. 목걸이? 나는 순간 그렇게 생각했다. 팔찌라고 하기엔 좀 길어보였기 때문이다. 노파는 그 구슬 꾸러미를 창으로 비쳐든 햇살 속에 늘어뜨렸다. 빛을 머금은 구슬이 눈부시게 광채를 냈다. 가느다란 크리스털 구슬 꾸러미 밑에는 작은 철제 십자가가 대롱거렸다. 나는 곧 그게 무엇인지 알아차렸다.

"이건 천주교에서 묵주라고 하는 것 아닌가요?"

"그래, 이건 묵주이지. 나는 어쩌면 죽기 전에 이 묵주에 관한 얘기를 누군가에게 하고 싶어서 이제껏 살아 있는지도 모르겠어. 내 얘기를 듣겠니?"

노파는 그저 창밖에 눈길을 둔 채 말했는데 왜 그런지 내 몸에 소름이 돋는 것 같았다.

"무서운 얘기인가요?"

나는 그냥 솔직히 물었다. 찝찝한 기억이 오래 남을 괴담 같은 얘기라면 사실 듣고 싶지 않았다. 노파가 나직한 웃음소리를 냈다.

"인간에게 신비는 두려움이기도 하지. 하지만 그건 경외심이라고 해야 마땅한 두려움이야."

나는 아무 대꾸도 하지 않은 채 캔에 남은 주스를 마저 마셨다. 주스가 내 목을 넘어가는 소리를 듣고 있었던지 노파는 내가 입에서 캔을 떼자마자 다 마시지도 않는 자신의 캔을 내밀었다.

"같이 버려줘. 오늘은 아가씨한테 얘기하지 않을 거야. 아가씨가 나를 보러 다시 와준다면 그때 얘기해주지. 듣고 싶지 않으면 안 와도 돼."

노파는 주스 캔을 버리려고 몸을 돌린 내 등 뒤에서 말했다.

나는 못들은 척 반도 넘게 남은 노파의 주스를 화장실로 가 버리고 캔 두 개를 거기 휴지통에 넣고 나왔다.

"가고 싶으면 오늘은 그만 가도 돼. 산책이나 그런 건 나 혼자도 할 수 있어. 보행 보조기를 끌고 나가면 어렵지 않아."

그렇게 말했지만 나를 빤히 올려다보는 노파의 흐린 눈에 간절함이 담겨 있었다. 나는 이왕에 왔으니 한 시간은 채워야겠다고 생각했다. 구석에 놓였던 접이식 의자를 끌어다 노파 곁에 놓고 앉았다.

"조금 더 있다가 갈게요. 그런데 선생님은 작가셨다던데 무슨 작품을 쓰셨어요?"

내 말이 떨어지자마자 노파가 고개를 홱 돌리고 나를 쏘아보았다.

"왜 과거형이지? 글을 쓰고 있지 않을 때도 작가는 작가야. 그동안 써온 것만으로 그렇지. 또 앞으로 써야할 것들을 가슴에 담아두었다는 의미에서도 그래. 나는 앞으로 쓰지는 못하겠지만……."

노파는 날카롭게 말을 시작했지만 뒷말은 우물우물 삼켰다. 다시 창밖을 바라보는 그 옆모습에 좀 쓸쓸한 기운이 어렸다.

"작가이신 선생님의 작품들이 궁금해서요."

노파의 쓸쓸한 옆 볼에 대고 나는 한껏 공손하게 말했다. 노파가 피식 웃음을 머금었다.

"세상 모든 사람들이 내 이름을 기억할 필요는 없어. 같은 언어를 쓰는 사람들이라도 내가 쓴 글들을 모두 읽을 순 없지. 쓰는 것은 나의 선택이고 읽는 것은 그들의 선택이니까. 그래도 나는 쓰면서 희열과 존재감을 느꼈고, 더러는 내가 쓴 글에 감동하고 인생을 곧게 세운 사람들도 있지. 이 방 문 앞에 표시된 내 이름을 보았다면 찾아보려무나. 더러는 도서관에도 있고 어쩜 아직 서점 구석에 남은 책들이 있을지 몰라. 궁금하다면 그게 낫지. 내 입으로 무슨 말을 하리. 나는 그저 신비를 알아들을 사람을 기다리고 있었던 거야. 무엇보다 듣고 싶은 열의가 있는 사람을."

"제가 그렇게 보이나요? 선생님의 얘기를 들을 열의가 있는 사람으로요?"

노파가 조금 소리를 내 웃었다. 웃음소리는 높고 청아했다. 노파는 여위고 주름진 얼굴에 보청기를 끼고 있었지만 목소리는 전혀 늙지 않은 것 같았다.

"아가씨 하기에 달렸지. 누군가에 대한 열의도 순간에 이루어지는 건 아니니까. 우리가 다시 만날 때 아가씨 안에 그 열의가 생성돼 있는지, 또 그때까지도 내가 얘기를 하고 싶은 욕구가 남아 있는지 보자고. 서로 맞닿는 지점이 있어야 이루어지지 않겠어? 글도 마찬가지야. 내 에너지를 담은 언어들이 읽는 사람의 간절함과 맞닿아야 시너지를 내는 거지. 나는 평생 많은 독자를 탐하지 않았어. 인연이 닿는 사람들만 읽었으면 하는 그런 바람이 있었거든."

나는 속으로 여기 다시 오지 않을 수도 있다고 생각했다. 사실은 오고 싶지 않았다. 이렇게 늙은 여자의 생뚱맞은 신비니 뭐니 하는 얘기보다는 사실 내 미래에 관한 일이 더 급했다.

노파는 창밖 멀리 시선을 던졌다. 환하던 남쪽 창의 햇살이 조금 기울어졌다. 나는 노파의 시선을 따라 길 건너편 마을버스 정거장을 바라보았다. 버스를 기다리는 사람들이 간간히 눈을 들어 요양원 건물을 쳐다봤다. 붉은 벽돌로 아름답게 지어진 3층 건물은 근처를 오가는 사람들의 눈길을 받았다. 건물이 들어선 건 불과 몇 년 전인데도 이 요양원은 아주 오래된 것처럼 느껴졌다. 노파처럼 오랜 삶을 살아온 사람들이 살고 있어서 그런 걸까.

나는 노파와 함께 길 건너편 버스 정거장을 우두커니 바라보다 돌아왔다. 그날 저녁 인터넷 창에 노파의 이름을 검색하자 노파의 젊은 날 사진이 떠올랐다. 단아하고 아름다운 얼굴은 지금의 노파와 다른 사람처럼 보였지만 갸름한 턱 선에서 겹쳐졌다. 20권이 넘는 그녀의 저서 표지가 인물 정보에 나열되었다. 제목만 보면서 휙휙 넘어갔다. 한두 권은 더러 들어본 책 같기도 했지만 나는 심드렁한 표정으로 인터넷 창을 닫았다. 수십 년 전에 출간된 유명하지도 않은 책들이 내게 무슨 의미가 있을지 싶었다. 괜히 쓸데없는 짓을 했다는 생각이 들었다.

하지만 집에서 빈둥거리고 있다가도 불쑥 떠오르는 것이 있었다. 노파의 주름진 손에 걸린 채 햇빛에 빛을 내던 그 크리스털 구슬 꾸러미가 자꾸만 생각났다. 노파를 만나고 온지 꼭 보름 째 되던 날 나는 그곳을 다시 찾아갔다.

그 사이 초여름의 기온이 높아져 있었다. 에어컨이 가동된 서늘한 병실에서 노파는 전보다 조금 두꺼운 카디건을 걸치고 있었다. 베이지색 털실로 짜인 그 카디건은 왠지 노파 혼자 가을을 맞고 있는 것처럼 보였다. 요양보호사가 방안에까지 나를 안내하고 돌아가자 노파는 팔걸이의자 바퀴를 돌려 비스듬히 나를 바라봤다. 환한 창을 배경으로 옆모습을 보이고 앉은 노파의 콧날이 오뚝했다. 나는 인터넷 검색에서 보았던 아름다운 여인을 떠올렸다. 사진 속 그 여인의 모습에 겹치는 건 노파의 갸름한 턱선 말고도 저 콧날이 있다는 걸 다시 생각했다. 나는 잠자코 구석에 놓인 접이식 의자를 끌어다 노파 옆에 놓고 앉았다. 노파가 얇은 입술을 삐뚜름히 하며 미소를 머금었다.

"몇 번은 말을 오래 나누고 싶은 사람들이 있긴 했었어. 한 번더 오면 묵주 이야기를 해주겠다고 했는데 다시는 오지 않더군. 그들은 궁금하지 않았던 모양이야. 궁금하다는 것도 하나의 갈망이지. 아가씨가 이렇게 다시 온 것만으로도 우리 인연은 닿아 있는 것 같네."

"그러게요. 사실 여기 다시 오겠다는 생각은 없었는데…….시간이 갈수록 그 묵주가 자꾸 생각났어요."

나는 솔직히 말했다. 조금이라도 가식이 섞인다면 노파가 금방 알아챌 것만 같았다. 노파는 나를 바라보며 다시 미소 지었다. 이번엔 입술만 삐뚜름히 하는 게 아니라 주름진 눈가에도 웃음을 담았다. 노파가 카디건 주머니에 손을 넣었다. 가늘고 반짝거리는 구슬 꾸러미가 노파의 손에 딸려 나왔다.

"이건 본래 있던 것이 아니고 대치물이긴 해. 몇 번 바뀌었지. 구슬에서 사람으로, 그리고 또 구슬에서 구슬로……."

나는 무슨 말인지 몰라 노파의 옆모습을 바라봤다. 노파는 고개를 조금 쳐들어 창으로 비쳐드는 햇살을 얼굴 가득 받았다. 빛속에 드러난 옆얼굴은 완벽하게 노파의 젊은 날 사진과 겹쳐졌다. 노파는 묵주를 손에 쥔 채 젊은 날로 돌아가고 있는 듯했다. 나는 노파의 시선을 따라 창밖으로 눈길을 던졌다. 따가워진 햇살에 요양원 뜰은 텅 비고, 건너편 버스 정거장에도 사람들이 드문드문 보였다.

"그때 나는 그저 열망에만 가득 찼던 소녀였어. 아가씨보다도 어렸지. 첫사랑을 했느냐고? 아니 어쩜 그것은 사랑이 아니라 그저 열망이었어. 평생을 살아보니 사랑이란 그저 자기 안의 열망을 끌어내는 하나의 매개에 불과해. 그 매개를 통해 신의 사랑을 발견할 때만이 사랑은 진정한 사랑이 되는 거지. 나는 그때 그것을 몰랐지만 스스로 교회를 찾아갔어. 그리고 세례를 받았지. 사랑이 너무 아파서 그 아픔을 완화시켜줄 진통제쯤으로 교회를 생각했다고 할까."

노파는 말을 끊고 낮게 코웃음을 쳤다. 나는 무슨 소리를 하는 것인지 감이 잘 잡히지 않았지만 잠자코 듣고 있었다.

"세례식 전날 밤이었어. 나는 잠을 이룰 수가 없었어. 공연히 집안을 왔다 갔다 했지. 왜냐면 집에 돌아오는 길에 우연히 사랑을 만났거든. 그는 동료들과 함께였는데 나도 친구와 걷다 만난 길이라 우린 그냥 헤어졌어. 그 다음날 내 세례식장에서 만나기로 했었거든. 그럼에도 나는 마음을 가눌 수가 없었어. 그가 그리운 것도 같고 감당이 안 되는 것도 같고……. 지금 생각하니 그 것은 그저 내 안의 열정이 마구 분출되던 때문이었어. 그러고 있는 동안 자정이 가까웠던가 봐. 내겐 사회적 엘리트였지만 술만 마시면 딴 사람이 되는 오빠가 있었어. 그가 돌아오기 전에 내 방으로 돌아갔어야 했는데 나는 그만 술에 취한 채 귀가한 그에게 붙들려버렸지. 그는 내가 늦은 시간까지 거실에 있다는 걸 시비 걸었어. 나는 말대꾸를 하고 말았지. 제 정신이 아닌 사람에겐 아무 말도 하지 않았어야 했는데……. 커튼이 젖혀진 어두운 창밖엔 부슬부슬 봄비가 내리고 있었지. 창으로 비쳐든 가로등 불빛에 그의 눈이 푸르게 빛났어. 나도 모르게 소리쳤어. 악마! 그래, 그 순간 어쩜 그에겐 악마의 기운이 실렸던 지도 몰라. 그 다음날 세례식을 앞둔 나를 별 이유도 없이 구타했으니까. 나는 몸보다 마음이 더 아팠어. 왜냐면 그는 너처럼 하찮은 인간이 무슨 세례를 받느냐고 말했거든. 그래, 그때 난 꿈만 가득한 소녀였지. 유복한 집안 환경이 삶의 무기일 뿐 잘난 오빠에 비하면 지닌 것이 없던 아이였어. 나는 정말 나 자신의 하찮음에 밤새 울었어. 비는 쏟아지고, 내가 한 잎의 가랑잎이 되어 높은 절벽 끝에서 어둠의 공간으로 풀풀 날리는 것만 같았어. 그것은 지독한 고독감이었어. 거기엔 내가 그토록 애달아하는 사랑도 떠오르지 않더군."

노파는 낮은 목소리로 말했지만 그 순간의 고독을 반추하는 듯 어깨를 떨었다. 나는 가만히 노파의 어깨에 손을 얹었다. 떨리던 그 어깨가 조금씩 가라앉고 노파는 다시 말을 시작했다.

"묵주가 내게 왔던 건 그 다음날이었지. 내 세례식에 왔던 언니가 오빠의 선물이라며 반짝거리는 크리스털 묵주를 내밀었어. 자신이 왜 그랬는지 모르겠다며 미안하다는 말도 함께 전해달라고 했다더군. 내 생애 최초의 묵주는 그렇게 애증이 담긴 채 찾아왔어. 나는 밤새 울어 부은 얼굴이었지만 사랑을 만났고 그날은 행복했어. 하지만 내가 그 묵주를 들고 조금씩 기도라는 걸 배워가는 동안 사랑은 내게서 떠났어. 그를 생각하는 것만으로도 벅차던 가슴에 빙하가 몰려왔지. 나는 그 차가움을 견디지 못하고 그만 손에 들고 있던 묵주를 끊어버리고 말았어. 기도는 내가 원하는 것의 반대편 일만 이룬다며……."

거기까지 말한 노파는 묵주를 움켜쥔 두 손을 가만히 떨었다. 노파의 옆얼굴에 햇살 그림자가 지며 일그러졌다.

"원하는 것의 반대편 일을 이루는 것이 기도라면 그걸 하지 않는 게 나은 일 아닌가요?"

나는 무슨 말인가 해야 할 것 같아 그렇게 말했다. 노파가 고개를 돌려 슬그머니 나를 봤다. 슬픈 빛이 어린 얼굴이었다.

"나도 아가씨 나이 땐 그렇게 생각했지. 묵주를 끊어버린 건 그래서였어. 하지만 그 묵주는 어떻게든 내게 돌아오고 싶었던 거야. 물건과 사람 사이에도 인연이란 게 있지. 하물며 묵주는 신의 기운이 어린 것이니 더욱 그러지 않았겠어. 그로부터 10년 뒤였어. 그 묵주가 내게로 왔어."

노파는 햇살이 가득한 창으로 목을 빼며 눈을 감았다. 노파의 흰 머리칼과 이마와 콧날이 햇빛에 잠겼다. 그림자 진 목덜미가 가만히 심호흡을 삼키는 걸 바라보던 나는 불쑥 물었다.

"어떻게요? 끊어서 버린 묵주가 어떻게 다시 돌아온 건가요?"

노파는 얼굴을 햇빛에 묻은 채 움직이지 않았다. 그 목소리만 가만가만 울려왔다.

"꿈을 꾸었지. 나는 처음 세례를 받았던 그 성당에 있었어. 그러니까 밤새 울어 퉁퉁 부은 얼굴로 세례를 받던 그 곳 말이야. 거기 성물판매소에 진열된 수많은 묵주들을 바라보고 있었지. 나는 그 중에서 가장 가느다란 크리스털 묵주 하나를 훔쳤어. 그리고 꿈을 깼는데……."

노파는 거기서 말을 끊었다. 햇빛을 향해 뻗었던 목을 움츠리며 갑자기 추위가 느껴지는 듯 어깨를 움츠렸다. 나도 모르게 노파의 어깨로 팔을 뻗어 감쌌다.

"꿈이었군요."

짧은 내 말에 노파는 갑자기 내 팔을 뿌리치며 일어섰다. 가느다란 몸이 곧 넘어질 듯 위태로워 보였다. 노파는 조금 성난 눈빛으로 나를 향해 휙 몸을 돌렸다. 하지만 두 눈엔 물기가 가득 고여 있었다.

"묵주가 사람으로 왔어. 그 아홉 달 뒤 나는 딸을 낳았거든. 그때는 그 아이가 내게 묵주로 왔다는 걸 알지 못했어. 어른들이 지어오신 그 애의 이름이 구슬을 잇는다는 한자어 뜻이었는데도 말이지. 아이는 늘 아프며 더디게 성장했고, 나는 다시 기도를 시작할 수밖에 없었어."

노파의 말이 잘 이해되지 않았다. 사람이 묵주로 오다니……. 나는 그런 일은 있을 수도 없다며 고개를 저었다. 노파가 내 모습을 보며 빙그레 웃음을 머금었다. 그러나 두 눈에선 눈물이 떨어졌다.

"그래, 알아. 아가씨가 어떻게 생각하고 있는지. 내 얘기를 더 들어봐!"

노파는 내 어깨를 짚으며 천천히 다시 의자에 앉았다.

"네, 저도 더 듣고 싶어요."

나는 믿어지진 않았지만 그 얘기를 끝까지 들어보기로 했다.

"그래, 그 아이는 철없는 영혼인 내게 한평생의 기도로 찾아온 거였어. 나는 글을 쓰기 시작했지. 사람이 너무 아프면 자기 안의 숨은 것들을 끌어내게 마련인 모양이야. 내 안의 것들이 풀려나와 글이 되고 책이 되었어. 그렇게 수십 년이 흘러갔어. 그리고 나는 어느 날 로마 여행을 떠났지. 처음 간 것은 아니었지만 어쩌면 내 생의 마지막 방문일 거라는 생각에 바티칸 박물관에서 묵주를 하나 샀어. 고르고 보니 오래전 꿈에서 보았던 묵주와 아주 비슷한 거야. 그리고 그 1년 후쯤 한 평생 아프던 내 딸은 세상을 떠났어. 그 묵주를 쥔 내 손을 잡은 채……. 나는 그 애가 태어나던 순간을 똑똑히 기억하고 있었어. 어떻게 내가 그 아이의 태어남과 죽음을 같이 볼 수 있었던지……."

노파의 무릎으로 눈물이 뚝 떨어져 내렸다. 하지만 그 꼿꼿한 자세는 한 치의 흐트러짐이 없었다. 마음이 불안했다. 너무 꼿꼿한 노파의 가느다란 몸이 금방 꺾여져 부서질 것처럼 느껴졌다. 나는 일어서서 침대 옆에 놓인 티슈 통을 가져다 노파의 무릎에 놓아주었다.

"따님은 선생님께 평생의 기도, 그러니까 묵주였던 거네요."

"하지만 그때까지도 몰랐어. 그 애가 내가 젊은 날 끊어버린 묵주를 대신해 찾아왔었다는 걸. 그 아이를 가질 때 그런 태몽을 꾸었음에도 말이야. 신의 언어를 해석하는 머리가 보잘 것 없는 인간인 내게 없었던 거지."

84

노파는 무릎에 놓인 티슈 통에서 몇 장을 뽑아 눈 주위를 꾹꾹 누르며 말을 계속했다.

"평생 병들었던 그 애의 몸을 태웠지. 그러곤 가루가 된 그 뼈를 납골당에 안치한 날이었어. 나는 오후의 빈 성당에 앉아 있었지. 손에는 1년 전 바티칸에서 사온 묵주가 들려 있었어. 눈물과 회한으로 정신이 혼미하던 시간이었어. 어둠이 올 때까지 그렇게 앉아 있다가 성당을 나왔어. 그런데 내 손에 묵주가 없더군. 도로 성당 안으로 들어가 내가 앉았던 곳을 두리번거렸지만 묵주는 보이지 않았어. 할 수 없이 집에 돌아왔다가 그 다음날 성당 분실물 센터를 찾아갔지만 내 묵주는 없었어. 얼마간은 며칠에 한 번씩 그 분실물 센터를 찾아갔어. 혹시라도 누가 주워서 거기 갖다놓지 않았을까 하고 말이지. 하지만 나중에야 알았어. 그 묵주가 내 딸과 함께 하늘로 돌아갔다는 걸."

노파는 하늘로 돌아갔다는 말을 할 때는 긴 숨을 토하듯 말했다. 마치 모든 것이 다 끝나버렸다는 듯이. 하지만 그 옆얼굴은 조금 전보다 더 쓸쓸해보였다. 나는 노파의 손에 들린 묵주를 내려다보았다.

"그러면 이 묵주는요?"

노파가 묵주를 든 손을 가슴께로 올리며 나를 바라봤다.

"그러게. 모든 것이 끝났는데 나는 허전함을 견딜 수 없더군. 마침 로마 여행을 떠나려는 지인에게 부탁했지. 내가 지녔던 것과 똑같은 묵주를 사다줄 수 없느냐고. 그 지인은 아주 비슷한 것을 사와 내게 선물했지. 똑같은 것은 구할 수가 없었다고 하더군. 불과 1년의 세월인데 왜 똑같은 걸 구할 수 없었던지. 이 세상에서 똑같은 생은 아무도 없는 거란 뜻일까. 나는 이 묵주에 내 생의 모든 걸 새겨 넣는 기도를 지난 세월 해왔네. 그러니까 이 묵주는 내 소녀시절 처음 가졌던 묵주의 대치물이야. 세례 전날 술 취한 오빠를 통해 느꼈던 그 뼈저린 고독감 뒤에 네게로 왔던 최초의 묵주, 내가 끊어버렸던 묵주…… . 내 영혼이 오죽 방종했으면 묵주가 사람이 되어 내 딸로 태어났겠나. 아픈 일이었지만 돌아보면 참 은총의 일이기도 했네. 아가씨는 이 모든 걸 이해할 수 있겠어?"

노파는 고개를 돌리고 내 눈을 빤히 들여다봤다. 사실 나는 이해할 수 없었다. 노파가 말하는 것들을. 어찌 보면 죽음을 앞에 둔 노파가 혼자의 환상을 말하고 있는 것 같기도 했다.

햇살이 기울기까지 여름 해는 길었다. 노파는 할 얘기는 다 했다는 듯 더 이상 입을 떼지 않았다. 그래도 나는 일어서 돌아올 수가 없었다. 왜 그런지 노파의 침묵을 더 지켜줘야 할 것 같았다. 저녁 식사 시간이 돼 요양보호사가 왔을 때서야 나는 일어섰다.

보호사는 노파를 부축해 식당으로 가는 복도를 걸으며 내게 눈을 찡긋해보였다. 고맙다는 뜻인지 애썼다는 뜻인지 알 수 없었다. 노파는 식당 문으로 들어서기 전 걸음을 멈추고 나를 돌아보았다. 무슨 말을 하려는 듯 입술을 한번 달싹이다가 그저 삐뚜름한 미소만 머금어 보였다.

집에 돌아온 나는 그날 밤 잠을 이루지 못하고 몸을 뒤척였다. 눈을 감으면 그 가느다랗고 반짝이는 묵주가 자꾸 떠올랐다. 어린 소녀가 울며불며 묵주를 끊어버리는 장면, 이어진 구슬이란 한자어 이름으로 짧은 생을 살다 갔다는 노파의 딸 인간 묵주, 그녀가 떠나자 하늘로 함께 돌아갔다는 묵주, 지금 노파의 손에 쥐어진 묵주……. 머릿속에서 묵주란 단어가 끝없이 이어졌다.

요양원을 다녀오고 여름이 짙어질 무렵, 나는 지도 교수님을 통해 출판사 인턴사원으로 채용되었다. 베테랑 편집자들이 냉랭한 표정으로 근무하는 틈새에서 주로 잡일을 맡아하며 그들의 눈치를 봤다. 그래도 출판업계에서 A클래스에 속하는 곳이라 더러 유명 작가들의 실물을 보게 되는 일이 그중 즐거움이라면 즐거움이었다. 한참 잘 나가는 중견작가의 책이 새로 편집되는 중이었다. 그는 소설가지만 이번 책은 수필도 아니고 기행문도 아닌 애매모호한 내용이었다. 내 상관인 편집자는 그래도 그 이름값이 있으니 많이 팔릴 것이라고 말했다.

그 책의 편집이 거의 끝나갈 무렵, 작가는 글 한편을 첨가해 달라며 원고를 보내왔다. 그것을 출력해 오라는 상관의 말에 나는 출력기 앞으로 갔다. 가을이 깊도록 넉 달을 일했지만 내가 하는 일은 주로 그런 일이었다. 출력이 다 된 세 장의 원고를 모아 들던 나는 무심코 눈이 간 한 단락에 손을 멈추고 그것을 읽기 시작했다.

'얼마 전 세상을 떠난 ㅇㅇㅇ 작가의 작품에서 영감을 받아썼던 나의 소설 한편은 독자의 만족도가 컸다. 사실 그녀는 아는 사람만이 아는 작가지만 나는 그 소설의 독특함에 매료되었고, 그것을 나의 문장으로 풀어내는 데 성공했다. 그녀의 집을 아무도 모르게 허물어 그 재료로 나만의 집을 지은 것이 좀 꺼림직 했던 걸 그녀가 세상을 떠난 지금에야 고백한다. 형이상학적인 그녀의 생각을 나는 좀 알기 쉬운 형이하학적으로 풀이했을 뿐이다. 형이상학을 알아듣기 싫어하는 세상이기에 말이다.'

ㅇㅇㅇ은 내가 인터넷에서 검색했던 노파의 이름이었다.

그날 나는 근무를 마치자마자 요양원으로 갔다. 그간 출퇴근을 하느라 그 마을버스 정거장을 오가며 붉은 벽돌의 요양원 건물을 수없이 바라봤지만 노파가 세상을 떠날 수 있다는 걸 생각하지 못했다. 막연히 크리스마스 즈음엔 한번 찾아가리라 마음먹었을 뿐.

안내 데스크에서 노파의 죽음을 확인하고 멍하니 서 있을 때 내 곁을 스쳐가던 요양보호사가 아는 체를 했다.

"여름에 왔던 아가씨 아닌가요?"

보호사는 나를 알아보고 금세 슬픈 표정을 했다. 나에게서 노파를 떠올리는 것 같았다.

"한 번 더 온다는 게 이렇게 늦었네요. 그동안 바쁘기도 해서……."

나도 모르게 눈물이 고여 왔다.

"기다리셨어요. 아가씨를……. 한번쯤은 더 만나고 싶다고 하시더군요. 그러다 식사량이 점점 줄어들더니 이달 초에 떠나시고 말았어요. 늘 만지작거리시던 그 묵주를 손에 쥔 채요."

그녀가 묵주란 말을 발음할 때 왜 그런지 내 심장이 마구 뛰기 시작했다.

"내가 좀 일찍 왔어야 했는데……."

내 눈에서 눈물이 뚝 떨어졌다.

"아직 이곳에 계셔요."

보호사가 묘한 표정을 지으며 말했다.

"네? 여기 아직 계시다니요?"

나는 좀 웃는 것 같기도 한 그녀의 얼굴을 빤히 바라봤다.

"장례는 저희끼리 치렀어요. 이곳에 연락되는 인척이 없으신 것 같더라고요. 저희 요양원 고객이셨으니 정성을 다했죠. 미국 변호사이신 아드님은 장례엔 못 오셨고요. 곧 유골을 모시러 온다고 그 방에 그대로 머무시게 해달라고 했어요. 가보시겠어요?"

아무 말 없이 서 있는 나를 흘깃 바라보던 보호사는 따라오라는 듯 휙 돌아서 앞서 걷기 시작했다.

노파가 머물던 병동의 복도로 들어서자 후각에 기시감이 느껴졌다. 어쩌면 켜켜이 쌓여온 삶들이 녹아내리는 냄새, 거기에 소독약 냄새가 섞여 떠돌았다. 보호사는 노파가 머물던 방의 문을 열고 스위치를 올렸다. 창밖은 어두워졌지만 블라인드를 내리지 않은 창엔 길 건너편 버스 정거장의 불빛이 보였다. 문득 노파가 그동안 내가 저 정거장을 오가는 모습을 희미하게나마 봤을지도 모른다는 생각이 들었다.

노파가 누웠던 침대 가운데에 백자 항아리 하나가 덩그마니 놓여 있었다.

"화장을 해 여기 모셔뒀어요. 곧 아드님이 오셔서 미국 납골당으로 모셔가겠대요. 그때까지 방값은 계산하시겠다고요."

내가 망연히 노파의 유골 항아리를 바라보고 있는 동안 보호사는 슬그머니 방을 나갔다. 어두운 창으로 길 건너편 삶의 불빛들이 명멸하는 방 안에 노파는 죽음으로 거기 있었다. 나는 침대 가까이로 갔다. 노파의 손을 잡고 작별인사를 하듯 그 유골 항아리를 한번은 쓰다듬어야 할 것 같았다. 손이 백자 항아리에 닿자 선뜩한 차가움이 밀려왔다. 조금 오싹한 기분이 돼 손을 오그리는데 항아리 앞 시트에 놓인 무엇이 반짝 눈에 들어왔다. 노파의 손에 들렸던 묵주였다. 나도 모르게 묵주를 집어 들었다. 유골 항아리만큼이나 차갑고, 가느다란 크리스털 구슬 꾸러미가 손바닥에 놓인 채 나를 바라봤다. 마치 노파가 나를 보고 있는 듯했다. 나는 슬며시 손을 오므려 묵주를 손 안에 쥐었다.

"나 이거 가져갈래요. 내가 기억해 줄게요. 당신의 그 이야기를……. 아니, 내가 한번 써볼게요. 당신이 말한 신비를요."

나는 노파의 유골 항아리를 바라보며 중얼거렸다. 묵주를 쥔 손 안에 땀이 솟았다. 요양보호사가 다시 오기 전에 그 방을 나가야 할 것 같았다. 슬며시 방을 나온 나는 잰 걸음으로 요양원 건너편 버스 정거장에 와 섰다. 블라인드가 걷혀진 채 불이 환하게 켜진 노파의 방 창이 금세 눈에 띄었다.

당신의 생애를 훔쳐가요. 어쩜 당신이 내게 주고 싶었던 것인가요?

그 환한 창을 올려다보며 나는 맘속으로 물었다. 잠시 어둠 속에 서 있는 동안 그 방의 불이 꺼졌다. 보호사가 돌아온 모양이었다. 나는 천천히 집을 향해 걷기 시작했다. 가을바람이 차갑게 목덜미를 스치고, 묵주를 쥔 손 안엔 땀이 흥건해 왔다.

유행시대

늦가을

그는 오늘도 아침 6시에 눈을 떴다. 시계머리를 눌러 자명종을 끈 그는 이불을 제치고 일어나 앉았다. 세 평이 못되는 거실에 펴진 그의 이부자리가 부스럭 소리를 냈다. 거실 안은 아직 어스름했다. 그가 도로 감기려는 눈을 두어 번 깜박거리자, 안방 문이 열리고 거실의 불이 켜졌다. 아내가 부스스한 머리칼에 잠이 덜 깬 눈을 가느스름 뜨며 그를 바라보았다. 씻으세요. 오늘 아침도 선식? 아내는 입을 꾹 다물고서도 그에게 말을 걸었다. 그래, 선식……. 그도 입을 다문 채 아내에게 대답했다. 아내는 여윈 몸에 잠옷자락을 나풀대며 부엌으로 들어갔다. 허리에서 엉덩이까지의 선이 밋밋한 그녀…… 그리고 언젠가부터 가슴까지 밋밋해져버린 그녀…….

　그는 엊저녁 과음으로 개운치 않은 머리를 흔들며 욕실로 들어갔다. 욕조도, 샤워부스도 없는 약식 욕실엔 세면대 옆에 줄 달린 샤워기가 걸려 있다. 한 사람이 샤워를 하고 나면 다음 사람은 미끄러운 타일 바닥에서 넘어지지 않기 위해 조심조심 슬리퍼를 끌어야 한다. 그래도 이게 웬 호강이냐고, 먼 옛날엔 연탄불에 올려놓은 양은솥의 더운물을 누군가 쓰고 나면 다음 사람은 다시 물이 덥혀지기까지 기다려야 했던 시절을 생각해보라고, 그는 그렇게 자족하며 아침마다 샤워를 했다.

　서둘러 몸을 씻은 그는 타일 벽 한쪽에 걸린 수건을 낚아챘다. 그의 젖은 몸을 스치는 수건이 얼굴, 어깨, 배를 거쳐 아랫도리 쪽에 이르자 그의 남성이 슬그머니 반응을 했다. 그는 몇 해가 지나도록 가려움증이 낫지 않는 고환 밑으로 수건을 스치며 얼굴을 찡그렸다. 방 두 칸짜리 이 아파트에서, 한 칸은 아들에게 다른 한 칸은 딸과 아내에게 배당한 그는 아내와 한 자리에 든 게 언제인지 기억조차 아득했다.

　그는 벌거벗은 채 욕실을 나와 이미 개켜진 이부자리 위에 가지런히 놓인 속옷을 입었다. 베란다로 향한 유리문과 맞물린 벽 구석엔 그만이 사용하는 스탠드 옷걸이가 있다. 그는 거기 걸린 플라스틱 옷걸이에서 다림질이 잘 된 창백한 낯빛의 와이셔츠를 벗겨냈다.

"오늘 늦는다고 했어요?"

불쑥 아내의 목소리가 들려왔다. 그는 와이셔츠에 팔을 꿰며 아내를 돌아봤다. 그가 욕실에 있는 동안 다림질을 했는지 섬유에서 온기가 느껴졌다.

"그래, 모임이 있다고 했잖아."

그는 자신이 생각해도 말투가 몹시 거친 것을 알았다. 그건 경상도 토박이인 그의 습관, 이 땅에서 결코 사라지지 않으려는 가부장제의 권위, 그보다는 마음속 거짓말을 감추기 위한 퉁명스러움이었다.

"무슨 모임이라고 했어요?"

매사에 무심한 아내에게도 여자 특유의 더듬이는 있는 것인가. 집요한 기운이 부쩍 묻어나는 그녀의 목소리에 그는 갑자기 심사가 뒤틀렸다.

"니가 내 바깥생활을 다 아나? 내가 일일이 설명해야 한단 말이가?"

툭 쏘아붙인 말에 아내의 눈자위가 금세 붉어졌다. 곧 눈물이 쏟아질 듯한 그녀의 눈을 바라보던 그는 오랜 세월 동고동락해온 여자에 대한 연민을 느꼈다. 그럼에도 그는 눈빛에 더 날을 세웠다. 니가 그렇게 의심이 많으니 맨 날 골골하는 것 아니가? 그는 눈으로 말하며 아내의 손에 들린 양복저고리를 획 잡아 빼입었다. 현관문 못미처엔 네 식구가 겨우 앉을 만한 원탁이 놓여 있다. 아내가 알로에 주스와 섞어 믹서기에 휘둘러 놓은 선식이 유리잔에 가득한 채 선식가루와 주스가 막 분리되려는 찰나였다. 그는 냉큼 컵을 들어 벌컥벌컥 마셨다.

"기다리지 말고 저녁 먹어."

좀 목소리를 누그러뜨렸다고 생각했지만 자신도 모르게 냉정함이 불거졌다.

"오늘은 저녁만 먹고 좀 일찍 오면 안 돼요? 하경이 마지막 모의고사 성적이 나오는 날인데요."

애원 기 어린 그녀의 목소리가 현관을 나가는 그의 등을 뾰족하게 찔러왔다. 그는 얼른 문을 닫고 엘리베이터 앞에 섰다. 그의 마음이 불편해졌다. 아내는 혹 다 알면서 이제껏 모른 척 하고 있는 건 아닐까. 그의 목덜미가 조금 서늘해져왔다.

딸아이가 초등학교에 입학했을 무렵, 아내의 왼쪽 유방에서 팥알 만 한 암이 발견됐다. 부분절제만 해도 괜찮을 거라는 의사의 말에도, 아내는 두 유방을 다 절제해버렸다. 자신이 죽으면 아이들을 기를 사람이 없다며……. 본래 별로 탐스럽지도 않던 그녀의 가슴이었지만, 그는 좀 씁쓸했다.

아들아이가 고등학교에 입학 했을 땐 아내의 자궁에 근종이 자라났다. 폐경 때까지 기다리면 저절로 줄거나 사라질 수도 있다고 약물치료를 하며 기다려보자는 의사와, 유방암 경력이 있으니 적출수술을 하는 게 좋겠다는 의사가 맞섰다. 아내는 두 번째 의사의 의견이 옳다며 당장 수술을 받았다. 뭐 우리가 아이를 더 낳을 거예요? 죽지 않는 게 더 중요하잖아요. 아내는 그에게 씩 씩하게 말했다.

그때는 이 두 칸 방 아파트에서 그들 부부가 안방을, 딸아이가 작은 방을, 그리고 아들은 지금의 그처럼 거실을 제 방 삼아 쓰고 있었다. 아들의 대학입시가 다가오자 아내는 딸아이를 안방으로 불러들이고, 그 방을 아들에게 주었다. 밤이면 그의 이부자리는 아들이 자던 거실에 펴졌다. 그는 아내와 멀어지게 된 게 가난 때문이라고 생각했다. 방이 하나만 더 있었어도 메마른 그녀의 살갗이나마 스치며 잠이 들 텐데 싶어 좀 쓸쓸했다.

비주류 생활 잡지의 편집장인 그는 자신이 왜 가난한지 의문을 품지 않았다. 아내나 그나 부모의 유산은 한 푼도 받지 못했고, 성실히 일해 버는 월급은 늘 빠듯했다. 하지만 비슷한 나이에도 윤택하게 사는 놈들이 있긴 했다.

"야! 넌 애인 있어? 요즘 애인 없는 놈은 정말 불쌍한 놈이다."

술이 거나해지면 놈은 늘 입을 까불거렸다. 이만한 세월을 살고나면 마누라는 다 중성이지. 네 마누라처럼 아래 위를 다 떼어내지 않았어도 말이야. 뭣이? 순간 불끈 일어서는 분노 같은 감정에 그만 그의 손이 올라가려 했다. 그러나 상대는 메이저 신문

사의 문화담당 부장이었다. 그에게 손찌검을 하면 혹 기사거리를 얻을 수 있는 소스를 영영 잃는 거나 같았다. 그는 흡, 숨을 멈추고 화가 치오르는 기운을 삼켰다.

"뭐, 내 주제에 무슨 애인? 이 시대에 애인을 가지려면 삼력三力이 필요하다. 하하하!"

그는 부러 크게 웃었다. 놈이 양주잔을 들어 올리던 손을 멈칫하며 그를 슬쩍 흘겼다.

"삼력? 그게 뭔데?"

그는 대답에 앞서 더 큰 웃음소리부터 냈다.

"첫째, 여자의 마음을 움직일 만한 매력이 있어야지. 둘째, 그런 여자를 감당할 정력이 있어야겠지. 셋째는 연애에 적합한 환경을 만들 재력이 있어야지."

썰렁한 개그처럼 흘려놓은 그의 말에 놈이 마시려던 잔을 탁 내려놓았다.

"짜아식! 재력은 그렇다 쳐도 너 벌써 정력도 가셨어? 거기다 너 정도면 아직 매력 있는 중년이란 말이다. 이만하면 외모 되지. 재작년 박사과정도 이수했으니 가방끈 길지. 돈? 임마! 돈 있는 여자를 만나면 되잖아. 요즘 누가 남자가 돈 다 쓰냐?"

놈이 흐흐흐 웃으며 다시 잔을 들었다.

울퉁불퉁 술을 삼키는 놈의 목울대를 멀거니 바라보던 그는 술병을 든 채 놈이 잔을 내려놓기를 기다렸다. 발렌타인 17년,

이 비싼 술값은 늘 그렇듯 놈이 지불할 터였다. 거기다 오늘은 놈이 먼저 만나자고 한 자리였다. 빈 잔에 술을 붓는 그를 놈이 눈을 가늘게 뜨고 바라봤다.

"내가 하나 소개해줄까?"

그는 마치 그 말을 기다리기 위해 놈의 잔에 술을 친 계집아이처럼 눈만 깜박거렸다. 그래, 소개해 줘봐, 하는 말이 막 목을 치오르고 있었지만 그는 조금 전 놈이 돋운 분기를 삼키듯 그 말을 또 삼켜버렸다.

"무슨……. 엄청 바빠. 마감이 코앞인데 이 달도 겨우 페이지를 메운 걸. 이러다 잘리는 거 아닌지 몰라. 그렇잖아도 똑똑한 부장 몇 놈이 내 자리를 노리는데……."

맘과 달리 쏟아지는 그의 말에 놈이 클클 웃었다.

"임마! 너 그래서 박사 공부한 것 아냐. 치올라오는 후배들에게 밀리면 안 된다고……. 하긴 요즘 흔하디흔한 게 박사라 어디 시간강사 자리라도 아르바이트 하겠냐? 그저 이력에 장식품 하나 더 달고 편집실 안에서 뺑뺑이 치는 거지."

놈은 묘하게도 그의 속을 긁는 재주가 있었다. 학부시절에도 그랬다. 지방 언론사 오너 아들이었던 놈은 가난한 어부를 아비로 둔 그에게 자주 빈정거렸다. 그럼에도 그는 오랜 세월 동안 놈과 친구로 지내길 마다하지 않았다. 그의 가난이 그렇듯 놈의 부가 당연하다 여겨졌기 때문인지도 모른다. 그러니까 놈과 그는 운명 자체가 다른 것 같았다. 제 아비의 영향력 때문인지 놈은 졸업과 동시에 메이저 신문사에 입사했다. 하지만 그는 쉽게 뚫리지 않는 취업문턱에서 좌절을 거듭하며 학원 강사 노릇까지 했다. 아내는 그 사설학원의 경리직원이었다.

그가 뒤늦게 대학원 공부를 시작한 건 아내가 유방을 절제하고 나서였다. 그는 마치 공부가 아내의 도려낸 가슴이기나 한 듯 파고들었다. 그녀의 가슴에 그렇게 파고들어 본 적이 없건만. 학비가 나가는 만큼 그들이 세 칸 방이 있는 집으로 이사하는 일은 더 멀어졌다. 그가 논문을 쓸 무렵엔 집안 분위기가 살얼음판이었다. 아이들은 책상 앞에 앉아 굳어진 제 아비의 표정을 곁눈질하며 조용히 집안을 오갔고, 아내는 부엌일조차 소리를 내지 않으려 조심했다.

무용지물 박사학위, 여자 꼬실 때나 쓰라고? 놈을 따라 클클 웃던 그는, 연일 이어지는 술자리에 몸을 사리느라 비우지 않고 뒀던 제 술잔을 들었다. 어쩜 너무 건조하게 살아왔는지도 모른다는 생각이 들었다. 그는 서울 거리에서 살아남기 위해 안간힘을 다했다. 사춘기 시절은 어떻게든 그 가난한 어촌을 벗어나기 위해 공부에 전력했다. 마치 공부만이 그를 구원해줄 것처럼……. 그럼에도 그는 서울의 2류 대학밖에 진학하지 못했다. 대학시절 더러 맘에 드는 여학생이 있었지만 커피 한 잔 살 돈이 없었다. 연애는 그에게 너무 사치스런 일이었다. 졸업 후 취업전

선에 뛰어들면서도 그랬다. 그리고 연애라고 할 것도 없이 아내를 만나 후딱 결혼해버렸다. 제 몫의 여자가 생겨 애틋한 것도 잠시, 늘어난 식구들을 감당하기 위해 그는 또 달려야 했다.

그에 비하면 놈의 인생은 축복받은 것이었다. 배경이 빵빵한 집안의 귀여운 여자를 아내로 맞고 나서도 끊임없이 연애에 몰입하는 녀석이 말이다. 갑자기 놈의 인생에 질투가 느껴졌다. 그는 단숨에 술잔을 비워버렸다.

놈은 벌써 표정이 허물어지며 무슨 소리인지도 모를 말을 자꾸 중얼댔다. 놈의 눈자위가 점점 벌게지고 있었다. 눈물이 나는 것인가? 흥! 제깟 게 대체 무슨 설움이 있다고……. 그는 속으로 코웃음 치며 다시 술잔을 들었다.

"인간은 서러운 동물이다! 모든 인간은 사랑할수록 서러움을 느낀다!"

느닷없이 놈이 소리쳤다. 그는 놈의 눈앞으로 술잔을 치켜들었다.

"자자 건배! 나는 서러운 게 뭔지도 모를 만큼 정신없이 살았다. 무슨 개소리냐?"

그의 목소리가 툭 불거져 나왔다. 놈이 금세 한 대 칠 듯 눈을 부라렸다.

"이 바닷가 촌놈이 술 좀 마시더니 목소리가 커지네!"

하지만 놈은 곧 눈빛을 까부라뜨리며 클클 웃어버렸다. 놈이 그의 어깨를 한 팔로 감싸며 바싹 붙어 앉았다. 운동을 전혀 안 해 물컹거리는 그의 어깨살을 놈이 조몰락거리기 시작했다.

"너 다음 주에 나랑 저녁 먹자. 이쁜 여자 소개시켜 줄게."

놈이 속삭였다. 놈의 입김이 그의 귓불에 뜨겁게 닿았다. 그는 자신도 모르게 놈을 밀쳐냈다.

"간지러워 임마!"

헬스로 다져진 놈의 단단한 가슴팍에 손이 닿자 이상하게 곰팡이 균이 번식중인 그의 고환 밑이 슬그머니 가려워왔다.

얼마나 더 마셨던지 휘청대며 술집을 나왔다. 놈은 기다리고 있던 대리기사에게 열쇠를 건네고 제 자동차 뒷좌석으로 고꾸라졌다. 그리고 그는 조금 더 걸어 거리로 나왔다. 그에겐 자동차가 없었다. 아니 자동차가 있었던 시절이 있긴 했다. 그가 박사과정을 시작하기 전, 그러니까 아내가 자궁 적출수술을 받기 전까지는 말이다. 그는 마치 공부가 떨어져나간 아내의 자궁을 되찾는 일인 것처럼 파고들었다. 사실 아내 말처럼 아이를 더 낳을 게 아니라면 필요도 없는 것이었는데도. 대학입시를 앞둔 아들아이의 과외비용도 만만치 않은데 그의 박사과정 학비까지 감당하려니 허리가 휘었다. 그는 아내와 의논 끝에 5년 동안 타고 다니던 자동차를 팔았다.

버스나 전철을 타는 일은 번거롭긴 해도 목적지에 도착하기까지 딴 생각을 할 수 있어 나쁘지 않았다. 더구나 술에 잔뜩 절은

날 대리를 부른다고 법석대지 않고 홀가분하게 택시를 탈 수 있
어 좋았다. 그게 벌써 몇 년인가. 친구 녀석들이 승차감이 좋은
자동차를 고를 때 그는 튼튼하고 편한 신발을 골랐다.

"자동차 있어 봐요. 세금 내야지, 정비해야지, 기름 값 들지.
필요하면 택시 타면 되지요, 뭐."

아내는 조금은 초라해진 그의 어깨를 보며 말했다.

"당신은 박사잖아요. 당신 친구들 자동차에 술에 거들먹거리려
도 어디 지금 이 나이에 공부하는 사람 있어요? 나는 말예요, 지
금 이렇게 살아 있다는 게 너무 감사해요."

그녀의 끝말은 조금 감격스러운 듯 떨려나왔다.

아들이 대학에 입학하던 해 그의 박사논문이 통과됐다. 아내
는 이 입시경쟁 시대에 무사히 대학생이 되어준 아들과 박사 장
식품이 붙어 이제는 직장에서 밀릴 위험이 적어졌다 믿는 남편을
자랑스러워했다.

그는 가끔 아내를 안았다. 아들이 엠티를 가고 딸이 과외공부
를 간 주말 낮, 아니면 드물게 아내를 데리고 시외로 나가 모텔에
들었다. 하지만 낯선 방 침대에 누워 그의 남자를 붙들기 위해 안
간힘을 쓰는 아내의 표정을 보며 그는 자꾸 고환 밑이 가려워만
왔다. 그가 그녀의 여윈 몸 위로 금방 허물어져 버리면 아내는 긴
숨을 내쉬었다. 마치 그렇게 해서 그를 놓치지 않았다는 안도의
숨을 쉬듯.

그는 점점 주말 낮을 노리지 않게 됐다. 혹 아내가 모텔에 가자고 할 때마다 거절했다. 수많은 사람들이 자고나간 모텔 방에서 이상한 냄새가 나더라고, 역겨워서 도저히 몸이 동하지 않더라고 핑계를 댔다. 그녀는 잠시 눈을 붉히는 것 같았지만 곧 차분해졌다. 아내는 가끔 그의 양복저고리에 코를 박고 킁킁 냄새를 맡았다. 때론 그의 표정을 유심히 살피기도 하고, 창가에 선 채 한참 생각에 잠기기도 했다.

놈이 약속한 날 조앤을 데리고 나왔다.

"나랑 대학동창인데 뭐 잘 나가는 잡지는 아니지만 그래도 수준급 에디터지. 르포 싣고 싶다며……. 내가 신문에 실어줄 수는 없고 이 친구 잡지에 연재하면 되겠네. 원고료도 좀 두둑히 달라고 하고!"

놈은 그를 흘깃거리며 조앤에게 말했다. 놈이 그녀에겐 지면을 알선하겠다고 한 모양이었다.

"어떤 르포를 쓰시는지……. 그러니까 르포작가신가요?"

그는 가만히 있을 수만도 없어 더듬더듬 물었다. 놈이 히죽 웃었다.

"조앤은 내 대학 때 친구야. 지금은 세계 이곳저곳을 다니며 현장취재를 하지."

그는 우리나라에 '조앤'이란 이름이 있을 리 없다는 걸 생각했다.

"그럼 외국에 사시나요?"

약간 호기심이 동해 물었다. 그녀는 가느스름한 눈을 더 가늘게 뜨며 웃었다. 눈두덩에 보일 듯 말듯하던 쌍꺼풀이 웃음을 짓자 선이 뚜렷해졌다. 말간 피부에 어린아이처럼 통통한 두 볼까지는 동그스름하게만 보이던 얼굴이 턱에 이르자 갸름해졌다. 오똑 선 콧날과 버찌처럼 오므려진 입술이 예쁜 여자였다. 길게 늘인 머리칼이 부스스한 게 좀 이국적인 분위기를 풍겼는데, 나쁘게 말하면 동두천 어디쯤에 적을 둔 여자 같기도 했다.

"그냥 오가는 거죠. 여기와 거기……."

목소리도 머리칼처럼 부스스한 기운이 느껴졌다. 정말 여러 나라를 오가는 때문인지 발음이 명확치 않았다. 그는 거기가 어디냐고 묻지 않았다.

놈이 그에게 눈을 찡긋해 보였다. 그는 놈의 제안을 알아들었다. 그러니까 대학 때 알던 그녀가 갑자기 나타나, 아니 그동안 연락을 주고받았는지는 모르지만, 하여간에 놈 앞에 나타나 기사를 실어달라고 했을 거라는 것, 놈은 자신의 메이저 신문에 그녀의 그런 기사는 실을 수 없다는 것, 또 연애상대로 치자면 지금도 여럿이라 별 흥미가 없다는 것, 그러니 네가 알아서 해라, 그 말이었다.

그날 놈이 조앤과 그를 남겨두고 가버리자 그는 일부러 취하도록 술을 마시고 그녀와 모텔에 들었다. 그는 그녀에 대해 적당히 모른 채 시작하는 게 좋다고 생각했다. 조앤은 구질구질하지 않았다. 다만 절정의 순간에 그의 귓불에 속삭인 말이 맘에 걸렸다.

"선불인가요?"

마치 한숨을 내뿜는 듯 나직한 말투였지만 그의 귓속에 날카롭게 박혀왔다. 어두운 방 안에서 어렴풋한 윤곽뿐인 그녀의 얼굴이 낯설었다. 술기가 가셔가는 그의 머릿속이 조금 혼란스러웠다. 얼굴도 모르는 여자를 안아버린 것만 같았다. 그는 어색한 마음을 가라앉히느라 천천히 그녀의 가슴을 더듬었다.

"가슴이 예쁘군요. 설마 오리지널이겠죠?"

칭찬을 한다는 게 또 썰렁한 개그가 돼버린 그의 말에 여자가 등을 보이며 돌아누웠다.

"이 나라는 가짜만 있나보죠? 내가 떠날 땐 그렇지 않았는데……."

"떠난 게 언젠데요?"

그는 여자를 뒤에서 껴안으며 가슴을 만지작거렸다.

"아주 오래전이에요. 대학을 다니다가……."

"왜 갔는데요? 어느 나라로요?"

"아르헨티나……. 그때는 더러 남미 이민이 있었어요. 가족을 따라서였죠."

"그럼 지금 아르헨티나에서 왔나요?"

"아니요. 미국…… 아니…… 콜롬비아…… 어쩜 몽골…… 중국…… 모르겠네요. 내가 어디서 왔는지…….”

그녀가 크득크득 웃었다. 흔들리는 그녀의 어깨가 만든 바람이 그의 턱밑을 간지럽혔다.

“조앤이란 이름은요?”

그가 다시 묻자 그녀가 그에게로 돌아누웠다. 어둠 속에 가느스름 열린 그녀의 눈이 창밖 어디서 반사된 빛을 받아선지 반짝 빛을 냈다.

“제 이름은 김조영이었어요. 조…… 영…….”

그녀는 마치 입에 오래 물고 있던 물을 살며시 내뿜듯 그렇게 말했다. 입 속 체온에 데워진 물처럼 그녀의 이름이 열기를 안고 그의 가슴팍에 뿌려졌다. 그는 왜 그런지 가슴이 답답해왔다.

“외국 이름을 택할 땐 보통 발음이 자기 본이름과 비슷한 걸 고르는 경우가 많아요. 지금은 조앤, 조앤 킴 가르시아…….”

“남편이 외국인인가요?”

“조앤 킴 가르시아 박.”

“그럼?”

그의 짧은 물음에 그녀의 목소리가 이어졌다.

“조앤 킴 가르시아 박 스탠톤.”

조앤의 어깨를 쓸던 그의 손이 멈춰졌다. 그녀가 그의 품을 파고들며 키득키득 웃기 시작했다.

“너무 알려고 하지 마세요. 당신은 내게 필요한 걸 주세요. 그러면 나도 값을 치르고요. 그래서 오늘은 선불이죠. 당신은 아직 내게 필요한 걸 주지 않았으니까."

그녀가 갑자기 일어나 앉았다. 침대 위에 꼿꼿이 앉은 그녀의 상체 선이 희끄무레하게 드러났다. 아름다운 몸이었다. 좁지도 넓지도 않은 어깨에 긴 목과 깊이 파인 쇄골, 물 풍선처럼 부드럽게 매달린 두 가슴이 탐스러웠다.

그렇게 조앤과 알게 된 게 벌써 일곱 달이었다. 하지만 그녀는 르포원고를 그에게 가져오지 않았다. 그는 벌써 여러 달 째 그녀를 위한 지면을 편집 계획에 넣었다가 마감에 임박해 그 지면을 메우느라 골머리를 앓았다. 너무 수박 겉핥기 취재라며 잘라버렸던 인턴 기자의 원고를 찾아내 그 스스로 밤새 추고를 해 실은 적도 있었다.

그녀를 만나고 돌아온 밤이면 아내가 거실에 펴놓은 이부자리 위에 옷도 제대로 벗지 않고 고꾸라졌다. 그의 양말을 벗겨내던 아내가 곧잘 그의 얼굴에 킁킁 코를 갖다 대기도 했다. 술도 별로 마시지 않은 것 같은데……. 선뜻 귀를 스치는 아내의 목소리에도 그는 눈을 뜰 수가 없었다.

그는 일주일에 한 번 정도 조앤을 만났다. 중간의 한 달, 그녀가 또 외국 어딘가를 헤매다 돌아온 기간을 빼면……. 그가 원고를 써왔냐고 물었지만, 그녀는 원고를 쓰기 위한 메모와 사진만 준비해 왔다고 했다.

그녀를 만나면 먼저 저녁식사로 대충 배를 채우고 모텔로 갔다. 그는 식사 값과 모텔비를 지불하려고 마이너스 통장 카드를 꺼내 쓸 때마다 아이들이 용돈을 좀 올려달라던 말이 자꾸 생각났다. 저녁으로 먹은 두 사람 분 동태찌개 값에 모텔비를 합한 돈을 아이들에게 준다면 얼마나 좋아할 것인가. 아니 아내에게 그 돈을 준다면 그녀는 알뜰하게 장을 봐다 식탁을 차리리라. 그는 카드 영수증에 사인을 하면서 늘 쓸쓸했다. 가끔 조앤이 데이트 비용을 다 쓰면 좋겠다는 생각을 했다. 더러 여자가 모든 비용을 다 지불하는 그런 데이트도 있다던데……. 그는 돈을 아끼기 위해 만남을 그만둘까 하는 생각도 했다. 하지만 바퀴에 돌을 고여 내리막 언덕에 세워놓았던 수레가 비끗 고임돌을 잃고 굴러 내려가듯 멈출 수가 없었다.

그랬다. 그의 삶은 리무진도 캐딜락도 쏘나타도 아닌 다만 수레였다. 삶의 행로를 덜컹덜컹 굴러가는……. 지금은 내리막길이라 생각했다. 이 길을 통과하면 수레는 저절로 멈출 것이라고.

그는 오늘도 종로 뒷길 낡은 건물로 출근을 했다. 편집부 직원을 모아 아침 회의를 하고, 오전 내내 컴퓨터 모니터만 들여다봤다. 점심은 마침 전화가 걸려온 취재원이 샀고, 오후엔 일이 밀려 야근을 해야 할 상황이지만 그는 직원들에게 일을 지시하고 사무실을 나왔다. 내일 일찍 출근해 마무리만 하리라며. 홍대 앞에서 조앤을 만나 매생이국으로 저녁을 먹은 그는 으레 그들의 방을 정해 들어갔다. 그녀는 일주일 전과 다를 바 없고, 그는 일주일 전보다 조금 지쳐 있었다. 그들은 다시 거리로 나왔다. 바람이 매섭게 불었다. 문득 지나온 계절들을 생각한 그는 텅 빈 듯한 조앤의 눈과 마주쳤다. 그녀도 비슷한 생각을 하고 있는 듯했다. 그들은 근처 맥주 집으로 들어섰다.

취기가 좀 오르자 조앤이 그때서야 답답한지 코트를 벗어 옆자리에 놓았다.

"우리 만난 게 몇 번이죠?"

느닷없이 그녀가 물었다

"그걸 어떻게 알아? 그냥 봄에서 지금까지 일곱 달, 아니 당신이 외국으로 내뺐던 한 달을 빼면 여섯 달인가?"

그의 말에 그녀가 빠르게 대답했다.

"만나지 못했던 한 달도 거기 포함되는 거예요. 만남 기간에······."

조앤이 잔에 반쯤 담겨 있던 맥주를 홀짝 들이켰다. 그는 맥주를 삼키는 그녀의 목을 바라봤다. 긴 목을 타고 내려가는 맥주가 투명하게 흐르는 것만 같았다. 그는 이제 그녀가 옷을 입었건 안 입었건 그녀의 내부가 다 느껴졌다. 피부 속 핏줄에 흐르는 뜨거움과 그녀의 내장에 고인 시큼한 소화액까지도······.

"당신 이혼하고 나랑 결혼해요!"

불쑥 들려온 그녀의 목소리에 그의 입이 벌어졌다.

"뭐라고?"

그도 모르게 눈을 부릅떴다. 그녀가 긴 숨을 토해내듯 이상한 웃음소리를 냈다.

"그렇죠. 이 시대는 아무도 사랑 같은 건 하고 있지 않아요. 우린 거래로 시작했던가요? 당신은 내 르포를 잡지에 실어주는 대신 내게서 필요한 것을 취하는…….."

그는 대답하지 않았다. 사실 꼭 그런 것만은 아니었다. 조앤이 나타난 후 늘 무기력하던 그의 삶이 생기에 차 있기는 했다. 그녀를 안고 있는 동안은 오랜 세월 그를 귀찮게 하는 고환 밑 곰팡이균도 잊을 수 있으니까. 하지만 이혼이라니……. 아내의 자리에 조앤을 앉힌다는 생각은 해본 적이 없었다.

"내가 원고를 주지 않았으니 당신은 내게 빚을 지고 있는 거예요. 갚아주세요."

그녀가 정색을 하고 말했다.

"뭘?"

그는 괜히 진땀이 났다. 머릿속에서 조앤이 갑자기 아내를 찾아가 행패를 부리는 장면이 상상됐다. 안 돼! 그는 속으로 외쳤다. 하경이의 대학입시가 코앞이고, 민수는 내년 봄 군대도 가야 한다. 아내는 그 아이들을 건사하는데 필수불가결한 존재였다. 그는 어제 저녁, 제 어미에게 오만 원만 달라고 조르던 하경이를 모른 척한 게 맘에 걸렸다. 오늘 조앤과 쓴 돈이 벌써 오만 원이 넘었다. 하긴 이 술집에서 마신 맥주 값도 벌써 오만 원은 넘었을 것이다. 술값은 늘 조앤이 계산하지만……. 그는 왠지 입안이 씁 쓸해졌다.

조앤이 물끄러미 그를 바라봤다.

"옛날엔 말이죠. 세상이 이렇지 않았어요. 남자들은 여자를 가 지면 책임을 졌죠."

그녀는 무슨 말인가를 더 할 듯 빈 입술을 한두 번 달싹이더니 이내 입을 다물었다.

"그 시대가 언젠데? 조선시대 축첩제도를 말하나? 그게 더 나 쁘지 않아?"

그의 말에 그녀가 클클 웃었다.

"내가 떠날 때, 그러니까 그때…… 왜 떠났는지 아세요?"

그녀가 그의 눈을 빤히 바라봤다. 그는 그저 눈만 크게 떴다. 그녀가 한손으로 턱을 괴며 그에게로 바싹 얼굴을 들이댔다.

"책임 있는 사랑을 받고 있던 우리 엄마를 따라 갔던 것이지 요. 그러니까 울 엄마는 나 하나만을 키우던 청상이었어요."

그녀는 말을 끊고 맥주를 병째 들이켰다.

그는 뭔가 지루하게 이어질 것 같은 그녀의 얘기로부터 어떻 게 탈출하나 싶어 슬쩍 옆으로 몸을 돌려 앉았다. 그녀가 그의 그 런 의사를 좀 알아들어주길 바라면서. 그는 이미 오늘의 일과를

다 마쳤다는 생각에 적당히 술자리를 파하고 집에 가고 싶어졌다. 하경이의 마지막 모의고사 성적이 어떻게 나왔는지 갑자기 궁금해졌다. 하지만 조앤은 그를 보고 있지 않았다.

"동네 길에 옷 수선 가게를 하던 울 엄마를 사랑한 남자가 있었지요. 주유소 집 아저씨……. 주유소 집엔 4남매와 건강한 부인이 있었어요. 엄마를 사랑한 아저씨는 사랑에 대한 책임감에 단란한 가정과 대부분의 재산을 버렸어요. 엄마의 옷 수선 가게를 처분한 돈과 아저씨가 마련한 얼마간의 여비뿐이었죠. 내가 대학 1학년을 마칠 무렵이었고, 사랑의 도피행각을 벌인 그들은 40대였죠. 아르헨티나……. 그래서 갔던 거예요. 엄마는 거기 부에노스아이레스에서도 옷 수선 일을 했어요. 부모가 물려준 재산을 관리만 하던 아저씨는 아무 일도 하지 않는 게 자신의 일이라 생각했던 것 같아요. 그래도 엄마와 아저씨는 사랑의 도피행각을 벌인 사람들답게 사이가 좋았어요. 아저씨가 병을 얻어 세상을 떠나자 엄마는 또 얼마 안 되는 돈을 정리해 미국으로 갔죠. 나를 위한 것이라며……. 나도 현지인과 결혼했다 실패한 뒤였거든요. 샌프란시스코에서도 엄마는 옷 수선을 했죠. 엄마는 돋보기를 쓰고 헌옷의 박음질을 뜯어내며 실밥을 입에 물었죠. 흰머리가 늘어나고 허리가 조금씩 굽고……. 어딜 봐도 사랑의 도피행각을 벌였던 과거가 있으리라 짐작되지 않을 만큼 초라하게 늙어갔어요. 지금도 울 엄마는 이국의 양로원 한 구석에 앉아 실밥을 뜯죠. 평생 일하던 그 버릇을 버릴 수가 없는 거예요. 난 가끔 엄마를 보러 가요."

그는 그제야 조앤이 한 때 사라진 게 제 어미를 보러 간 때문일 거라 짐작했다. 하지만 그는 아무 말도 하지 않았다. 그가 대꾸해준다면 그녀의 말이 더 길게 이어질 것만 같기에. 그래도 조앤의 말은 그칠 기미가 보이지 않았다.

"엄마가 실밥을 뜯으며 늙어가는 동안 난 뭘 했느냐고요? 에스파냐어 대신 다시 영어를 배워 대학에 갔죠. 아르헨티나에선 말을 배우다 그만 남자를 만나 살림을 차렸거든요. 인류학을 전공했지만 졸업 후 별로 갈 곳이 없었어요. 나는 재봉틀을 돌리는 엄마 옆에 우두커니 앉아 나이를 먹어갔죠. 거긴 한국인이 경영하는 세탁소 한구석이었는데요. 일주일에 한 번씩 세탁물을 가져오던 남자가 있었어요. 그 남자는 나를 사랑했고 책임을 지기 위해 결혼을 했죠. 본래 가정이 있던 남자는 아니어서 우린 도피행각까지는 할 필요가 없었어요. 내 다림질 솜씨가 형편없었기 땜에 그는 결혼 후에도 일주일에 한 번은 꼭 세탁소에 가야했죠. 그는 세탁소에 들른 다음 늘 그 옆 카페에 갔어요. 세탁물을 맡기고 나면 왜 그런지 외로웠대요. 혼자 살던 그때보다 더……. 하지만 내가 뭐 그의 옷을 다림질하기 위해 결혼했던 건 아니었잖아요. 그는 세탁소 옆 카페의 여주인과 다시 사랑을 시작했죠. 그녀는 내게 매달 넉넉한 생활비를 보내주겠노라며 이혼을 제안했어요.

나는 그가 또 다른 사랑을 책임지기 위해 나를 버리는 거라 생각했죠. 사랑의 책임감이 곧잘 인생을 뒤집는다는 걸 그때 다시 알았어요. 사실은…… 당신에게 사랑을 책임지라고 말하고 싶지 않아요. 우리가 하고 있는 게 사랑이라면…….”

　게슴츠레 눈을 뜨고 있던 그는 갑자기 정신이 번쩍 들었다. 사랑? 책임? 그는 자신도 모르게 피식 실소했다. 다음 순간 조앤의 눈길이 걱정돼 아차, 싶었지만 그녀는 그를 보고 있지 않았다. 그의 얼굴로 슬며시 쓸쓸한 기운이 감돌았다. 두 평 남짓한 거실, 그러니까 그의 침실이 떠올랐다. 소파 한 세트도 없이 작은 상을 사이에 두고 방석 두 개가 놓인 거실에 늘 펴지고 개지던 그의 이부자리……. 방 하나만 더 있었어도 그는 조앤을 만날 필요가 없었을 거라 생각했다.

　“사랑을 책임진다는 건 어찌 보면 좋지 않은 일이에요. 그렇죠?”

　좀 커진 조앤의 목소리에 그가 비스듬히 앉았던 몸을 바로 했다.

　“엄마는 아무도 없는 이국에서 죽음을 기다리고, 엄마를 사랑했던 아저씨는 낯선 땅에 한줌 가루가 돼 뿌려졌어요. 날 책임지지 마세요.”

　그녀의 끝말이 힘없이 흔들렸다. 날 책임져주세요, 오히려 그녀가 그렇게 말하고 있는 것만 같아 그는 갑자기 불편해졌다. 그가 벌떡 일어섰다.

"가야 해. 오늘 딸아이 마지막 모의고사 성적이 나오는 날인데 잊고 있었어."

맥주집의 붉은 불빛 아래 우뚝 선 그를 그녀가 물끄러미 올려다봤다.

"그러세요. 아이가 좋은 대학을 가는 게 이 사회에선 정말 중요하죠."

그녀가 벗어놓았던 코트에 팔을 꿰며 핸드백을 들고 일어섰다. 그녀는 백을 반쯤 열며 계산대로 걸어갔다.

"육만 이천 원입니다."

카운터의 남자 종업원이 그녀에게 말하는 소리가 희미하게 들렸다. 그는 오늘 제 지갑에서 나간 오만 사천 원과 그녀가 지불하고 있는 육만 이천 원을 비교하고 있는 자신이 치사해졌다. 그것은 허공에 흩뿌려진 무엇처럼 비슷한 부피로 그의 눈앞에 떠 있었다.

밖으로 나오자 어둠 속 환락의 거리는 어수선했다. 비틀거리는 취객들과 호객행위를 하는 삐끼들이 뒤엉켜 흥정을 하거나 싸움질을 했다. 거리 한쪽에선 훤한 불빛 아래 남녀가 뒤엉킨 채 키스를 하고, 손님을 내려준 빈 택시 몇 대가 길가에 서 있었다. 취객들이 돌아가기엔 아직 이른 시간이었다. 택시를 탈 생각이 없는지 우두커니 길에 선 조앤을 두고 그가 먼저 차에 올랐다. 단추를 채우지 않은 그녀의 코트 깃이 바람에 날렸다. 코트 자락 사이로 몸에 착 달라붙는 원피스를 입은 그녀의 몸매가 어둠 속에서도 두드러졌다. 여인다운 조앤……. 그녀가 살짝 손을 들며 웃음을 지었다. 어둠 때문이지 그녀의 눈두덩이 퀭해 보였다. 기사가 택시를 출발시키자 차창 밖으로 조앤의 모습이 금세 멀어졌다. 그녀의 모습이 그림 속 물감이 번지듯 흐릿해졌다. 차창에서 시선을 거두는 그의 가슴 언저리가 뻐근해 왔다.

이른 봄

베이지 색 봄 코트를 차려입은 아내의 가슴이 불룩했다. 무심히 던진 그의 시선에 그녀의 얼굴이 붉어졌다.

"이 질감이 니트라서요. 빈 가슴이지만 브래지어를 해야 옷맵시가 난다구요."

"야아! 우리 엄마 오늘 정말 예쁘신데!"

외출준비를 마친 민수가 방을 나오다 부러 깜짝 놀란 표정을 했다.

"오빠! 이 트렁크 좀 끌고나와!"

안방에서 하경이가 소리쳤다. 시끌벅적한 이른 아침이었다. 핸드캐리어를 끌며 방을 나온 하경이는 약간 들뜬 표정으로 제 어미의 허리를 껴안았다.

"그럼! 우리 엄마가 수술을 몇 번 겪어서 그렇지 차리고 나서면 얼마나 예쁜데……."

그는 점퍼 주머니에 두 손을 찌르고 선 채 모녀를 바라봤다. 정겨운 그 모습에 슬쩍 바보 같은 웃음이 머금어졌다.

"자, 준비 다 됐으면 그만 나가자! 트렁크 하나는 나를 다오."

그는 민수가 안방에서 끌고나온 대형 트렁크 두 개 중 큰 것의 손잡이를 잡았다."

"아빠가 작은 것 끄세요. 제가 큰 것 맡을게요."

번쩍 무거운 트렁크를 들고 현관으로 가는 아들의 뒷모습이 든든했다. 그가 안방 문 앞에 놓인 작은 트렁크의 손잡이를 잡고 거실 바닥으로 바퀴를 굴리자 아내가 깜짝 놀란 표정으로 소리쳤다.

"당신도 민수처럼 현관까지는 들고 가요! 마룻바닥에 자국 나잖아요!"

그는 주인의 말에 잘 복종하는 짐꾼처럼 얼른 트렁크를 들어 올렸다. 순간 허리가 휘청했다. 금방 고꾸라질 듯 비틀대는 그에게 민수가 얼른 다가왔다.

"이리 주세요! 제가 현관까지 들고 가죠."

번쩍 트렁크를 들고 가는 아들의 등에 대고 그가 말했다.

"우리 아들 힘세구나! 그러니 아비는 늙은 거지."

그는 자신이 늙은 게 쓸쓸하기보다는 아들 힘이 센 것에 기분이 좋아졌다.

민수가 트렁크 두 개를 현관 밖에 부려놓자 아내가 모처럼 하이힐을 신었다. 검은 하이힐 위 그녀의 가느다란 다리에 푸르스름한 핏줄이 비쳤다. 좀 짙은 스타킹을 신을 것이지. 그는 자신도 모르게 중얼거렸다. 문득 그의 눈앞에 늘 커피색 스타킹을 신던 조앤이 떠올랐다. 탄탄하던 그녀의 각선미……

"아빠! 뭐 해? 빨리 신발 신지 않고?"

운동화 끈을 묶던 딸아이가 그를 올려다보았다. 그는 잠시 멍해졌던 머리를 털며 얼른 현관으로 내려섰다.

아파트 앞에 대기하고 있던 콜택시에 짐을 싣고 인천공항에 도착했다. 하경이의 출국수속이 끝나자 민수가 점퍼 주머니에서 핸드폰을 꺼냈다.

"우리 사진 찍어요. 우리 아가씨 공부 잘 마치고 돌아오길 기도하면서……. 먼저 엄마와 하경이 같이 서세요!"

민수가 익살을 떨며 핸드폰 카메라를 들이댔다. 다정히 제 엄마 곁으로 붙어서는 하경이의 얼굴에 함빡 미소가 어렸다. 아내의 눈엔 눈물이 그렁거렸다. 아내와 딸이 먼저 사진을 찍고, 그와 딸이 같이 찍고, 남매가 포즈를 취하고, 사진을 찍는 아들을 뺀 세 식구가 찍고, 아내와 그가 찍고……. 마지막으로 근처에 선 여인에게 다가가 아들이 사진을 찍어달라고 부탁했다. 긴 머리가 구불거리는 멋쟁이 여자였다.

"단란한 가족이네요. 따님이 떠나나 보죠?"

셔터를 누르고 난 여인이 핸드폰을 돌려주며 물었다. 인사삼아 하는 말이려니 생각하는데, 아내가 정색을 하고 대답했다.

"우리 딸은요. 여기서도 충분히 대학을 갈 수 있는데 제가 전공하고 싶은 과목을 외국에서 공부하는 게 더 유리하다고 해서요."

여인이 고개를 끄덕이며 슬쩍 미소 지었다. 그 다음 말은 안 들어도 다 짐작한다는 표정이었다. 아내가 좀 멋쩍은 듯 고개를 숙였다. 그는 돌아서가는 그녀를 바라보았다. 스키니 청바지에 굽이 높은 앵클부츠를 신은 모습이 조앤과 비슷한 분위기였다.

"아빠! 사진 어때요?"

아들아이가 네 식구가 찍힌 핸드폰 화면을 그에게 내밀었다. 애써 눈물을 참느라 표정이 굳은 아내, 가족과 헤어지는 섭섭함보다 외국으로 떠난다는 들뜸이 역력한 환한 표정의 딸, 동생의 무거운 트렁크를 끌고 오느라 조금 피로한 표정의 아들……. 그는 딸 옆에서 띵띵 부은 얼굴에 어색한 미소를 머금고 있는 자신을 보았다. 그는 어젯밤에도 과음을 했다. 보통 때의 일요일 아침이라면 아직도 이불 속에서 뒹굴고 있을 시간이었다. 술기가 가시지 않은 그의 머릿속 생각들은 딸을 배웅하는 그 자리에서도 자꾸만 어디론가 달아났다.

어제는 메이저 신문 문화부장 놈을 오랜만에 만난 자리였다.

"너 조앤 만난 게 언제야?"

놈이 물었지만 그는 그저 놈을 바라보기만 했다. 별로 말하고 싶지 않다는 의미로 전달되길 바랐다. 그날, 맥주 집에서 그녀가 제 어미의 사랑 얘기를 했던 날 이후 그는 조앤을 만나지 못했다. 그날 밤 집에 돌아왔을 때 딸아이의 모의고사 성적은 형편이 없었고, 아내는 좋은 대학을 지원할 수능성적을 기대할 수 없다며 낙담했다. 아내는 제 몸의 기관들을 떼어낼 때도 아쉬움보다 그렇게 해서 살아난다는 것에 초점을 맞추었듯, 딸아이가 번듯하게 대학에 갈 방법을 모색하기 시작했다. 그녀는 다음날부터 유학원을 뒤졌다. 우리 처지에 무슨 외국유학을 시키느냐고, 경제적 부담을 떠안게 될 그가 투덜댔지만 그녀는 막무가내였다. 아내는 그가 회사 업무에 바쁜 중에도 수시로 전화를 걸어 유학원을 순례한 보고를 했다. 지난 몇 달 동안 그의 머릿속엔 아내와 딸, 돈에 대한 생각만 가득했다. 그는 몇 번인가 조앤에게 연락을 하려다 그만두곤 했다. 그동안 조앤은 전화도 이메일도 없었다.

"너 걔가 누군지 알아? 조앤 말이야."

이상하게 놈이 조금 성난 표정을 했다. 그는 무슨 새삼스런 질문이냐는 듯 멀뚱히 놈을 바라봤다.

"누구긴……. 대학 때 네가 알던 여자라며? 설마 너와 관계가 있던 여자를 나한테 소개했던 건 아니겠지? 이 바람둥이야!"

그는 지난 몇 달 동안 딸아이의 진학 문제로 노심초사했던 마음이 그제야 좀 편안해져 또 썰렁한 농담을 했다. 놈이 그런 그를 흘겨봤다.

"짜아식! 조앤 곧 출국한다더라. 이젠 한국에 안 돌아오겠대.
너 그 애 가기 전에 한 번쯤은 만나야 되는 것 아냐?"

그는 좀 떨떠름한 표정을 지었다. 그동안 조앤이 그립지 않은
건 아니었다. 그러나 공백이 길어질수록 그녀에게 연락하기가 점
점 망설여졌다.

"마지막 만났을 때 무슨 사랑의 책임 운운하더라. 부담스러웠
어. 그리고 딸애 유학문제로 정신이 없었고⋯⋯. 너도 알다시피
가난한 내 주제에 무슨 자식을 유학 보내냐. 이 사회에 유행처럼
번진 해외 유학을 외면할 만한 배짱도 없고⋯⋯."

그의 말이 아직 끝나지 않았는데 놈이 한숨을 내쉬며 끼어들
었다.

"이 시대는 불륜도 유행이지. 너도 나도 유행을 착실히 따르고
있잖아. 내 아이들은 벌써 5년 째 아내와 함께 캐나다에 가 있고,
그동안 내겐 여러 명의 여자가 있었지."

놈이 클클 웃었다. 얼굴을 일그러뜨리며 웃는 놈의 모습에 왜
그런지 그의 마음이 고적해왔다.

"임마! 너는 여자를 여러 번 바꿨다면서 나도 좀 바꾸면 안 되
냐? 조앤 나한테 연락도 없다. 아마도 날 잊은 게지."

그는 제 탓이 아니라는 듯 말해버렸다. 놈이 뭔가 말을 할 듯
입술을 달싹이다 술잔을 들었다. 한 잔 가득 목을 축이고서야 놈

이 말했다.

"걔가 누군지 알아? 너 옛날에 대학 2학년 때 우리 집에 잠시 머문 적 있었지? 왜 그때 너 입주 아르바이트 자리 잘려서 갈 데 없다고 나한테 징징댔잖아. 하숙집 구할 돈도 없다며."

그는 갑자기 정신이 번쩍 들었다. 자신에게 그렇게 구차한 과거가 있었다는 걸 새삼 기억해 내며……. 또 지금도 자신은 놈에 비하면 구차하다는 생각에……. 그저 눈만 치켜떠 보이는 그에게 놈이 말을 계속했다.

"그때 우리 집 별채에 있던 여학생 기억해?"

그의 눈동자가 빠르게 흔들렸다. 그 여학생? 술기로 혼곤해져 오던 그의 머릿속으로 흐릿하게 떠오르는 촌스런 여학생이 있었다. 듣기에 놈의 먼 친척이라 했다. 지방에 살면서 서울의 대학에 합격했지만, 그처럼 하숙을 구할 돈이 없어 놈의 집에 임시로 머물고 있던 신입생이었다. 붉은 벽돌의 이층집 한쪽에 따로 지어진 별채는 그 집 자가용 기사를 위한 것이었다. 지방 언론사 사장인 놈의 아버지는 신문사 가까운 곳에 집을 마련하고 기사와 함께 머물렀다.

그는 놈의 이층 방 창으로 그녀를 몇 번 본 것 같았다. 넓은 잔디밭 끝 연못가를 서성이는 그녀에게서 어쩐지 자신의 처지를 보는 것 같아 기분이 좋지 않았다. 왜 세상엔 가난한 사람이 이렇게 많은 걸까, 한숨이 나왔다.

다행히 입주 가정교사 자리를 구해 놈의 집을 나오기 전날 밤, 한 학기가 끝나가던 여름이었다. 뒷마당에 돗자리를 깔고 술판을 벌인 놈과 그는 어지간히 취했다. 바람 한 점 없이 더운 밤이었다. 안채의 불이 다 꺼지고, 술병이 뒹구는 돗자리 위로 놈마저 널브러진 게 몇 시쯤이었는지……. 그는 소변이 마려워 일어섰다. 넘어진 술병에 걸려, 놈의 다리에 채여 몇 번이나 비틀거리다 겨우 뒷담벼락에 오줌을 갈겼다. 뿜어져 나오는 오줌줄기에서 땀투성이 그의 얼굴로 열기가 날아들었다. 볼일을 마친 몸이 진저리쳐져 머리가 한두 번 흔들렸을 때였다. 오른쪽 시선에 뭔가 잡히는 게 있었다. 그는 바지춤을 올리며 자신도 모르게 몇 걸음 가까이 갔다. 거긴 별채 모서리였다. 바닥에 뭔가 웅크리고 있었다. 웅크린 그것이 조금 들썩이는 것 같았다. 조금 더 가까이 갔을 때서야 그는 사람이란 걸 알았다. 시골에서 왔다는 대학 1년생 여학생이 어둠 속에 몸을 웅크린 채 조그맣게 흐느끼고 있었다.

　그는 왜 그런지 그녀의 울음을 그치게 해줘야 할 것 같았다. 그가 옆에 쪼그려 앉자 그녀가 화들짝 놀라며 고개를 들었다. 동그랗고 희미한 윤곽뿐, 어둠 때문에 그녀의 얼굴이 또렷하게 보이지 않았다. 그녀가 앉은걸음으로 한두 걸음 물러났다. 그는 무슨 객기에서였는지 그녀가 피하는 게 재밌어 다시 다가갔다. 그러나 그녀는 더 물러나지 않았다. 몸을 조금 더 웅크렸을 뿐. 억지로 울음을 멈춘 그녀의 깊은 숨소리가 그의 코앞에서 불거졌다. 그 숨에서 낯선 냄새가 맡아졌다. 그의 무릎이 그녀의 무릎에 닿았다. 땀에 젖은 그의 바지에 그녀의 맨 무릎이 뜨겁게 닿아왔다. 그는 웅크려 앉은 그녀를 무작정 껴안았다. 그녀가 낮은 비명 소리를 내며 별채 모퉁이로 넘어졌다. 낮 동안 햇빛에 달아오른 시멘트 바닥은 한밤중이 됐어도 열기가 가시지 않은 채 미지근했다. 딱딱한 시멘트 바닥에 누워 몸을 뒤틀던 그녀…….

오래전의 일이었지만 그녀가 별로 저항하지 않았다는 기억이 났다. 다음 날 아침 그는 새벽녘에야 제 방으로 가 잠든 놈이 깨기 전에 그 집을 나왔다. 혹시라도 그녀가 별채에서 뛰쳐나올까 봐 겁이 더럭 났다. 처음 얼마간은 학교에서 놈을 만날 때마다 맘이 불편했다. 놈은 아무것도 모르는 듯 태연했고 그는 그 일을 조금씩 잊어갔다. 그리고 다음 학기를 마친 이른 봄, 그는 학교를 휴학하고 입대했다.

"그 여학생이라니?"

그는 또렷하게 떠오르는 기억에도 불구하고 짐짓 모른 척 물었다.

"우리 집 외가 쪽으로 먼 친척이라던 그 애……. 사실은 그 애가 조앤이야."

놈은 말을 해놓고 그의 반응이 보고 싶지 않다는 듯 눈을 내리깔았다. 그는 긴 숨을 내쉬었다. 아무리 생각해도 조앤과 그 촌스런 여학생이 연결되지 않았다.

"조앤을 소개할 때 그때 그 여학생이라고 왜 말하지 않았어?"

태연한 그의 물음에 놈이 뜨악한 표정을 지었다.

"나도 아무것도 몰랐지. 조영이가 네가 입대했던 봄 바로 아르헨티나로 떠났으니까. 그 애가 불쑥 날 찾아온 게 1년이 좀 넘게 전인가? 몰라보게 변했더군. 순진하던 모습은 흔적도 없었어. 꼭 그 애를 만나야 할 이유는 없었지만, 어머니가 생전에 외가 쪽 일이라면 뭐든 끔찍하게 여기시던 게 생각나 저녁을 한 번 사줬지. 그때 네 얘기를 하더군. 멀리서 바라보이던 멀끔한 남학생을 잠시 좋아했었다고……. 그리고 그 밤의 일까지 말하더라. 요즘 세상이라면 그게 뭐 대단한 일이냐고 하겠지만……. 너는 왜 그때 내게 말하지 않았어?"

그를 바라보는 놈의 입술이 삐뚜름해졌다.

"말하면? 한 밤의 실수로 그 애와 나를 엮기라도 하려 했니? 서로 가난해 네 집에 신세지는 처지에 어떻게라도 엮였다면 꼴좋았겠다!"

그는 코웃음을 쳤다. 하지만 가난을 피한다고 하다가 아내를 맞았어도 그의 처지는 별로 나아진 것 같지 않았다. 가난하진 않았지만 보태줄 게 없는 집안의 딸인 아내와 가난한 그는 이제껏 아등바등 삶을 꾸려오지 않았던가.

"난 조금 놀랐었다. 너 같은 숙맥이 감히 우리 집 마당 모퉁이에서 그런 일을 벌였을 줄이야. 하하!"

놈의 웃음소리가 제법 컸다. 그의 얼굴이 붉게 달아올랐다.

"그래서?"

불쑥 터진 그의 말에 놈이 더 크게 웃었다.

"조영이는 다만 네가 보고 싶다고 했어. 여자는 첫 남자를 못 잊는 법이지. 그래서 괜히 원고 운운하며 그 애를 네게 데려갔던 거야. 상처가 많은 애였어. 네가 그 애에게 위로가 되길 바랐지. 사실 너도 외로워보였거든."

"젠장! 그러니까 내가 너한테 놀아난 거야? 또 그 계집애한테?"

그는 자신도 모르게 목소리가 커졌다. 놈이 눈을 부라렸다.

"야! 임마! 난 곧잘 진창에서 논다만 진심이란 건 소중하게 생각할 줄 알지. 돌아서 생각하니 내 인생에 진심이란 걸 그다지 가져본 적이 없다만. 난 조앤, 아니 조영이의 진심에 뭔가 흔들렸어. 그 애의 진심이 네게 전해지길 은근히 기다리고 있었는지도 모르지."

"그럼 날보고 병든 여편네를 버리고 그 애와 살림이라도 차리란 뜻이었니?"

툭 내뱉는 그의 말에 놈이 좀 비굴한 표정을 지었다.

"그런 건 아니지만……. 너희들 드라마를 구경하는 게 재밌더라. 다음 회를 기다리는 연속극처럼……."

그가 불끈 주먹을 쥐며 몸을 반쯤 일으켰다.

"이 녀석! 너 남의 인생을 장난질 해?"

분기가 잔뜩 오른 그의 얼굴을 바라보던 놈이 낄낄대기 시작했다.

"장난질은? 임마! 넌 모르지? 나 오래전부터 남자 아니야. 진창에서 너무 즐기다가 그만 남성을 잃은 지 여러 해다. 우리 마누라, 아이들 핑계대고 캐나다 가 있지만 사실은 그게 아니야. 거기 누가 있는지도 모르지."

놈의 얼굴이 어둡게 굳어졌다. 그는 막 치켜들던 주먹을 허공에 멈췄다. 그러나 놈의 얼굴을 한방 갈기고 싶은 마음이 가신 건 아니었다.

"그만 두렴. 우리 딸 내일 호주로 유학 떠난다. 그 일만으로도 심난해서……."

끝말을 흐리는 그의 표정을 빤히 쳐다보던 놈이 슬그머니 고개를 숙였다. 그리곤 돌연 어깨를 들썩이며 울기 시작했다. 물끄러미 그 모습을 바라보던 그는, 어쩌면 놈은 자신보다 더 슬픈 동물인지도 모른다고 생각했다. 울고 있는 놈의 모습 위로, 오래전의 여름 밤 어둠 속에서 들썩이던 조영이의 어깨가 겹쳐왔다. 왜 그런지 그의 어깨도 들썩여졌다. 그도 놈을 따라 울기 시작했다.

그는 출국 게이트 앞에서 제 오빠와 장난질하고 있는 딸을 바라보았다. 문득 딸아이가 꼭 그때의 조영이 나이라는 게 깨달아졌다. 그의 가슴이 갑자기 서늘해졌다. 그는 벤치에 앉은 아내를 두고 급히 아이들에게 걸어갔다.

"하경아! 절대 남학생 근처에는 가지도 말아! 알았지?"

그도 모르게 허둥댄 말에 딸과 아들이 동시에 웃었다.

"울 아빠 되게 촌스럽네. 지금이 어느 시댄데……."

아들의 입에서 먼저 말이 튀어나왔다.

"걱정 마! 아빠, 혹 물어도 부잣집 아들 하나 물어올 테니까!"

장난인 줄 알지만 그는 딸의 말에 불안해졌다.

하경이가 보안검색대 앞에 도달한 걸 유리창 너머로 바라보던 그와 아내는 공항 리무진 버스를 타고, 다시 전철을 타고 집에 도착했다. 아들아이는 약속이 있다며 딴 길로 새고, 둘이서 돌아온 집안엔 갑자기 쓸쓸함이 감돌았다. 그가 우두커니 거실에 서 있는 동안, 방에 들어가 벌써 옷을 갈아입은 아내가 눈물바람으로 얼룩진 얼굴에 크린싱 크림을 허옇게 바르고 나왔다. 그녀는 한 손에 티슈를 든 채 거실에서 점퍼를 벗는 그에게 말했다.

"오늘 밤부터는 안방으로 오세요. 당신 거실 살이 이제 그만하고……."

그는 잠자코 점퍼를 벗어 옷걸이에 걸었다.

"곧 민수도 입대할 텐데 결국 당신과 나 둘이만 다시 남겠군요. 신혼 때처럼……."

아내는 티슈로 얼굴을 박박 문지르기 시작했다. 화장이 지워

128

져가는 그녀의 노리끼한 볼에 거무스름한 기미가 보였다. 그는 거실 바닥에 털썩 앉았다. 아내는 얼굴을 다 닦은 티슈를 식탁 옆 휴지통에 던져 넣고 욕실로 들어갔다.

욕실 안에서 물 흐르는 소리가 들려왔다. 순간 그의 아랫도리가 조금 굳어졌다. 소변이 마려운 것도 같아 그는 벌떡 일어서 욕실 문을 열었다. 세면대에 물을 받던 아내가 놀란 표정을 지었다. 그는 괜한 객기가 일었다.

"이제 우리 둘만 이 집에서 살게 된다며? 연습 좀 하자. 처음 우리가 같이 살던 때로 가려면……. 그때도 가끔은 욕실에서 했잖아."

그가 갑자기 아내의 허리를 껴안았다. 그녀의 몸이 휘청했다. 순간 아내의 손가락에 맺혔던 물방울이 그의 목덜미로 뿌려졌다.

"앗, 차거!"

그는 자신도 모르게 그녀를 밀쳐내 버렸다. 열린 욕실 문으로 몸이 반쯤 나간 아내가 문턱에 걸려 넘어질 뻔하다 겨우 몸을 가누고 섰다. 잠시 섭섭한 표정으로 그를 바라보던 아내는 휙 돌아서 욕실을 나갔다. 그의 머릿속이 멍멍해왔다. 자신이 왜 그랬는지……. 그는 아내가 받아놓은 세면대의 물에 손을 씻었다. 손이 선뜻했다. 여편네, 더운물로나 씻지. 그것도 아까워 이렇게 차가운 물로 세수를 하다니……. 그는 웅얼대며 거울을 바라봤다. 왼쪽 가르마 부분의 머리칼이 부쩍 성글었다. 이리저리 머리칼을 헤쳐보고 있는데, 갑자기 조앤의 길고 부스스한 머리칼이 그의 눈앞을 스쳤다. 그는 헛것이 보이는 제 눈을 깜박거렸다. 그러나 거울 속에 다시 보인 건 얼굴 윤곽이 희미한 어린 여학생의 긴 생머리였다. 그 머리칼에서 풍기던 낯선 땀내……. 그는 고개를 흔들며 얼른 손을 씻고 욕실을 나왔다.

방에서 아내의 낮은 흐느낌이 들렸다. 그녀에게 미안하단 말을 해야겠다고 도어 손잡이를 잡던 그는 주춤 멈춰 섰다. 가슴이 답답해왔다. 정체를 알 수 없는 기체가 그의 내부에 가득 찬 것처럼……. 그는 돌아서 거실 옷걸이에 걸린 점퍼를 입었다. 후다닥 현관을 나와 엘리베이터 앞에 선 그는 점퍼 주머니에서 핸드폰을 꺼내 잠금 화면을 해제한 후 주소록에서 김조영이란 이름을 찾았다. 그는 새삼 자신이 왜 조앤 킴이 아닌 김조영으로 그녀를 입력해 놓았던가 생각했다. 조앤의 번호를 열어놓은 채 그는 엘리베이터에 올랐다.

그래, 이 시대의 유행처럼 딸을 유학 보낸 남자가 또 다른 유행을 따른다 생각하면 되지 뭐. 그는 혼자뿐인 엘리베이터 안에서 중얼대며, 엄지손가락으로 초록색 발신 표시를 지그시 눌렀다. 그러나 전화는 걸리지 않았다. 엘리베이터 안에선 송수신이 잘 되지 않을 수 있다는 걸 생각하면서도 그는 연거푸 발신을 눌렀다. 마치 엘리베이터에서 내릴 때까지만 유효한 전화를 걸듯.

첫사랑

　푸른 잔디 위로 보랏빛 꽃잎들이 우수수 떨어져 있다. 꿈의 파편이 거기 흩뿌려진 듯, 그녀는 망연히 서서 그 광경을 바라보고 있다. 자꾸 꽃 너머 어딘가로 향해지는 흐린 초점을 모아 그녀는 꽃나무를 올려다보았다. 더러 꽃잎을 떨군 나무는 큰 키의 가지 끝에 삐죽삐죽 푸른 잎사귀를 내밀고 있다. 꽃잎을 떨군 다음에야 잎을 피워내는 '자카란다'는 5월이면 거리마다 진보라의 꽃들을 가득 피워냈다. 처음 그 꽃의 행렬을 보았을 때 그녀는 낯선 충격을 느꼈다. 자신이 이국에 살기 시작했다는 탄식이 가슴에서 울려나왔다. 그것은 아름다운 꽃 뒤에 도사린 뭔가 서늘한 아픔이었다. 그때부터 그녀는 가끔 '꽃이 아프다', 라는 말을 하기 시작했다.

　또 5월이 왔고 그녀는 지금 꽃이 아프다. 저 보랏빛 꽃이 아프다고 중얼거린 것이 몇 해 동안이었을까. 그녀는 문득 헤아려보았다. 꽃나무를 올려다본 채 세월을 헤아리는 동안 허공으로 꽃잎 하나가 포르르 떨어져 내렸다. 그녀는 허리를 숙여 발 앞에 떨어진 꽃잎을 주었다. 그리곤 가만히 코앞에 대보았다. 아직 촉촉한 꽃잎은 화려한 색상에 비하면 향기가 미미했다. 그만 꽃잎을 도로 잔디 위로 떨어뜨리려던 그녀는 잠시 멈칫했다. 엄지와 검지 끝에 꽃잎 밑동을 잡고 빙글빙글 돌리던 그녀는 어깨에 메고 있던 백을 뒤져 작은 수첩을 꺼냈다. 백지 사이에 꽃잎을 넣고 수첩을 눌러 닫았다.

수첩을 백에 넣은 그녀는 그때서야 생각난 듯 몸을 돌려 채플로 향했다. 오후는 어느새 기울어지고 햇살이 서쪽에 머물고 있었다. 그녀는 자카란다 나무를 뒤로하고 빠른 걸음을 떼었다.

넓은 주차장에 몇 대의 자동차가 주차돼 있었지만 채플 안에는 아무도 없었다. 그녀는 입구에서 성수를 찍어 성호를 그었다. 텅 빈 공간에 가득 찬 서늘한 공기는 늘 형용할 수 없는 느낌으로 그녀를 감쌌다. 그녀가 가장 사랑하는 이 느낌, 감실을 마주한 앞자리까지 걸어간 그녀는 장궤틀을 내려 무릎을 꿇고 살포시 고개를 숙였다.

주님! 게으르고 무능하여 보잘 것 없는 제가, 당신 앞에 가장 아름답게 바칠 수 있는 행위는 바로 이 것뿐입니다.

그녀는 마음속으로 읊조렸다. 그러나 마음과 달리 머릿속에선 수첩 사이에 끼워 넣은 보랏빛 꽃잎 한 장이 자꾸만 떠올랐다. 백지 사이에 눌러놓은 꽃잎에서 지금쯤은 보랏빛 물이 조금 번져 나왔으리라. 눈을 감고 모아 쥔 손끝으로 금세 그 꽃물의 촉감이 느껴지는 것만 같았다. 그녀는 그만 장궤틀을 접어놓고 일어나 앉았다. 꽃장식이 된 제대 양옆 벽에는 부활절을 지내고 이어지는 부활주간의 흰 휘장이 드리워 있었다. 정면 벽에 모자이크 된 고난의 예수 상에 눈을 고정시켜 보지만 눈앞에 자꾸만 보랏빛이 어른거렸다. 모아지지 않는 마음에 그녀는 탄식처럼 중얼거렸다.

주님! 분심 중의 이 기도를 용서하소서!

분심은 인간이 완전히 극복할 수 없는 것이며, 흐르는 물처럼 놓아두면 어느 순간 저절로 마음이 모아질 거라는 생각에 그녀는 그냥 가만히 앉아 있기로 했다. 때로 그렇게 채플에 앉아 있기만 해도 그녀는 똑같은 무게의 삶이 덜 무겁게 느껴지기도 했고, 일상에 간간이 부는 칼날 같은 바람에 마음을 베어도 아픔이 덜 했다.

멍하게 초점을 잃은 그녀의 눈 속에서 자꾸만 보라색이 번져 나갔다. 누군가가 수첩 속 꽃잎을 그녀 눈앞에 클로즈업 시킨 듯 제대 양옆의 하얀 휘장까지 보랏빛으로 물들어갔다.

사순절 내내 사제가 입었던 보랏빛 제의와 채플에 걸렸던 휘장의 보랏빛!

'애야! 이것은 내 고독의 빛깔이다. 너는 알지 않니. 부활의 영

광에 이르기 전 내가 겪어야 했던 그 고통, 그 고독 말이다. 사실 나는 십자가에 못 박힌 육체적 고통보다 나 홀로 버려진 고독이 더 아팠다.'

어디선가 울려오는 소리 없는 말에 그녀는 가만히 눈을 감았다. 가슴 한 구석이 사르르 아파왔다. 그녀가 홀로 앉은 텅 빈 채플 안은 스테인드글라스 창을 통과한 서쪽 햇살이 오색으로 무늬지고, 그녀는 눈을 감은 채 시야에 번진 보랏빛을 따라갔다.

연보랏빛으로 피어난 등꽃 넝쿨 아래 앳된 소녀가 오도카니 앉아 있다. 소녀의 미소는 하얗게 눈부시고, 뒤쪽으로 넓은 뜰 담장 곁에 동그란 연못이 보였다.

책장을 정리하다 오래된 앨범에서 툭 떨어져 나온 한 장의 사진, 그녀가 여고 2학년 때 찍은 것이었다. 막 피어오르는 흰 꽃잎처럼 깨끗하고 화사한 미소를 물끄러미 바라보던 그녀는 그 사진을 찍던 순간을 떠올렸다. 한 조각의 기억이 떠오르자, 기억이 기억을 호출이나 한 듯 가라앉았던 것들이 연이어 딸려 나왔다. 결국 그녀는 자신의 마음속 깊이 숨어 있던 한 얼굴을 떠올렸다.

그 자신의 영민함을 생각하면 지금쯤 우뚝한 인물이 되어 있을 것 같았다. 그녀는 인터넷 검색 창에 그 이름을 검색해보았다. 하지만 별별 사람이 다 떠오르는 인터넷 어디에도 그는 나타나지 않았다. 그녀는 꼭 인물 검색에 나타난다고 인물인 것도 아니라며 어디선가 생을 잘 살고 있으려니 생각했다. 기억 속에 묻혀 사라졌다 생각했지만 결코 잊혀진 게 아니었다. 그녀는 어쩌면 그를 기억하는 것이 아니라 그 훈훈하고 아름다웠던 때를 그리워하는 것이라고, 그때의 순백색 자신을 그리워하는 것이라고 생각했다.

때로 별 인연도 아니었던 사람들과 우연히 만나는 일이 생기고 난 뒤면 그녀는 길을 가다가도 공연히 주변을 두리번거렸다. 사람의 인연이 그렇게 쉽게 다시 이어지는 것이라면 그도 꼭 만나질 것 같았기 때문이다. 하지만 그녀는 우연이란 단지 의미 없는 시간적 교차의 결과일 뿐이라고 생각하게 됐다. 정말 만나고 싶은 사람이 어느 날 만나지는 필연의 우연 같은 건 없다는 것을.

이른 봄이었다.

"우리 딸이 머리는 좋은데 공부에 취미를 잃었어요. 문학에 빠져 밤이고 낮이고 자꾸 시를 쓴다고 끄적거리기만 하고…… 좀 가르쳐 봐요. 방향을 잘 유도하면 잘 할 수 있는 애예요. 초등학교 땐 전교 1등을 놓치지 않았거든요."

당시 한창 귀부인티를 내던 소녀의 어머니는 명문대 학생을 불러다놓고 그렇게 말했다. 못마땅한 듯 팔짱을 끼고 앉았던 소녀는 그를 흘끔 쳐다보았다. 앞머리를 내린 장발에 안경을 낀 모습이 밉지 않았다. 트윈 폴리오의 윤형주를 좋아하던 소녀는 그가 비슷한 모습을 한 것에 마음이 스르르 풀려가는 걸 느꼈다.

공부방으로 가기 위해 소파에서 일어서는 그를 바라보던 소녀는 그의 키가 무척 큰 것에 깜짝 놀랐다.

"선생님, 키가 몇이에요?"

소녀의 첫마디였다. 그가 웃으며 소녀를 내려다봤다.

"180센틴데…… 학생은 아직 키가 자라고 있는 중인가?"

그가 소녀의 정수리를 슬쩍 쓰다듬었다.

공부방에 앉아 책을 펼치기 전 그가 물었다.

"학생은 무슨 음악 좋아해?"

아마 그것이 그의 첫 물음이었을 거다. 순간 소녀는 조금 당황했다. 자신이 무슨 음악을 좋아하는지 생각해봤지만 딱히 좋아하는 곡이 없었다. 흥얼흥얼 팝송을 따라 부르고 트윈 폴리오를 좋아했지만 꼭 그 음악을 좋아한다고도 할 수 없던, 스스로를 명확히 알지 못하던 시절이었다.

일주일에 두 번 그가 공부방에 오는 날이면 소녀는 세수를 하고 단발머리를 꼼꼼히 빗었다. 그것이 소녀가 할 수 있던 가장 큰 멋 내기였다. 그리고 좋아하는 팝송을 만들기 위해 이곡저곡 음악을 들었다. 어찌 보면 문학 감성으로 풀려나간 소녀의 영민함을 공부로 모아들이기 위한 소녀 어머니의 작전은 그때 벌써 실패했는지도 몰랐다. 아이와 여자의 중간점에 있던 소녀는 자꾸 머리를 빗으며 여자가 되어갔고, 문학으로 쏠렸던 감성의 한 갈

래가 갈라져 나와 음악으로 내달았다.

봄이 지나고 초여름이 시작되었을 때 그와 소녀는 같이 있는 시간이 참 좋다고 서로 생각했고, 그렇다고 말을 해버렸다. 아마 그때쯤이었을 거다. 소녀가 등꽃이 핀 뜰에서 사진을 찍었던 때가……

지난겨울, 그녀는 서울의 한 대학병원 지하 찻집에 앉아 있었다. 40분을 그렇게 앉았던 그녀는 외투가 더워 앞단추를 풀었다가 아예 벗어버렸다. 거리는 얼어붙도록 추운데도 서울의 겨울은 건물 내부의 온도가 높았다. 밖과 집안의 기온이 별로 차이나지 않는 캘리포니아 생활에 익숙해온 그녀는 사실 이 겨울의 안과 밖 기온차가 적응되지 않았다.

병원에 도착해 이메일로 받아두었던 번호로 전화를 걸었을 때 그는 갑작스런 일이 생겨 좀 늦을 거라고 했다. 그래, 40분쯤이야. 애가 타거나 기다렸던 건 아니지만 소식을 알지 못했던 건 어쩌면 평생이었다. 그녀는 더 기다릴 수 있다고 생각했다. 하지만 혹시나 싶어 들고 갔던 책도 눈에 들어오지 않아 팽개쳐둘 무렵, 시간은 1시간 반이 지나 있었다.

쓸데없는 짓이야. 그만 돌아가야지. 어쩜 차라리 잘된 일인지도 몰라. 혼자 중얼대며 그녀가 일어서려 할 때 찻집을 들어서는 남자가 보였다. 흰 가운을 입은 채 두리번거리던 그가 천천히 그녀에게로 다가왔다. 그녀는 눈을 가느스름 떴다. 적당한 키에 적당하게 살찐 몸, 안경을 낀 것은 옛날과 같았지만 머리칼이 반백이었다. 그녀는 그를 단 한번 만난 적이 있었다.

아마도 그해 여름이었다. 제 형을 따라 소녀의 집에 왔던 그는, 2층의 음악실에 정돈된 LP판을 이것저것 꺼내보기도 하고 커다란 창밖으로 연못을 내려다보기도 했다. 오뚝한 콧날에 안경을 끼고, 키는 제 형보다 작았지만 야무져보이던 명문고 2학년생이었다. 동 학년의 여학생 집에 처음 들어서서도 수줍기는커녕 당당하기만 하던 그는 이제 중후한 나이의 의사였다.

그가 그녀 앞에 와 섰다.

"전화 거신 분이시죠?"

그녀는 고개를 끄덕여 보이며 막 나가려던 자세 그대로 엉거주춤 서 있었다.

"늦어서 죄송합니다. 응급 수술환자가 들어와서 마취를 하느라……."

그는 이 병원이 속한 의과대학의 마취과 교수라고 했다.

인터넷에 아무리 검색을 해도 그를 찾을 수 없던 어느 날, 그녀는 그의 동생 이름을 생각해냈다. 명문고 학생의 특이한 외자이름은 기억에 남아 있었고, 그가 의과대학에 진학했다는 것도 들은 적이 있었다. 인물 검색에서 당장에 나타나던 그의 모습은 언뜻 그녀의 기억 속 그 고등학생과 잘 매치되지 않았다.

꼭 그를 만나려는 생각을 했던 건 아니었다. 생명이 얼마 남지 않았다는 혈육의 마지막을 보기 위해 고국을 방문한 길, 그녀 오빠가 입원한 병원이 하필 그곳이었다. 그녀는 병원을 오가며 그를 만나봐야겠다는 생각이 차츰 굳어졌다.

어색하게 선 그를 바라보며 그녀는 막 일어서려던 자리에 도로 앉았다. 이미 일가를 이루며 바쁘게 살고 있을 그가, 자신을 만나는 일에 무슨 흥미나 의미를 가질 리 만무하다는 생각에 그녀는 부러 냉랭한 표정을 지었다. 환자를 대할 때의 습관인지 내내 빙긋한 웃음을 물고 있던 그는 커피를 주문하고 기다리는 동안 차츰 뭔가 생각하는 얼굴이 되어갔다. 어쩌면 그녀의 갑작스런 출현에 그도 먼 시절을 더듬고 있는 것인가. 그녀가 앨범에서 떨어진 오래전 자신의 사진을 바라보다 여기까지 왔던 것처럼…….

그가 불쑥 말했다.

"그 집 참 크고 좋았어요. 그때 사시던 집 말예요. 당시 우리 형이 용돈이 아쉬워서 아르바이트 과외를 했던 건 아니에요. 우리 집도 살 만큼은 살았거든요. 그저 대학생들 사이에 유행처럼 그런 과외공부가 성행이었죠. 하지만 그때 사시던 집은 우리 집과는 비교도 안 될 정도로 좋긴 했어요. 나도 그런 집에 살면 참 좋겠다, 그런 생각을 했던 기억이 나요. 아, 참 지금도 글 쓰시나요? 그때 형이 한 뭉치의 글을 가져왔어요. 노래 가사라며 작곡을 해야 한다고 기타를 붙들고 있었죠. 참 좋은 노랫말들이 많았는데……. 사실 형은 한 곡도 작곡을 못했어요. 공대생이 무슨 작곡이겠어요. 그것도 통기타 시대에 하나의 멋이었던 거죠."

그는 냉큼 그 시절로 돌아간 듯한 표정을 했다. 그녀의 가슴속으로 깊게 가라앉았던 추억이 슬그머니 떠올랐다. 기억은 잊혀지는 게 아니라 가라앉는 게 분명했다. 세월의 무게가 추처럼 달리면 기억의 물밑으로 침잠했다가 어느 순간 자극의 부력이 실려 떠오르는 것이다. 어쩌다 떠오른 하나의 기억은 연결된 기억들에 자꾸 그 부력을 전달하면서.

정말, 그때 그랬지. 내가 노랫말도 지었구나.

그녀는 그때서야 그에게 미소를 지어보였다.

"그 글들 다 어디로 갔는지……. 그때는 복사본도 만들 생각을 못하고 손으로 한번 쓰면 그만이었으니까요. 제게도 남은 것이 없어요."

중얼거리듯 흘러나온 그녀의 낮은 목소리가 잘 안 들리는 듯 그가 그녀 쪽으로 옆얼굴을 약간 기울였다. 하긴 찻집은 좀 시끄러웠다.

"결혼은 하셨나요? 미국에 살고 계시다면서요?"

그가 그녀의 말을 못 들은 것인지 뜬금없이 물었다. 그녀는 조금 소리를 내 웃었다.

"우리 시대에 결혼을 안 할 수도 있나요? 그땐 커다란 흠이고 불효였죠. 물론 형님도 결혼하셨겠죠?"

그녀는 관심이 그의 형에게 있다는 걸 다시 상기시키려는 것처럼 그렇게 물었다. 그는 잠깐 표정이 좀 굳어지는 것 같았지만 곧 고개를 끄덕였다. 순간, 이상하게도 섭섭한 기운이 그녀 마음에 내려앉았다. 그가 그녀 때문에 결혼을 안 할 리도 없다고 생각하면서도.

애써 표정관리를 하고 있는 그녀를 물끄러미 바라보던 그가 짧은 한숨을 내쉬었다.

"형님은 그다지 인생을 잘 사시지 못했어요. 아시다시피 형님과 저는 고등학교, 대학교 동창이죠. 자랑을 하는 게 아니라…… 우리나라에서 KS 학벌이라면 대체로 잘 나가는데 형님은 이상하게 직장이 자꾸 꼬였어요. 몇몇 회사를 전전하다 결국 당시 건설 붐을 타고 사우디아라비아까지 갔었죠. 아버님 사업이 어려워졌었어요. 졸지에 형이 가족을 부양하게 된 거죠. 저는 학생이었고……. 혹 그때까진 형 소식을 듣고 있었나요?"

그가 넌지시 그녀를 바라봤다. 그녀는 기억하고 있었다. 대학 3학년 때 그의 집에 딱 한번 전화를 걸었던 일……. 형, 여기 없는데요, 하는 소리를 듣고 가만히 수화기를 내려놓던 순간이 생각났다. 그도 아마 그때의 그녀 목소리를 기억하고 있는지도 몰랐다. 그러나 그녀는 천연덕스럽게 고개를 저어보였다.

"아니요. 저 대학 1학년 때 소식이 끊겨 전혀 모르고 있었어요. 그쪽 아버님 사업이 기울어지고, 하필 저희 집도 그런 때라 어쩌다 만나면 서로 화만 냈죠. 그러니까 가장 아름답던 시절에 꿈을 키우다가 더는 그 꿈을 간직할 수 없었던 것 같아요."

그녀는 애써 담담하게 말했다.

그가 뭔가 생각에 잠기는 표정을 지었다. 어쩌면 그도 서로에게 가장 아름다웠을 그 시절을 반추하고 있는 것인지도 몰랐다.

인터넷 검색에 떠오른 그의 프로필에는 근무하는 병원이 있었고, 병원 사이트에 접속하자 그의 공식 이메일 주소를 알 수 있었다. 그녀는 그에게 짧은 이메일을 썼다. 그래야만 언젠가부터 습관이 되어버린 자신의 집요한 인물검색을 멈출 수 있을 것 같았기 때문이다. 답장이 오리라는 기대는 하지 않았다. 하지만 그는 자신의 핸드폰 번호와 한국에 오면 연락을 달라는 짧은 내용을 보내왔다. 그게 거의 1년 전이었다.

"이메일을 받고 보니 옛 생각이 많이 났어요. 물론 형님 생각도……."

그가 말을 끊고 잠시 딴 곳을 보았다. 그녀는 무슨 말을 하려는 것인가 싶어 그를 멀뚱하게 보기만 했다. 하긴 수십 년 동안 소식도 듣지 못한 사람인데 지금에 와서 그가 어떤 상황에 있다 해도 그다지 놀랄 일은 아니라고 그녀는 생각했다.

"한국에 오신다면 한번 만나야겠다고 생각만 하다가 잊어버렸는데……. 형님은…… 형님은 40회 생일을 며칠 앞둔 날 떠나셨어요."

천천히 말을 늘이던 그는 뒷 문장은 빠르게 말해버렸다.

"네?"

무슨 말을 들어도 놀랄 일이 없을 거라 생각했지만 섬뜩한 충격이 그녀의 가슴을 스쳐갔다. 살았거나 죽었거나 그저 소식을 한 번쯤 듣고 싶다고 생각했던 마음속에 그를 만나고 싶은 맘이 숨어 있었던 것인지.

"사우디 근무의 후유증이었어요. 간 경변이 생기더니……. 제가 의사인데도 형을 구하지 못했어요. 당시는 부모님도 다 살아 계실 즈음이었는데."

그는 아마도 그가 이 세상 사람이 아니라는 말을 하려고 여기 나온 모양이었다. 그녀에게 그걸 알려주려고, 더는 찾지 말라고. 그는 짐작하고 있었을 것이다. 오래전 그 순진한 여학생이 얼마나 제 형을 가슴에 깊이 각인했던가를.

그녀는 천천히 숨을 들이마셨다. 그리고 더 천천히 숨을 내뱉었다.

"그럴지도 모른다는 생각을 하기도 했었어요. 누구나 한번은 가야하는 길이니까요. 그래도……."

그녀는 뒷말이 더 이어지지 않았다. 울음이 북받친 것도 아니고 목소리가 떨리는 것도 아니었지만 그에게 더 말을 해서는 안 될 것 같았다.

"형수와의 사이에 딸이 하나 있는데 지금은 소식을 몰라요. 형이 그렇게 간 후 형수는 몇 년 뒤 조카를 데리고 재혼했어요. 하긴 젊은 나이인데 붙들 수도 없었죠. 형이 결혼했던 건 사우디 근무를 다녀온 직후였죠. 저도 졸업을 했고 집안 형편도 좀 나아졌던 즈음이었어요."

슬쩍 붉은 기가 어리는 그의 눈을 바라보며 그녀는 가만히 세월을 더듬어보았다. 아마도 결혼은 그녀와 비슷한 시기에 했을 것이다. 처음 만났을 땐 여고생과 대학생의 나이차가 졌지만 결혼하기엔 딱 좋은 나이차였다. 만약 그와 생을 함께했다면 40회 생일을 앞두고 그가 떠난 뒤 그녀는 무엇을 했을 것인가. 갑자기 머릿속이 컴컴해왔다.

그녀는 찻잔 바닥에 남은 다 식어버린 커피를 한 모금 마셨다. 해야 할 말이 더는 없는 것 같았다. 하지만 그녀는 그가 무슨 말인가를 더 해주기를 기다리고 있는 자신을 느꼈다. 어쩌면 그가 옛날의 그 귀여운 여고생을 가슴에 계속 품고 있었고, 그녀와 끝까지 가지 못한 걸 평생 후회했었다고…….

"홀로 남게 될 형수에게 많이 미안해하면서 떠났어요. 충실한 가장이었거든요."

그녀를 따라하듯 찻잔을 입으로 가져가던 그가 말했다. 순간 엉뚱한 생각을 하던 그녀의 머릿속으로 찬물이 확 끼얹어지는 것 같았다.

"그래요. 형수께서 많이 슬프셨겠어요."

그녀는 태연하게 말하며 옆자리에 벗어놓았던 외투를 챙겨들었다. 그도 그만하면 할 말을 다 했다는 듯 입술을 꾹 다물더니 먼저 자리에서 일어섰다.

"저희 병원에 오셨으니 커피 값은 제가 내겠습니다."

그가 선심을 쓰듯 계산대로 걸어갔다. 하지만 그를 기다리는 동안 그녀는 자신의 커피 값을 이미 지불한 터였다. 카운터로 급히 걸어갔지만 제 커피 값만 내게 된 그가 좀 멋쩍은 표정으로 그녀를 돌아봤다.

"오빠께서 여기 내과병동에 입원해 계신다고요. 소속은 다르지만 제가 후배 내과의들한테 부탁해 놓겠습니다."

찻집 지하계단을 터벅터벅 오르던 그와 병원 현관에서 헤어진 이틀 후 그녀의 오빠는 임종을 맞았다. 그러므로 그가 부탁해 놓겠다는 그의 후배 내과의와 만나게 될 일은 일어나지 않았다.

그녀는 감고 있던 눈을 떴다. 눈감은 시야에 펼쳐졌던 보랏빛은 어룽어룽 빛의 파편으로 그녀의 눈앞을 떠돌고 있었다. 차츰 그 어룽거림이 가라앉고 조금 어두워진 채플엔 적요가 가득했다. 그녀는 붉은 성체 등이 켜진 감실을 바라보았다.

너는 왜 내 고독의 빛깔에 네 오랜 기억을 비춰보느냐?

석조 감실에서 그분이 묻는 것만 같았다.

아름답지만 아픈 것이니까요. 어쩌면 그것은 당신을 만나기 위한 아픔의 연습이었던 지도 모르겠어요.

그녀는 긴 숨을 내쉬었다. 그녀가 다하지 못하는 말들이 그 숨에 묻어 저 위대한 분께 전달되길 바라면서.

그 해 가을이 깊어가면서 소녀는 아픔을 견디기 어려웠다. 그것은 생살에 무언가가 각인되는 듯한 아픔이었다. 아무것도 새겨진 적이 없던 소녀의 하얀 가슴에 여러 빛깔의 그림이 그려지고 그것은 차츰 가슴 깊숙이 파고들었다.

소녀의 집 안뜰 담쟁이넝쿨이 붉게 물들어갔다. 소녀는 학교가 파한 뒤 무거운 책가방을 든 채 학교 앞 선물가게로 들어갔다. 곧 다가올 그의 생일 선물을 사기 위해서였다. 별별 물건이 다 진열돼 있었지만 소녀는 어느 것도 눈에 들어오지 않았다. 진열장을 두리번거리던 소녀는 자신도 모르게 눈빛이 멍해졌다. 지난여름 소녀의 생일에 그가 선물했던 주홍색 목걸이를 며칠 전 면도칼로 툭 자르던 순간이 생각났다. 바닥으로 알알이 흩어지던 구슬 알들…….

소녀는 고개를 흔들었다. 그럴 일이 아니었다고 후회했다. 그는 그날 공부방에 한 시간이나 늦게 도착했다. 기다리는 동안 소녀는 온갖 상상을 다 했고, 그가 아무렇지도 않게 다음 주말에 여행갈 계획을 짜느라 늦었다고 말했다. 그 여행엔 오랫동안 친하게 지내온 여학생도 함께 할 거라면서.

소녀의 가슴엔 슬픔 같은 것이 부글부글 끓어올랐다. 어쩌면 그때까지 소녀는 슬픔이 무엇인지 아픔이 무엇인지 모르고 살았던 지도 몰랐다. 소녀는 그 여학생처럼 자신이 여행에 동참할 수 없다는 걸 알고 있었다. 그와 찻집을 가는 것도, 더구나 맥주 집을 가는 것도 소녀에겐 허락되지 않았다. 그들이 함께 할 수 있는 공간은 공부방이었고, 주말엔 가끔 손을 잡고 고궁을 걸었다.

파르르 떨던 소녀는 그에게 자신의 슬픔을 들키고 싶지 않았다. 차라리 화가 난 것처럼 보이는 게 나을 것 같았다. 소녀는 책상서랍을 열고 고이 간직된 은빛 상자를 꺼냈다. 상자 뚜껑엔 분홍색 리본이 매어져 있었다. 그녀의 열일곱 살 생일에 친구들이 모였다. 그와 그녀가 '음악실'이라 이름붙인 2층의 홀에서 와자지껄 선물을 풀고 떠들 때 그가 그 예쁜 상자를 들고 나타났다. 소녀의 친구들은 환호했고, 소녀는 조심조심 그 은빛 상자의 분홍 리본을 풀었다. 뚜껑을 열자 폭신한 하얀 솜 위에 누워 있던 주홍색 구슬 알의 긴 목걸이……. 소녀는 자신이 태어나서 그토록 예쁜 선물을 받아본 적이 없는 것 같았다. 하지만 소녀가 그 긴 목걸이를 목에 걸고 외출할 일은 생기지 않았다. 소녀는 다음에, 언젠가…… 그렇게 자신에게 속삭이며 희고 긴 원피스에 그 주홍색 목걸이를 목에 건 채 그를 만나는 꿈을 꾸어왔다.

너무 소중해서, 그래서 소녀는 그 소중함을 거부하고 싶었다.

상자 뚜껑을 열고 목걸이를 꺼낸 소녀는 책상 위에 있던 면도칼을 집어 들었다. 툭 끊어내고 싶은 그 무엇……. 어쩌면 그 순간, 아니면 끊고 싶은 건 봄부터 가을까지 이어져온 그와의 연연한 감정선이었는지도 몰랐다. 툭! 구슬을 꿰었던 줄이 순식간에 끊어지고 주홍색 구슬이 알알이 방안으로 흩어져 굴렀다. 그는 멈칫 놀라는 듯했지만 아무 말도 하지 않았다. 소녀는 금방 자신의 행위를 후회했다. 하지만 이미 돌이킬 수 없는 일이었다.

소녀가 고개를 수그린 채 책상 앞에 서 있는 동안, 기다란 몸을 구부린 그는 천천히 방안을 기어 다니며 흩어진 구슬들을 하나 둘 줍기 시작했다. 구슬을 다 모아 상자에 담은 그가 아무 일도 없다는 듯 책을 펼쳤고, 소녀는 눈물을 흘리며 영어독해를 설명하는 그의 목소리를 들었다.

두 손을 모아 책가방을 앞으로 든 채 선물가게 한 가운데 우두커니 선 소녀의 어깨를 주인 여자가 툭 쳤다.

"학생 뭐 찾고 있어?"

여자의 얼굴은 물건을 사지 않으려면 그만 나가라는 표정이었다. 하긴 학교를 파한 여학생들이 몰려들어 가게가 복잡한 시간이었다. 소녀는 얼른 물건 진열대로 고개를 돌렸다. 못난이삼형제 인형, 볼펜, 열쇠고리, 램프, 털장갑, 부채, 만화무늬 장식의 손톱깎이까지 갖가지로 진열된 물건들을 훑어보던 소녀는 선반에 얹힌 작은 흉상에 눈이 멎었다. 소녀는 주인 여자에게 얼른 그 흉상을 가리켜보였다.

"저거 주세요."

못마땅한 표정이 여전한 주인 여자가 소녀를 흘깃 보며 선반 위의 흉상을 집었다. 그것은 밀랍으로 만든 손바닥만 한 성모마리아 상이었다. 눈을 지그시 내리 깐 마리아 흉상을 여자는 마분지 상자에 넣어 소녀에게 건넸다. 그래도 얼른 계산을 않고 주춤 섰던 소녀는 계산대 옆에 색색으로 세워놓은 포장지 두루마리를 바라봤다. 그 중 보라색 두루마리를 뽑아든 소녀의 머릿속엔 지난 초여름의 보랏빛 등꽃이 피어나고 있었다. 어쩌면 그와 마주보며 환희를 품기 시작했던 계절이었다. 마리아 상과 포장지를 사들고 가게를 나온 소녀는 그날 밤늦도록 마분지 상자에 보랏빛 포장지를 붙였다. 안팎이 온통 보라색이 된 상자 안에 마리아 상을 넣기 전, 소녀는 녹음기 앞에 앉았다. 어느새 자정에 이른 시간이었다. 소녀는 녹음기 마이크에 대고 가만가만 말을 하기 시작했다.

마리아여! 저를 용서해주십시오. 저의 모든 것을 용서해주십시오. 등꽃이 피던 즈음 시작했던 기쁨을 이 가을까지도 간직하지 못하는 저를 용서해주십시오.

소녀는 간절히 녹음기에 대고 말했다. 녹음을 마친 소녀는 그 보랏빛 상자 바닥에 녹음된 테이프를 넣은 뒤 마리아 상을 넣었다.

그에게 그 선물을 건넸던 날, 그는 온통 보라색 포장지로 싸인 상자를 보고 감탄했다.

"야! 이렇게 예쁜 상자는 처음 보는 구나!"

그는 또 성모 마리아 흉상을 만지작거리며 말했다.

"세상을 종교 없이 산다는 건 참 힘든 일이야. 이 험한 세상을 말이야. 네가 대학가면 우리 같이 성당에 갈까?"

미소 짓는 그의 눈에 진심이 어리는 걸 소녀는 보았다.

그러나 가을이 깊어가고 겨울이 올 무렵 소녀의 가슴은 더 아파지기 시작했다. 소녀는 추위가 몰아치는 동네 성당 뜨락에서 성모마리아 상 앞에 서 있을 때가 많았다. 자신의 눈앞에 미지의 장막으로 드리운 미래를 뚫고 나갈 힘이 생기지 않았다. 대학 진학도 누군가를 사랑하는 것도 힘겹기만 했다.

그것이 시작이었어요. 당신 부름의 시작…….

그녀는 감실을 바라보며 말했다.

그녀는 그날 밤 많은 말들을 녹음테이프에 새겨 넣었던 걸 기억했다. 내용은 다 생각나지 않지만, 녹음을 하던 그 깊은 밤의 시간들이 자신에겐 말할 수 없이 경건했었다는 느낌은 선명하기만 했다. 어쩌면 그것은 그녀의 첫 기도였다.

채플 안은 한결 어두워져 있었다. 스테인드글라스를 통과해 오색으로 내려앉던 햇살도 가라앉고 그녀 홀로 앉은 빈 공간이 더 적요하게 다가왔다.

그녀는 오래전 성모마리아 흉상을 떠올렸다. 내리 감긴 눈과 슬픈 듯 고요하던 모습……. 그녀는 사는 동안 로마를 세 번 여행할 기회가 있었다. 처음에도, 두 번째도 몰랐다가 지난 해 세 번째 방문했을 때서야 그때의 그 흉상이 성 베드로 성당에 전시된 미켈란젤로의 피에타 성모상 표정이란 걸 알게 됐다. 불같은 고통이 차가운 인내로 식어 고요하던 그 성모마리아의 표정……. 어리고 철없던 소녀에게 위대한 분은 오래전부터 삶의 모든 고통이 승화된 그런 신앙을 길들이기 시작했던 것이다.

그녀는 감실을 바라보며 미소를 지었다.

어쩌면 인간에 대한 사랑은 당신의 사랑을 깨닫기 위한 매개일 뿐이었어요. 당신은 어린 소녀의 가슴에 고인 슬픔을 낭자하게 파헤쳐 당신의 사랑을 가르쳤지요. 슬픔의 하얀 피가 내 가슴을 물들이기 시작한 건 어쩌면 그때부터였어요.

젖은 눈을 스르르 감는 그녀의 머릿속으로 하얀 무엇이 흔들렸다. 하얀 프란넬 치맛자락…….

명동 대성당 뜰에 그가 붉은 장미꽃다발을 들고 서 있었다.

"영세를 축하해!"

몰라보게 수척해진 그가 억지웃음을 짓는 듯했다. 말없이 붉은 장미꽃을 받아드는 소녀를 그가 가볍게 포옹했다.

"오늘만큼은 꼭 봐야할 것 같았어. 그동안 소식을 전하지 못해 미안해."

귓불에 스치는 그의 입김이 조금 따스하게 느껴지던 바람 부는 봄날, 소녀의 하얀 원피스자락이 나풀 그를 감쌌다. 그날 소녀는 다시 태어났다. 긴 겨울이 깊어갈 무렵 갑자기 사라진 그를 기다리며 홀로 교리공부를 하던 소녀는 드디어 세례를 받고 새 사람이 되었다.

"첫영성체를 할 때 소원을 빌면 이루어진대요. 간절히 원하는 걸 빌어 봐요."

그녀의 대모님이 그런 말을 해줬다. 소녀는 동그랗고 하얀 밀떡이 처음 혀에 닿던 순간 기도했다. 그러나 그 기도는 소녀가 원했던 기도가 아니었다. 소녀는 그가 무사히 돌아오게 해달라고, 그와 함께 영원히 행복하게 해달라는 기도를 하려했다. 하지만 그녀의 안 어디선가 다른 말들이 들렸다.

당신께 가까이 가게 해주십시오. 당신을 정말로 사랑하게 해주십시오.

그 기도는 위대한 분의 강권으로 소녀의 내부에서 솟아났고, 어쩌면 소녀가 결국 원해야 하는 기도인지도 몰랐다.

"오늘 예쁘구나!"

아무 말이 없는 소녀를 보며 그가 한 마디를 더했다. 그의 눈에 붉은 기가 어렸다.

"새로 태어나는 날엔 흰옷을 입어야 한대요. 그래서 새로 맞춰 입었어요."

그제야 소녀의 목소리를 들은 그는 가만히 고개를 끄덕였다.

"가자! 이제 대학생이 되었으니 내가 데려갈 곳이 있어."

그가 그녀의 어깨를 감싸 안으며 말했다. 부활절을 하루 앞둔 토요일 늦은 오후, 그녀는 대학에 갓 입학해 있었다.

소녀를 데리고 명동의 독일 생맥줏집으로 간 그는 간소한 안주와 500cc 생맥주 두 잔을 시켰다. 맥주 집은 몹시 붐볐고, 하는 수 없이 합석을 한 자리 맞은편엔 남녀가 앉아 뭔가 심각한 표정으로 얘기를 주고받았다. 얼떨떨한 기분의 소녀는 사실 그런 곳이 처음이었다.

그가 맥주잔을 치켜들고 건배를 했다.

"새 사람의 탄생과 막 시작된 대학생활을 위하여!"

소녀는 쌉쌀한 생맥주를 목으로 넘기며 얼굴을 찡그렸지만 뭐라 형용할 수 없는 행복이 자신을 감싸고 있는 걸 느꼈다. 실내에는 잔잔한 음악이 흘러나왔고 사람들이 떠드는 소리는 음악소리보다 훨씬 컸다. 웃고, 지껄이고⋯⋯. 이따금 그가 소녀의 이마에 꿀밤을 먹였고 소녀는 그의 무릎을 치기도 했다.

무슨 얘기를 나눴던지 생각나지 않았지만 그녀는 그때 자신을 감싸던 그 포근한 떨림은 똑똑히 기억하고 있었다.

아아, 나는 여왕이다. 행복하다!

어쩌면 처음 마셔본 맥주 탓이었을까. 그의 어깨에 머리를 기대며 혼곤한 기분이 되었을 때 갑자기 맞은편 자리의 남자가 벌떡 일어섰다. 그 남자는 그에게 손을 내밀며 외치듯 말했다.

"저 지금 이 여인한테 결혼 승낙을 받았습니다. 축하해 주십시오!"

소녀는 얼른 그의 어깨에서 머리를 떼고 자세를 바로 했다.

"아이고, 정말 축하합니다!"

그가 남자의 내민 손을 잡고 두어 번 흔들었다. 흥분한 표정의 그 남자 옆에서 수수하게 생긴 여인이 수줍은 듯 고개를 숙였다. 호남형의 남자에 비해 그다지 예뻐 보이지도 않는 여자를 보며 소녀는 괜히 입을 삐쭉 내밀었다. 하지만 질투할 일도 아니었다. 결혼이란 건 소녀에겐 아직 먼, 먼 날의 일이었다.

거의 넉 달 만에 그렇게 해후를 하고, 이따금 그를 만났지만 소녀는 더 이상 행복해질 수 없었다. 그는 망해버린 아버지의 사업과 그로 인해 쓰러진 아버지, 의과대학에 입학한 동생의 등록금까지 걱정해야 하는 사람이 되어 있었다. 소녀는 자유분방해진 대학생활에서 누구에게도 매이고 싶지 않았고, 세상에 부는 이상한 바람에 등꽃이 피고 동그란 연못이 있던 소녀의 집도 다른 사람의 소유가 됐다. 그들이 함께했던 공부방과 음악실은 더 이상 갈 수 없는 곳이 되고 말았다.

그녀와 그의 가슴엔 청춘의 분노가 쌓여가고 그들은 다투는 날이 많았다. 어느 날 맥주병이 깨어지고, 그녀의 손에서 피가 흘렀다. 헤어질 땐 눈물과 분노를 다스렸지만 그들은 더 이상 만나지 않았다. 어쩌면 그것은 가장 풍족하고 아름답던 시절의 한 조각 꿈이었을 뿐이라며 그녀는 돌아섰다.

그를 만나지 못한 시간이 쌓여갔다. 그녀는 아무렇지도 않다고 생각했다. 그러나 그녀는 그를 만나지 못한 시간의 두께만큼 자신의 표피를 감싼 위선을 느꼈다. 당당했지만 공허했고, 그녀는 결코 행복하지 않았다. 그녀가 대학 문학상을 수상했던 날은 다시 5월이었다. 그녀의 대학생활은 1년 반이 남아 있었다. 그녀는 머릿속에 또렷이 박힌 번호의 다이얼을 돌렸다. 그에게 자신의 존재를 다시 알려주고 싶었다. 그때 그녀는 병원에서 만났던 그의 목소리를 들었다.

"형, 여기 없는데요."

그녀가 더 묻는다면 그가 어디로 갔는지 말하려는 것 같았지만 그녀는 가만히 수화기를 내려놓았다.

그녀는 장의자 앞 등받이에 양팔을 기대고 머리를 파묻었다. 그녀는 스스로를 몰랐다. 자신의 마음엔 단 하나의 공간이 있다는 걸. 그를 새겨 넣었던 날 이후, 그녀는 누구도 무엇도 거기 들어오게 할 수 없었다는 걸. 그것은 스스로 친 고독의 울타리가 아니었다. 어쩌면 태생적 고독의 울타리였다.

채플 안에 반투명한 어둠이 고이고, 감실의 붉은 불빛이 더 영롱해졌다. 정물처럼 고요히 앉은 그녀에게 누군가가 작게 속삭였다.

"이제 그만 채플 문을 잠가야겠는데요. 미안합니다."

나직한 목소리의 남자가 영어로 말했다. 그녀는 얼른 자리에서 일어서며 그를 바라보았다. 낯익은 백인 신부님이었다. 그녀는 미안하다는 말과 함께 고개를 숙여보이고는 급히 채플을 나왔다.

뜰엔 어느새 석양이 가득했다. 자카란다 나무도 붉은 노을에 잠긴 채 그 보랏빛 꽃잎들이 검붉게 채색돼 있었다. 그녀는 노을 속에 발걸음을 멈추고 문득 생각했다. 그도 영세를 받았을까? 오래전 함께 성당에 다니자고 말했던 건 그였다. 지난겨울 그의 동생을 만났을 때 그걸 묻지 못했다. 그러나 그녀는 불쑥 일어선 자신의 궁금증에 다시 생각을 얹었다.

그의 영혼은 이미 정화가 끝나 일찍 불려가셨다고, 그리고 자신은 아직도 아픈 정화작업이 필요해 세상에 남겨졌다는 걸.

노을도 조금씩 붉은 기를 잃어가는 어둑신한 뜰, 어디선가 바람 한 줄기가 불어와 그녀의 머리칼을 부드럽게 스쳤다. 그녀는 자신도 모르게 바람을 깊이 들이마셨다. 바람에서 향내가 났다. 꽃냄새도 풀냄새도 아닌……. 눈을 감고 그 향기를 음미하던 그녀는 천천히 백 속의 수첩을 꺼내 펼쳤다. 백지 사이에 넣었던 꽃

156

잎은 어느새 납작해지고 수첩 장엔 연연한 꽃물이 배어 있었다.

그녀는 꽃잎을 집어 가만히 나무 아래 잔디밭으로 떨어뜨렸다.

가거라! 네 자리로……. 간직할 건 그 흔적만으로도 되었다.

그녀는 꽃물이 든 수첩을 접어 백에 넣고 돌아섰다.

*

막 잠자리에 들려던 그녀는 이메일을 열었다. 내내 텅 빈 이메일 통에 새 메일이 도착했다는 알림이 떠 있었다. 광고 메일만 가득한 메일함에서 반짝이는 새 메일은 제목이 없었다. 그녀는 발신자의 이름을 한참 바라보다가 메일을 클릭했다.

안녕하세요?

지금쯤은 미국에 계시겠죠. 그때 그렇게 뵙고 시간이 휙 지나가 버렸네요.

오늘은 바로 형님이 떠나신 날입니다.

언젠가부터 저 혼자 형님을 기리게 됐지요.

오늘 형님 생각에 잠겼다가 문득 그날 말씀 못 드린 게 생각났습니다.

의미 없이 들리실지 모르지만…….

당신은 형수님과 무척 닮았어요.

어쩌면 형수가 당신을 닮은 걸까요?

그렇담 지금쯤 어디에선가 어여쁜 처녀가 되었을 내 조카는
당신과 내 형을 반반 닮았을지도 모르겠군요.
이렇게 소식 전합니다. 건강하세요.

그녀는 그 짧은 내용의 이메일을 노려보듯 바라보았다. 창밖
은 어둠이 가득하고 간간이 지나는 자동차 소리만 멀리서 들려
왔다.

감자가 익는 동안

그녀는 가끔 그리운 이름들을 인터넷 창에 검색했다. 오랫동안 만나지 못한 사람들, 혹은 세상을 떠난 사람들의 이름을 타이핑하며 입속에서 되뇌었다.

오늘 그녀는 아버지의 이름을 검색해 봤다. 대한민국에서 흔한 성씨, 평범한 그 이름을 검색 창에 쳐 넣자 열 명이 넘는 동명 인물들이 떠올랐다. 그 인물들 사이에 아버지가 있었다. 하지만 아버지의 인물 순위는 거의 뒤쪽이었다. 50대 후반쯤의 아버지 사진은 따뜻한 표정에도 위엄이 있어 보였다. 아버지가 생전에 늘 짓던 그 표정이었다. 아버지가 그 나이였을 때 그녀는 앳된 소녀였다. 그녀는 잠시 눈을 감고 그때의 제 모습을 떠올려 보았다. 웃음이 많고 순수했던……. 적어도 그때까지는 세상으로부터 단 한 번의 상처도 받은 적이 없던 것 같았다.

아버지의 인물 정보는 간단했다. 전 국회의원 그리고 생몰년도, 그게 다였다. 검색 대상의 인물이긴 하나 그다지 대단한 존재는 아니라는 뜻인가. 그래도 그렇게 웹에서 아버지를 만날 때면 그녀의 얼굴엔 온화한 미소가 번졌다. 늘 날이 선 표정을 짓는다는 주변인들의 말과 달리 그녀의 표정은 참으로 따뜻해졌다.

다정다감한 성품에 남 돕기를 좋아하던 아버지를 떠올리는 일은 그녀의 차가운 가슴에 따뜻한 물 한 줄기가 흘러드는 것 같은 느낌을 주었다. 그런 아버지는 결코 정치판에 어울리는 사람이 아니었다. 어떻게 아버지가 정치에 입문했던지. 그녀는 가만히 그 기억들을 더듬어봤다.

이른 봄이었다. 그녀가 막 초등학교 2학년이 된 즈음이었다. 집안에 손님이 들었다. 사랑방에 든 중년 남자는 뭔가 지체가 높은 사람인 것 같았고, 아래채에 짐을 푼 젊은 두 남자는 그의 부하인 듯 보였다. 그 두 사람은 늦은 밤에도 잠을 자지 않고 마당을 서성이며 사랑방 주변을 지키고 있었다. 그 중 한 남자의 뒷주머니에서 뭔가가 번뜩였다. 그가 몸을 움직일 때마다 사랑방 창에서 흘러나오는 불빛에 빛을 내던 무엇……. 장지문 틈으로 그 광경을 내다보던 아이는, 그것이 쇠로 만든 물체라는 걸 당장에 알아보았다. 남자는 이따금 오른 손을 뒤로 돌려 바지 뒷주머니의 쇠뭉치를 만지곤 했는데, 그 모습은 금방이라도 쇠뭉치를 꺼내 휘두를 수 있다는 위협처럼 보였다. 가슴이 섬뜩해진 아이는 찬방의 어머니에게 쪼르르 달려갔다. 갑자기 들이닥친 손님 때문에 어머니는 갈비를 양념에 재우며 하품을 하고 있었다.

"엄마! 저기 저 아저씨 바지 뒷주머니에서 뭐가 번뜩였어. 무서워! 그게 뭐여? 칼인가? 망치 같기도 했는데…….."

어머니는 하품을 하느라 크게 벌어졌던 입술을 얼른 오므리더니 아이를 차갑게 바라보았다.

"조용히 해라! 너희 아버지 앞길을 열어줄 손님이 오셨다. 저 젊은 양반은 아직 군인이여. 높은 양반 지키려고 권총을 차고 있는 거여. 어디 가서 그런 소리는 하지 말고!"

어머니는 넓게 펴 손질해 놓은 갈빗살에 양념을 끼얹으며 아이를 바라보는 눈빛에 한 번 더 힘을 주었다.

어머니의 눈길을 등 뒤에 받으며 안방으로 돌아온 아이는 다시 장지문을 조금 열고 마당을 내다보았다. 이른 봄밤의 차가움이 문틈을 타고 들어와 아이의 여린 목덜미에 내려앉았다. 오소소한 기운에 목을 움츠린 채 내다보는 마당에 두 남자의 형체가 흐릿했다. 불빛이 닿지 않는 화단 쪽은 어둠에 잠겨 그 실루엣만 어렴풋이 짐작됐다. 아이는 불빛이 훤한 사랑방 창문으로 고개를 돌렸다. 유리창엔 아버지와 그 높은 양반의 그림자가 어른거렸다. 아버지가 손님과 방에 든 건 저녁을 막 마친 뒤였다. 벌써 여러 시간이 지난 것 같은데 얘기는 아직도 끝나지 않은 모양이었다.

문틈으로 마당을 내다보는 것도 재미가 없어진 아이는 길게 하품을 했다. 잠이 없는 어머니가 찬방에서 하품을 했던 걸 보면 밤이 깊어진 시각인 것 같았다. 하품 때문에 찔끔 눈물이 흘러나온 아이의 눈에 화단 쪽 어둠에 있던 두 남자가 다시 사랑방 창 가까이로 걸어가는 게 보였다. 하지만 아이는 한 번 더 긴 하품을 했다. 더는 참을 수가 없어 그만 어머니가 펴놓은 이불 속으로 들어가 눈을 감았다. 잠속으로 빠져드는 아이의 눈에 사랑방 창에 비친 손님과 아버지의 그림자가 어른거렸다.

이튿날 아침 세수를 하려고 우물가로 가던 아이는 마당 가운데에 움칫 멈춰 섰다. 그 높은 양반이 세수를 하고 있었다. 그가 얼굴을 씻는 놋대야에선 아직도 김이 모락모락 솟아올랐다. 어머니가 늘 반짝반짝 닦아놓는 놋대야였다. 그 옛날 시집올 때 혼수로 가져온 것이라며 어머니가 애지중지하는 것이었다. 하지만 그 무게가 만만치 않다는 걸 아이는 알고 있었다. 가마솥에 덥혀놓은 물을 저 무거운 놋대야에 담아 부엌에서 우물가까지 가는 것 또한 쉬운 일이 아니라는 것도 아이는 알았다. 때로 아이를 씻기기 위해 어머니가 더운 물이 담긴 놋대야를 뒤뚱거리며 부엌에서 들고 나오는 걸 보았기 때문이다.

아이는 자신도 모르게 입술을 실룩거렸다. 어머니가 높은 양반을 위해 그 무거운 물 대야를 들고 옮겼을 거란 생각을 하니 괜히 심술이 났다. 아이는 마당 가운데에 오도카니 서서 대야로 얼굴을 숙인 그의 뒷모습을 노려보았다. 허리께에서 몸이 반으로 접힌 채 얼굴을 씻는 뒷모습은 엉덩이와 두 다리만 우물가에 꽂혀 있는 것 같았다. 미동도 없는 그의 하체는 마치 정물 같았다. 그의 곁에는 으레 그 두 남자가 서 있었다. 한 사람은 정 자세였고, 다른 한 사람은 두 팔에 수건을 걸쳐들고 높은 양반이 세수를 마치기를 기다리고 있었다. 뒷주머니에 권총을 찬 그 사람이었다. 높은 양반이 물기 묻은 얼굴을 들자 그는 재빠르게 수건을 내밀었다. 꼿꼿이 서서 턱을 치켜든 그의 모습은 사람이 아니라 마치 수건걸이 같았다. 아이는 그 모습이 우스워 자신도 모르게 키득거렸다. 우물가에 있던 세 사람이 그제야 아이를 돌아보았다. 어머니가 하얗게 삶아 빨아놓은 수건으로 얼굴을 닦던 높은 양반이 싱긋 미소를 지었다.

"어린 딸이 있다더니 귀엽구만!"

툭 던지는 말투가 낯설었다. 순간 아이는 영화에서 본 북한 사람들의 말투를 떠올렸다. 혹 간첩인가? 권총 찬 사람도 있는데……. 저도 모르게 그런 생각이 들자 아이는 가슴이 철렁 내려앉았다. 아버지가 간첩과 접선을 하다니! 그런 일을 발견하면 경찰서에 신고를 하라던 선생님 말씀이 생각나 아버지도 신고를 해야 하나 고민하기 시작했다.

"꼬마야! 이리 와 봐라!"

방으로 도로 들어가려고 막 몸을 돌린 아이를 정자세로 서 있던 남자가 불러 세웠다. 아이는 쭈뼛쭈뼛 그들 앞으로 걸어갔다.

"민 대령님께 인사드려라. 네 아버지 도움이 필요해서 여기까지 오셨다."

말을 건네는 그 남자는 어젯밤 팔짱을 낀 채 어둠 속에 서 있던 조금 나이가 있는 사람이었다. 아이는 흰 수건으로 목덜미를 문지르며 미소를 머금는 그 높은 양반에게 꾸벅 고개를 숙였다. 어젯밤 사랑방 창문에 비치던 두 그림자 중, 미동도 없이 앉았던 그림자가 이 사람이라는 걸 아이는 짐작했다. 왜냐면 끊임없이 고갯짓을 하며 앞뒤로 몸을 움직이던 그림자가 아버지라는 걸 알기 때문이었다. 다감한 성품의 아버지는 손님이 오면 늘 말을 많이 했고, 그렇게 고갯짓도 많이 했다. 그렇담 아버지 도움이 필요해서 여기까지 왔다는 이 사람은 왜 그렇게 뻣뻣이 앉아 아버지 얘기를 듣기만 했던 걸까. 하긴 아이의 아버지를 찾아오는 사람들은 대부분 그랬다. 의논할 일을 가져와 아버지의 얘기를 듣기만 하다 돌아가도 다 제각기의 답을 얻어간 듯 보였다.

높은 양반이 사랑방으로 가려고 몸을 돌리자 권총을 찬 젊은 남자가 냉큼 젖은 수건을 받아 들었다. 어머니가 부엌문으로 빼꼼 얼굴을 내밀어 그 광경을 보는 듯하더니 곧 정길 어멈이 떡 벌어지게 차린 무거운 아침상을 사랑방으로 들고 갔다. 집안에 일이 있을 때마다 불려오는, 다리 건너 사는 정길 어멈은 또 언제 온 것인가. 몸집이 어머니의 두 배쯤 되는 정길 어멈이 왔으니 망정이지 어머니는 들지도 못할 밥상이었다.

아이가 세수를 마치고 들어선 찬방엔 커다란 교자상이 펴지고 평소에 잘 안 먹는 반찬들이 차려져 있었다. 아버지와 마당에 있던 두 남자가 거기 앉아 있었다. 아직도 정길 어멈과 부엌에서 분주한 어머니가 아이의 수저를 아버지 자리 옆에 놓아주었다.

"어서 먹고 학교 가거라."

아이는 쑥스러움에 한 손가락을 입에 넣은 채 아버지 옆으로 가만히 내려앉았다. 두 남자가 빙그레 웃으며 아이를 바라보다가 냉큼 아버지에게로 시선을 옮겼다.

"우리 대령님 도와주실 거죠? 그래야 박 선생님 앞길도 훤히 트이는 겁니다."

좀 나이가 든 남자가 아버지에게 넌지시 말했다. 뭔가 압도적인 말투였다.

아이는 늘 집안에 손님이 끊이지 않는 걸 알고 있었다. 하지만 손님들은 대부분 아버지 앞에서 머리를 조아렸고 때론 무릎도 꿇었다. 그들은 이런저런 일들을 아버지와 의논하다가 때론 웃으며 돌아갔고, 어느 땐 답을 찾지 못한 듯 어두운 얼굴로 돌아가기도 했다. 하지만 그들은 하나같이 아버지에게 허리를 굽혀 인사하며 고맙다는 말을 잊지 않았다. 그런 손님들에 비하면 그 남자는 아버지 앞에서 좀 거만해 보였다. 아이는 밥숟가락을 떠올리며 슬며시 그를 노려보았다.

"생면부지의 나를 찾아온 것은 참 고마우신 일인데, 평생 서생으로 살아온 내가 이렇게 정치에 입문해도 되는지 모르겠습니다."

아버지가 자신보다 훨씬 젊은 그 남자에게 깍듯한 말투로 말했다. 아버지는 누구에게든 그렇게 말하곤 했다.

"지금이 얼마나 좋은 기회인지 아셔야 합니다. 나라를 바꿀 이 전환기에 한몫을 하셔야죠. 대부분의 군민들이 박 선생님을 존경한다는 걸 알고 있습니다. 우리 민 대령님을 위해서 그 군민들의 마음만 끌어 모아주시면 됩니다. 그렇게만 해주시면 차기엔 저절로 박 선생님의 때가 오는 겁니다."

그 남자는 마치 아버지를 가르치듯 말했다. 아이는 그의 태도가 못마땅해 한 번 더 그 남자를 쏘아보았다.

"알겠습니다. 강 비서님. 제가 지금 숙고 중입니다. 어제 민 대령님께도 그렇게 말씀드렸지요. 시골 서생인 제 처지, 조상님들이 물려주신 전답으로 밥은 먹고 사는데 가끔 어려운 사람들을 도와줬더니 사람들이 좀 따르긴 합니다. 그렇다고 그것이 민 대령님께 도움이 될까 걱정스럽습니다."

아버지의 목소리가 다시 부드럽게 흘러나왔다. 부엌과 찬방을 잇는 반쯤 열린 미닫이 문 사이로 밥상을 바라보던 어머니가 눈살을 찌푸렸다. 입속으로 중얼대는 어머니 말이 그대로 아이의 귀에 들리는 것 같았다.

국 식기 전에 어서 드시기나 하지.

아이는 아버지가 강 비서라 부르는 그 남자를 바라보며 자신도 모르게 말했다.

"어머니가 국 식는다고 걱정하셔요."

"그래? 정말 그렇구나. 그런데 너도 어서 먹고 학교 가야지."

그는 목소리를 잔뜩 낮춰 말하며 눈을 찡긋했다. 아이는 이 아저씨도 그렇게 나쁜 사람은 아닌 것 같다며 아버지가 그의 부탁을 좀 들어줬으면 좋겠다고 생각했다.

아이가 안방으로 건너와 막 책가방을 등에 메려할 때 어머니가 숭늉 쟁반을 툇마루 끝에 놓으며 말했다.

"너 사랑방에 이 숭늉 좀 들여놓고 학교 가렴. 정길 어멈이나 나나 아침 짓는다고 수선을 폈더니 옷에 음식 냄새가 배어서 못 들어가겠다."

아이는 벽에 걸린 시계를 흘깃 바라보다 냉큼 숭늉 쟁반을 들었다. 따박따박 사랑채까지 걸어가 툇마루에 올라서자 어머니가 기척을 내라고 눈짓을 했다. 아이는 방문 앞에서 헛기침을 한번 했다. 어머니가 손님 앞에 차나 과일을 내가기 전에 그렇게 하는 걸 봤기 때문이다. 그리곤 조금 큰 소리로 말했다.

"숭늉 가져왔는데요."

곧 높은 양반의 목소리가 들렸다.

"들어오세요."

아이 목소리인 걸 뻔히 알면서도 그는 존대를 했다. 아이가 방에 들어서자 그가 국을 떠올리던 숟가락을 놓고 숭늉 쟁반을 받아들었다. 그리곤 도로 방을 나가려는 아이를 불러 세웠다.

"애야! 잠깐만!"

아이가 돌아보자 그는 바지 주머니에서 지폐 한 장을 꺼내 내밀었다. 푸른 색 지폐였다. 평소에 어머니가 인색하게 주는 백 원짜리였다. 아이는 살며시 돈을 받아들며 고개를 숙여보이고는 방을 나왔다. 기분이 좋았다. 저 민 대령이란 사람도 좋은 사람인 것 같았다. 아버지가 그를 도와주면 좋겠다고 생각했다. 아니 학교에서 돌아오면 아버지에게 그 분을 도와주라고 졸라봐야겠다고 맘먹었다.

모니터에 떠오른 아버지 사진을 바라보며 그녀는 미소를 지었다. 혹 간첩이 아닐까 생각하던 이북 말투의 낯선 사람을, 백 원짜리 한 장에 좋아해버린 어린 자신을 기억하며 그만 풋 웃어버렸다.

그때 어린 그녀가 아버지를 조르지 않았어도 일은 이미 거부할 수 없게 흘러갔다. 집안에 낯선 사람들이 더 다녀갔고, 아버지를 따르는 사람들도 모여들었다. 집이 늘 시끌벅적해지자 민 대령과 강 비서, 그리고 권총을 소지한 김 하사는 읍내 여관으로 거처를 옮겼다. 그런가보다 했는데 한밤중에 어머니가 이불장에서

168

제일 좋은 이불 한 채를 꺼내 꾸렸다. 얼마 전 세상을 뜬 외할머니가 새 목화솜을 타서 비단으로 만든 이불이었다. 외할머니의 손길이 느껴진다며 애지중지 하는 것이었지만 어머니는 입술을 꾹 다문 채 이불보에 쌌다. 이번엔 정길 아범이 불려왔다. 그는 이따금 장작을 팰 때 불려오곤 했는데, 마치 도끼를 들고 장작을 팰 때처럼 쉿! 하고 기압 넣는 소리를 내더니 이불꾸러미를 어깨에 둘러멨다. 남자처럼 덩치가 큰 정길 어멈보다 오히려 작은 체구였다.

"여관 이불이 오죽하겠어요. 보나마나 꾀죄죄하겠지. 그 양반이 어떻게 그런 이불을 덮고 주무실까 걱정돼서요. 좀 댕겨오시여."

정길 아범은 걱정 말라는 뜻으로 고개를 주억거리며 이불꾸러미를 메고 대문 밖으로 사라졌다. 그 모습을 물끄러미 바라보던 아이는, 어머니 자의로 가장 아끼는 이불을 보냈다는 걸 짐작했다. 어쩜 그 높은 양반, 민 대령이 여관 이불이 더럽다고 불평을 했을까.

그녀는 환히 떠오르는 그날의 기억에 혼자 쓴 웃음을 지었다. 5·16혁명이 일어나고 군정 시기가 끝나가자 군인들이 하나 둘 정계에 얼굴을 들이밀던 시절이었다. 민 대령은 혁명의 중심에 있던 인물이라고 했다. 하지만 이북 태생인 그가 뿌리를 내릴 곳은 없었다. 그러다 민 씨 집성촌이 있는 그녀의 고향으로 발길을 내딛었다. 집성촌을 통해 일을 도모하려던 그와 그의 참모들은, 영리하게도 그녀의 아버지를 찾아냈다.

제법 넉넉한 살림에 자애심이 깊어 자선도 잘 한다는 그 박 아무개를 찾아가라고 누가 귀띔이라도 했던 건가. 그녀의 아버지는 연초가 되면 읍내 유치장에 갇혀 있는 범법자들에게 떡국을 끓여가라며 어머니와 정길 어멈을 바쁘게 했고, 가난한 학생의 등록금도 더러 대주었다. 어려운 일을 만난 동네 사람들은 그녀의 아버지를 찾아와 자문을 구했다. 동성동본은 아니지만 박 씨 성을 가진 사람들은 서로 혼인하지 않는다는 풍습에 숨어 사랑을 하던 남녀를 아버지가 구해준 일도 있었다. 그들은 숨어서 사랑을 나눴지만 시간이 지나자 동네 사람들이 다 알게 되었다. 사람들 입에 자꾸 오르내리자 아버지는 그 남녀를 집으로 불러들였다. 죄지은 사람처럼 무릎을 꿇고 앉은 그들에게 아버지가 말했다. 법적으로 하자가 없으니 차라리 결혼을 하라고. 그 한 마디에 그들의 사랑은 어둠에서 빛으로 나왔고 동네가 떠들썩하게 결혼식을 치렀다. 행복의 대명사처럼 젊은이들은 아버지에게 주례를 부탁했다. 아버지는 주례를 몇 백 쌍이나 섰는지 셀 수도 없다고 했다.

그런 그녀의 아버지에게 민 대령 일행이 찾아온 것이다. 그를 돕기로 결정하기 전 아버지가 말했다.

"나는 너무 감정이 많지? 그런데 그 양반은 달라. 말도 없고 표정의 변화도 없어. 하지만 생각은 많아 보여. 왠지 그 양반이 좋아지는구먼. 나와는 영 다른 것 같아서 말여."

어머니 앞에서 그렇게 말한 아버지가 드디어 민 대령을 돕기로 결심하고 읍내 가장 번화한 곳에 사무실을 얻고 간판을 걸었다. 그녀는 그 간판을 또렷이 기억했다.

'민주공화당 창당 사무실'

그리고 아버지는 고향에 창당된 당의 초대 위원장이 되었다. 초여름이 되면서 더 북적거리던 아버지 주변에선 힘이 뻗쳐 나왔고 민 대령은 그녀의 고향에서 국회의원에 무사히 당선되었다. 이북출신인 그 낯선 인물을 낯설지 않게 만든 건 오로지 그녀 아버지의 공이었다. 그가 당선되자 아버지는 위원장 자리를 민 대령에게 내주었다. 그건 당연한 순서였다. 하지만 그날 밤 몹시 허전해 하던 아버지의 표정을 그녀는 기억하고 있었다.

"이 고향 땅에서 덕망가로 존경받던 내가 혁명 세력의 앞잡이가 돼버렸네. 어쩌자고……."

아버지의 한숨을 어머니가 가로막고 나섰다.

"무슨 말씀이에요? 세상이 변했는데 무슨 혁명 세력이에요? 이제 주도 세력이지. 당신은 이 나라를 주도하는 힘의 한 가닥이 된 거라고요. 당신이 창당한 당을 지금은 민 대령에게 내줬지만 때가 되면 도로 찾아야죠. 여기가 당신 고향인데……."

그녀는 늘 이상가였던 아버지에 비해 오히려 어머니가 더 현실적 눈이 밝았다는 걸 기억했다. 그렇다면 자신은 어머니가 아닌 아버지를 닮은 것 같았다. 세상의 현실을 잘 딛지 못하고 늘 기우뚱 거리는 그녀는 어머니처럼 현실을 짚어내는 용기도 결단력도 없었다. 그녀는 늘 기회를 피하거나 에둘러 가는 자신의 운명에 어머니를 그리워하기도 했다. 하지만 그녀 안에는 늘 자비심에 대한 욕구가 있었다. 그렇다 해도 그 옛날의 아버지처럼 그 자비심을 쏟아 베풀만한 능력도 용기도 없었다. 그녀는 늘 삶이 아프다고 느꼈다. 뭔가 균형이 맞지 않는 그녀의 내면에는, 그래왔던 아버지와 그러하였던 어머니가 공존하고 있는 듯했다.

모니터에 떠오른 아버지의 사진을 바라보며 미소를 지어보지만 그녀는 마음이 온화해지는 그만큼 또 쓸쓸하기도 했다. 이제 온화함과 자비심으로 사람들의 마음을 끌기에는 시대가 너무 변해 있었다. 그런 마음으로 세상을 대한다면 그것은 스스로 바보이며 패배자이길 인정하는 것만 같았다. 그녀는 자신이 어느 정도 바보이며 패배자라는 걸 알고 있다. 그래서 늘 차가운 표정을 짓고 다녔다. 그것을 감추기 위해서 말이다. 그렇지 않는다면 세상이 그녀를 짓이겨버릴 것만 같았다.

그녀는 또 검색을 했다.
'10·2 항명 파동'

그런 사건이 있었던 걸 알고는 있었지만 구태여 검색을 해본 적은 없었다. 그런데 이제 와서 왜 그 사건이 자세히 알고 싶어지는지. 어쩌면 최근에 세상을 떠난 원로 정치인 때문인지도 모른다. 뉴스에선 그가 떠남으로 한 시대가 끝났다고 했다. 그는 그 서슬 시퍼렇던 시대에 민 대령의 정치적 라이벌이었다. 같은 혁명 세력이었지만 그들은 아랫사람도 동료도 믿지 않던 이상한 시대의 사람들이었다. 그녀의 아버지만이 바보처럼 모든 걸 믿었는지도 몰랐다.

민 대령이 고향 땅에서 국회의원에 두 번 당선되는 동안 아버지는 그의 그늘에 잠겨 있었지만 나름 힘을 길렀다. 집안의 손님들은 전처럼 인생 상담을 받으려는 사람들이 아니고, 어떻게 아버지를 통해 정치입문을 해보려는 사람들로 가득했다. 분명 언젠가는 아버지도 등원을 하리라는 예견을 가진 사람들이었다. 하지만 '3선 개헌 반대'를 외치는 시위가 곳곳에서 일어나고 이제 혁명 세력도 한 발 물러나야할 시기가 온 것 같았다.

그 즈음 그녀는 고향에서 서울로 올라와 학교에 다니고 있었다. 하필 그녀의 학교 앞에 야당 당사가 있었다. 스피커를 통해 거리로 퍼져나가는 '3선 반대' 구호가 수업 시간이면 유독 크게 들려왔다.

"순리대로 해야지."

그렇게 중얼대던 아버지는 더 이상의 정치적 소망을 접은 것 같았다. 그러나 아버지 주변에 꼬이던 사람들은 결코 그 소망을 접지 않았다. 그들은 때론 악다구니를 쓰며 3선 개헌을 해야 한다고 열을 올렸다. 그때 그녀는 조금 세상을 알게 됐다. 정치에 개입하는 대부분의 사람들이 나라의 앞날보다는 자신의 이익을 위해서 나선다는 것을.

아버지가 중얼거렸던 순리라는 건 무엇이었을까. 아버지의 뜻이든 아니든 아버지는 민 대령의 그늘에서 쑤욱 빛으로 나오고 말았다. 3선 개헌이 되고 아버지는 등원을 했다. 그리고 그녀는 기억하고 있었다. 그 가을의 어느 날을…….

그녀는 여고생이었다. 서울 변두리의 조촐한 이층 집 주변을 서성이는 남자들이 있었다. 그녀는 2층 제 방 창문을 통해 그들의 움직임을 주의 깊게 바라보았다. 아버지는 아직 귀가 전이었다. 그녀가 막 학교에서 돌아왔을 때 아직은 해가 훤한 시각이었다. 바바리와 점퍼 차림의 남자 세 명이 대문께로 걸어왔다가 담장을 한 바퀴 돌기도 하며 담배를 피워댔다. 그들은 자신들의 모습을 구태여 숨기려하지 않았다. 그렇게 집 주위를 맴돌며 차라리 위협하고 있는 듯 보였다. 그리고 어둠이 와 가로등이 드문 길에서 그들의 소재를 확인할 수 없어 잊고 있었을 때쯤, 대문 앞에서 차를 세워 막 내리려던 아버지는 냉큼 그들의 차에 옮겨 타야 했다. 집안 식구들은 아무도 아버지가 집 앞에서 중앙정보부 요원들에게 끌려갔다는 걸 알지 못했다. 어머니는 뜨개질을 했고,

그녀는 팝송이 흘러나오는 라디오를 틀어놓고 숙제를 했다.

밤이 깊었지만 아버지가 돌아오는 기척은 없었다. 그녀의 집 대문 앞에 설치된 순찰함에 경찰이 순시를 돌며 다녀가는 걸 봤지만, 그 경찰에게 아버지의 소재를 물을 수도 없었다. 식구들은 텔레비전 뉴스를 틀어놓고 멍하니 바라보았다.

국회에서 투표에 부쳐진 내무부 장관 해임 건이 가결되었습니다.

앵커의 나레이션과 함께 어수선한 국회 내부가 비춰졌다.

"너희 아버지가 낮에 분명 저기 가셨을 텐데 지금 어디 계시단 말이냐?"

어머니는 그렇게 말했지만 그다지 걱정스런 표정은 아니었다. 그러나 시간이 조금 지나자 뜨개질바늘을 내려놓은 어머니 얼굴에 초조한 기색이 드러나기 시작했다.

"설마 나는 새도 떨어뜨린다는 민 대령의 노선인데 너희 아버지를 누가 해코지라도 하겠느냐?"

누구에게 묻는 것 같았지만 어머니가 혼잣말을 하고 있다는 걸 그녀는 알고 있었다.

그날 밤 자정이 넘어서야 아버지가 돌아왔다. 포마드를 발라 늘 올백으로 넘겼던 앞머리가 흐트러지고 양복이 좀 구겨져 있었다.

"걱정했지? 별 일 아니야."

아버지는 온화한 미소를 지었다. 하지만 당장에 어머니의 얼굴이 새파래졌다.

"괜찮아요? 무슨 일이 있었던 거예요? 네?"

아버지는 피곤하다는 듯 하품을 하며 양복 상의를 벗었다. 와이셔츠가 심하게 구겨져 있었다. 마치 벗어서 어디 구겨놓았다가 다시 입은 것 같았다. 막 잠옷을 갈아입으려던 아버지가 그녀를 돌아봤다.

"어서 가서 자라. 내일 학교 가야지."

아버지는 그녀가 방을 나가기도 전에 불을 꺼버렸다. 그녀는 안방을 나오며 아버지가 부스럭부스럭 옷을 갈아입는 소리를 들었다. 가을밤은 그대로 깊어가고 시간이 지나면서 그녀는 그 일을 잊어버렸다.

그러나 세월이 한참 흐른 후 아버지는 말했다. 나는 새도 떨어뜨린다던 민 대령은 야인이 되고, 유신체제의 어둠이 견고히 들어선 때였다.

"내가 끝까지 다 해먹었으면 이렇게 고향에 돌아오지도 못하지. 어쩜 몰매 맞아 죽었을지도 몰라. 정치란 그런 것이여. 차라리 잘 된 일이지. 이게 나한테 맞는 삶인디."

민 대령이 그 10월에 갑자기 정계를 은퇴한 뒤 아버지는 이듬해 일어난 유신에 정치노선에서 제거되었다. 그러나 그 덕에 고향에서 덕망가로 다시 컴백할 수 있었다.

아버지는 대청마루에 피워놓은 연탄난로 위에 알 감자를 얹고 커다란 양재기를 덮었다.

"우리 감자나 익거든 먹자. 너 대학 다닌다고 데모 그런 거 하지 말고 방학 끝나고 돌아가면 공부나 혀."

그렇게 말한 아버지는 감자가 익기를 기다리며 안방 문턱을 넘어 털실 뜨개질을 하는 어머니 앞에 앉았다. 안방 미닫이문은 난로 온기로 훈훈한 대청마루를 향해 열린 채였다.

"사실은 그때 말여. 나 남산으로 끌려갔었어. 어떻게 내무부 장관 해임 건의안에 찬성표를 던진 여당 의원들을 귀신 같이 다 골라다 났더라고. 참, 이제 말이지만 내가 들어가니 꼴들이 말이 아니더만. 민 대령도 수월찮게 맞았다고 듣긴 했는디……."

어머니가 뜨개질을 멈추고 눈을 들어 아버지를 빤히 바라보았다.

"당신은? 당신도 맞았어요?"

어머니가 울 듯 물었다. 이제 여러 해 전의 일이건만 마치 어제 당한 것처럼 어머니는 울상을 지었다.

"아녀. 맞긴! 그냥 찬성표를 찍었느냐고 물어서 그렇다고만 대답했지. 거기서 아니라고 했다면 정말 발길질이 날아왔을지도 모르지."

아버지가 그 순간을 떠올리는 듯 눈을 까무룩 찌푸렸다. 갑자기 어머니가 흐느끼기 시작했다. 아버지가 당황한 듯 어머니의 양 어깨를 붙잡으며 달랬다.

"왜 이려? 다 지난 일이구먼. 내가 이렇게 잘 살고 있잖여. 그런데 민 대령 그 양반 그 이후 다시는 만날 수가 없었어. 내가 말은 안 했지만 몇 번이나 그 양반을 찾아갔었지. 정치권력이 탐났냐고? 아녀! 아녀! 그냥 그 양반이 보고 싶어서……. 그 과묵함과 잔잔한 표정이 그리워서 갔었구먼. 그 양반 내가 아직도 정치에 미련이 있어서 자신을 찾아왔다고 오해했을까? 아녀! 아녀! 그게 아닌디. 다시는 만날 수가 없네."

어머니를 달래던 아버지 눈에서 눈물 한 방울이 뚝 떨어져 내렸다.

"세상이 이래선 안 되는디 말여. 그 때는 잘해보겠다고 해서 내가 시작을 거들어줬잖여. 근디 제 말 안 듣는다고 수족 같은 사람을 단칼에 잘라내더니 나도 그 끄나풀이라고 베어내 버렸네 그랴. 세상이 이러면 안 되는디 말여. 반드시 순리대로 흐르게 되어 있구먼. 언젠가는 그리 될 것이여."

점점 울음소리가 커지는 어머니의 어깨를 두 손으로 움켜쥐고 애써 눈물을 참던 아버지가 대청마루 난로 곁에 선 그녀를 그때서야 바라보았다.

"얘야! 겨울밤이 길어 별 얘기가 다 나왔다. 너는 그저 공부나 하는 거여. 데모 그런 거 할 생각 말고. 속이 답답하거든 글을

씨! 너 글 잘 쓰잖여. 아버지 너 작가되는 거 한번 보고 죽고 싶다."

그녀를 바라보는 아버지의 애정 어린 표정이 차라리 가엾어 보이던 겨울밤이었다. 정말 밤이 너무 길어 묻어두었던 얘기가 나와 버렸다고, 연탄난로에 감자를 구워먹는 그 평화로운 겨울밤이 애틋해 그만 쓸데없는 얘기가 나와 버렸다고 아버지는 딸에게 그렇게 변명을 하고 있는 것 같았다. 그녀는 돌아서 창문을 흔드는 바람소리를 들었다. 넓은 뒤뜰을 휘돌아 유리창으로 몰려온 바람의 세기가 컸다. 엄동설한의 깊은 밤이었다. 어머니의 울음소리도 아버지의 목소리도 바람 소리에 묻혀버린 듯 귀가 멍멍해 왔다.

괜히 쓸데없는 얘기가 나오고 말았다는 그 겨울밤에서 두어 해가 지난 가을 날, 서슬 퍼렇던 지배자가 부하의 총탄에 스러졌다. 몇 년 후엔 민 대령이 세상을 떠났다는 기사가 신문 귀퉁이에 조그맣게 실렸다. 그리고 그 몇 년 후 그녀의 아버지도 흙속에 눕고 말았다.

그러고도 세상은 별로 나아지는 것이 없어보였다. 어쩌면 더 나빠지기도 해서 아예 외면해 버린 세월들.

그녀가 이제야 새삼 검색한 '10·2 항명'이란 단어.

바로 그 한 시대가 끝났다는 텔레비전 뉴스에 온갖 지난 일들이 떠올랐다. 그때 그 시절부터 긴 정치 인생을 살아온 누군가가 세상을 떠났다는 뉴스를 접하고 그녀는 그 소용돌이의 시대를 다시 생각했다. 시대를 마감했다는 그가 당시 민 대령의 정치적 라이벌이었다는 것도 다시 곱씹었다. 오래전 그 10월의 사건은, 어쩌면 서로 견제하던 그들 사이의 알력에서 비롯된 일이었다.

그녀 자신의 청춘이 되새겨졌다. 그녀가 실패하고 아팠던 게 다 그 때문인 것 같았다. 그때 아버지가 민 대령을 만나지 않았더라면 그녀의 인생도 달라졌을 것 같았다. 그렇게 세상에 독을 품지도 않았을 테고, 좀 나긋나긋한 성품의 여자가 되었을 것이다. 그랬다면 인생도 순조롭게 흘러갔을지도 몰랐다. 독기와 상처를 품고도 허약하기만 한 자신을 감추기 위해 일부러 차갑고 거만한 표정을 짓는 사람이 되지는 않았을 것이다.

그녀는 검색에서 떠오른 모니터 화면의 위키 백과, 지식 백과 등과 각종 뉴스들을 훑어보다가 한 사이트에 올려진 글에 오랫동안 머물렀다. 그 시대를 겪은 전직 언론인의 개인 사이트였다. 소개 글엔, 역사 뒤에 감춰진 것들을 올바로 알리고 싶어 그 사이트를 개설했다고 했다. 그녀는 소리를 내 그 글을 읽기 시작했다.

'대통령이 지명한 내무부 장관 해임건의안을 야당이 국회에 상정하자, 여당의 실세 국회의원 누구, 누구 등 4인과 그에 동조하는 여당 의원 20여명이 찬성표를 던져 결국 장관은 해임되었다. 이유인즉 그 내무부 장관은 경찰 내부나 지방 수뇌부에 인사권을 강력하게 휘둘러 해임 가결을 주도한 4인방의 앞길을 막아섰기 때문이었다. 그의 해임에 노발대발한 권력자는 가결 표를 던진 인물들을 당장 색출해 정보부로 불러들이라고 명령했다. 그리고 민주사회에선 있을 수 없는 일이 벌어졌다. 현직 의원이었던 그들은 밤새 매를 맞고, 천장에 매달려 똥을 싸고, 누군가는 콧수염이 뽑히는 수모도 당했다. 이 일을 주도했던 누구는 끝내 다리병신이 되어 그날로 정계를 은퇴하고 더 이상 사회활동을 하지 못했다. 그는 죽을 때까지 지팡이를 짚고 다녔다.'

거기까지 읽던 그녀는 두 손에 얼굴을 묻었다.
"아버지……."
다리병신이 되었다는 사람이 누구인지 알 것 같았다. 그 사건 이후 아버지가 그토록 애타하면서도 한 번도 만날 수 없던 사람…….
그녀는 숭늉 쟁반을 들고 들어간 어린 그녀에게 백 원짜리 지폐를 내밀던 그 손을 떠올렸다. 우물가에서 수건을 든 채 돌아보며 싱긋 웃던 그 웃음도, 세수를 하느라 꺾인 허리에 미동도 없이 정물처럼 우물가에 꽂혀 있던 그의 두 다리를 기억했다. 그 다리가 못쓰게 되었다니…….

그날 밤 심하게 구겨져 있던 아버지의 와이셔츠가 생각났다. 옷을 벗으려다 어서 나가라며 불을 꺼버리던 아버지.

"아버지! 정말 아무 일도 없었던 거죠? 그렇죠?"

그녀는 울음 섞인 목소리를 허공에 던졌다. 그리곤 곰곰이 생각했다. 만약 그날 아버지의 몸에 무슨 흔적이라도 남아 있었다면 어머니가 모를 리 없었을 거라고. 그 긴 겨울밤에 지난 얘기의 자투리를 듣고도 어머니는 그렇게 놀라지 않았던가.

그녀는 가만히 고개를 끄덕였다. 정말 아버지 몸에는 아무 일도 일어나지 않았을 거라고. 하지만 고문 기술자들은 멍 자국조차 남지 않게 학대하는 방법을 알고 있다고 하지 않던가. 만약 그렇지 않다 하더라도 아버지는 그에 못지않은 정신적인 수모를 당했을 것이다. 식구들에겐 끝내 말할 수 없던 얼마나 큰 상처가 마음에 있었으랴. 그녀는 끝내 모니터 앞에 엎드려 울음을 터트렸다.

"아버지! 아버지!"

텔레비전에선 다시 한 시대가 갔다는 아나운서의 멘트가 흘러나왔다.

그녀는 이제 그 시대의 꿈도 소망도 상처도 과도한 권력도 다 갔다는 걸 알았다. 그러나 그 시절 푸른 청춘이었던 그녀의 좌절되었던 꿈과 사라진 사랑, 그 상처들은 아직도 그녀 가슴에서 피를 흘렸다. 그녀가 아버지를 기억할 수 없어야 사라질 것들, 그녀의 뇌가 기능을 멈춰야 사라질 것들, 어쩌면 몸이 사라져도 영혼이 기억할 그것들을.

그녀는 눈물을 닦으며 얼굴을 들었다. 인터넷 화면을 끄고 한글 워드 창을 모니터에 띄웠다. 아직 아무것도 시작하지 않은 빈 워드 창에서 커서가 깜박이며 그녀를 재촉했다. 그녀는 중얼거렸다.

"나는 아직 끝나지 않았어. 끝나지 않았다고."

자판을 두들기는 그녀는 여덟 살 아이가 되었다. 교복을 입은 여중생이 되고, 첫사랑에 가슴이 두근대는 소녀가 되었다. 꿈과 사랑을 잃은 여대생이 되고, 끝내 상처로 단단해진 한 사람이 되었다. 모니터 화면엔 아버지를 입은 그녀가 마구 달려가고 있었다.

너의 차가운 손

목적지에 도착한 건 9시 15분 전이었다. 단층의 낡은 건물 몇 채로 이뤄진 그곳은 마치 오래된 흑백 사진 속 풍경 같았다. 방문자도 별로 없는 것인지 오피스로 보이는 건물 옆 서너 대의 주차 공간마저 비어 있었다. 자동차에서 내려 건물들을 둘러보았지만 내가 어디로 들어서야 할지 가늠이 되지 않았다. 스산한 느낌의 건물들 사이로 아침볕이 번져 내리고, 집에서 떠날 때 싸늘한 새벽기운에 몸에 걸친 검은 패딩 코트가 조금 무겁게 느껴졌다.

"아줌마! 어떻게 이 먼 길을 오셨어요?"

고개를 돌리니 제이가 내 등 뒤에 서 있었다. 제이는 초췌한 얼굴에도 엷은 웃음을 머금어보였다.

"당연히 와야지."

툭 튀어나오는 한 마디가 어색하게 내 입술에 걸렸다. 내가 정말 당연히 와야 하는 사람이던가. 스스로 입에 발린 말을 하고 있다는 생각이 들었다. 제이는 마침 화장실에 다녀오는 길이었다며 나를 건너편 건물로 안내했다.

이 화장장은 얼마나 오래전에 지어진 걸까? 제이를 따라 칠이 벗겨진 문 안으로 들어서자 일곱 평 남짓한 공간 한 가운데에 그녀가 누워 있었다. 한눈에도 값이 나가 보이지 않는 관 속에. 검은 옷을 입은 예닐곱 명의 사람들이 관을 가운데 두고 벽에 둘러서 있었다. 관 옆에서 영정사진을 든 채 섰던 그녀의 남편은 잠깐 눈을 들어 나를 바라보았을 뿐 인사도 하지 않았다. 내가 새벽부터 서둘러 이 길을 왔을 거란 걸 뻔히 짐작할 텐데도……. 나는 엉뚱하게도 슬픔에 잠겨 정신을 놓았을 그에게 인사성 없음을 꾸짖고 싶어졌다. 힐긋 나를 바라보다 도로 내리깔리는 그의 눈가가 불그레 젖어 있었다. 한쪽 벽에 붙여진 좁고 기다란 테이블 위에는 하얀 장미 송이들이 가지런히 놓이고 그 옆 시디플레이어에서 성가가 울려나왔다. 그녀와 내가 종종 참석하던 장례미사에서 듣던 곡이었다.

제이가 고개를 수그린 채 제 아빠 곁으로 가자 엉거주춤 문가에 있던 나도 벽 맨 끝에 가 섰다. 머리가 희끗거리는 초로의 여인이 옆에서 코를 훌쩍이며 울고 있었다. 슬피 우는 것으로 봐서 관 속의 그녀와 깊은 인연이 있을 것이지만 나는 울고 있는 여인이 누구인지 알지 못했다. 내가 아는 사람은 관속의 그녀와 그 남편 그리고 딸 제이 뿐이었다.

그녀의 관을 멍하니 바라보았다. 자그맣던 그녀가 눕기에는 좀 커 보이는 관. 새삼 사는 동안 사람의 시신이 누운 이런 관을 몇 번이나 바라보았던가, 나도 모르게 헤아렸다. 미국 땅에 사는 동안 참석했던 장례식들, 상반부 뚜껑이 열린 관 안에는 처음 만나는 사람들이 많았다. 지인들의 부모나 남편 혹은 아내……. 생명이 떠난 그들의 몸은 지상에 마지막으로 전시된 하나의 물체일 뿐이었다.

아주 오래전의 어렴풋한 기억 속, 걷어낸 병풍 뒤에 삼베옷을 입은 외할머니가 누워 있었다. 기름한 얼굴에 평소와 같은 조금 엄한 표정, 어린 내게 할머니는 집에서 가장 무서운 존재였다. 밥을 먹거나 친구들과 놀거나 어머니에게 칭얼거려도 다 할머니에게 야단맞을 일이 되었다. 어쩌면 나의 모든 것을 다 못마땅해 하던 것 같던 할머니……. 그러나 그 순간의 무서움은 할머니 살아생전의 무서움과는 확연히 다른 것이었다. 그 오싹한 기운은 할머니의 몸에서가 아니라 어딘가 내가 모르는 어둠 속에서 바람처럼 솔솔 불어오는 것 같았다. 그럼에도 나는 어머니 치마꼬리를 붙잡고 할머니를 바라봤다. 그 어두운 바람이 마치 나를 끌어당기고나 있는 듯 눈이 자꾸만 시신 위로 향해졌다. 누군가 할머니의 코와 귀를 솜으로 막았다. 꼭 다물린 입을 벌려 쌀 몇 알을 혓바닥에 넣고 얼굴을 삼베수건으로 싸맸다. 그리고 할머니의 가슴팍과 허리, 다리를 삼베 끈으로 묶기 시작했다. 봄날이었고 어머니는 머리를 풀어헤치고 통곡을 했다.

나는 겨우 여덟 살이었다. 그것이 내가 시신을 염하는 걸 처음 본 때였다. 하얀 꽃상여에 실린 할머니는 만장에 걸렸던 종이 노자 돈을 거리에 뿌리며 동네를 벗어나 산으로 갔다. 철없이 상여를 쫓던 나는 벌건 봉분을 발로 꾹꾹 눌러 다지던 상여꾼들이 먹던 바가지 속 돼지고기 국까지 얻어먹고서야 산을 내려왔다. 할머니를 묻고 내려오는 길은 햇빛 속에 아지랑이가 피어올라 눈앞이 어지러웠다.

내가 본 최초의 죽음은 그렇게 어지러운 봄으로 새겨졌다. 그리고 얼마나 많은 죽음들이 내 곁을 스쳐 갔던가. 나는 더러는 울고 더러는 무덤덤했다.

정각 9시가 되자 화장장의 직원인 듯한 백인 청년이 관 앞에 와 섰다. 청년은 날씬한 체격에 검은 양복을 단정히 입었으나 칼라 한쪽 끝이 나달나달 낡아 있는 게 왠지 가여운 느낌이 들게 했다. 그는 커다란 갈색 눈에 조금 억지스런 미소를 담고 조객들을 둘러보더니 아주 천천히 관 상반부의 뚜껑을 열었다. 먼저 이마 부분에만 머리칼 몇 가닥이 남아 있는 그녀의 알머리가 보였다. 그리고 다 빠져버린 눈썹, 타원의 선이 깊게 그어진 눈꺼풀과 속눈썹도 없이 감긴 눈, 그녀는 젊은 날 쌍꺼풀 수술을 했었는지도 모를 일이었다. 둥그런 콧날을 지나 꾹 다물린 입술은 양끝이 처져 있었다. 아마도 억지로 다물린 입술이겠지. 그녀는 분명 쉬어지지 않는 호흡 때문에 아래턱을 있는 대로 벌리고 숨을 거두었을 것이다.

그녀가 숨을 멎기 2시간 전 나는 그 목소리를 들었다.

시간이 얼마 남지 않았대요. 목소리라도 들으시라고…….

한밤중에 그렇게 전화를 걸어왔던 그녀의 남편은 죽어가는 자의 마지막 숨을 기어이 내가 듣게 하고 말았다. 전화기에 대고 그녀의 이름을 불렀을 때 들려오던 그 외마디……. 대답이었는지 아니면 잘 쉬어지지 않는 숨을 쉬고 싶어 내지르는 비명이었는지……. 잘 가라거나 사랑 한다거나 그런 예의적인 말조차도 나오지 않아 나는 그저 그녀의 이름을 두어 번 불렀다. 나는 아무것도 할 수 없었다. 내가 뿌리는 눈물 따위로는 결코 그녀의 숨을 연장시켜줄 수 없었으므로.

제이가 제 엄마의 관에 고개를 숙이고 흐느꼈다. 갓 스무 살 제이의 긴 머리칼이 가슴팍에 모아 쥔 시신의 손등 위에서 흔들렸다. 제 아빠가 영정사진을 테이블에 내려놓고 장미 한 송이를 들었을 때서야 제이는 고개를 들었다. 그가 시신 옆에 장미를 놓고 눈을 감았다. 움찔움찔 움직이는 그의 입술로 곧 폭포 같은 울음이 터질 듯 했지만 그는 손등으로 눈가를 훔치며 천천히 물러났다. 뒤이어 제이가 장미를 놓았다. 제이는 제 엄마의 손에 제 손을 포개고는 울음을 삼켰다.

몇 사람을 지나쳐 내 차례가 왔다. 나도 장미를 들고 그녀의 관 옆에 가 섰다. 가까이서 보니 감긴 눈두덩에 더 선연히 드러나는 둥근 선, 그래 넌 쌍꺼풀 수술을 했던 거야. 너에 대해 내가 아는 게 무엇일까? 생각하니 그랬다. 그녀가 한 여자로서 아름답고 싶어 눈 등에 메스를 댔던 그 젊은 날에 대해서도 물어보지 못한 채 이렇게 영 이별이라니⋯⋯. 그녀는 병원 환자복 차림이었다. 한밤중에 병원에서 숨을 거뒀다지만 예쁜 옷 한 벌 갈아입힐 시간이 없었던 걸까? 나는 언젠가 그녀가 입었던 뒷자락이 긴 스커트와 레이스 장식이 많던 블라우스를 떠올렸다. 수더분한 듯했어도 그녀도 누군가에게 예쁘게 보이고 싶던 여자였는데⋯⋯.

시신을 냉장실에서 넣었다 뺐다 하는 것도 다 돈이라네요.

그녀의 남편은 전화로 그렇게 얘기했다. 가엾은 것! 장미를 관 안에 내려놓고 그녀의 손등에 살그머니 손을 얹었다. 고무 인형처럼 말랑말랑한 그 손은 무섭도록 차가웠다. 낯섦과 서늘한 전율이 내 몸을 관통했다.

미안해! 너에게 잘해주지 못했던 것⋯⋯.

가슴속의 한 마디가 울음과 함께 쏟아졌지만 나는 얼른 그녀의 차가운 손을 놓아버렸다. 그녀와 나 사이에 서린 금기의 기운이 나를 거기 더 머무르지 못하게 했다. 벽을 등지고 섰던 자리로 돌아왔지만 손바닥엔 그녀의 차가운 손, 그 보드라운 느낌이 그대로 남아 있었다. 내 뒤로 한두 사람이 더 관 속의 그녀를 들여다보며 눈물을 훔치고 나서 화장장의 청년이 관 옆에 와 섰다. 그는 관 뚜껑을 닫기 전에 예의 그 어색한 미소를 지어보였다.

다시는 바라보지 못할 그녀의 모습……. 이제 그녀는 내가 만날 수 없는 몇 번째 사람이 되는 걸까. 살았거나 죽었거나 사는 동안 잠시 바라보다 놓치고 나서 더는 만나지 못한 사람이 많았다. 어느 순간엔 뼈가 시리도록 그리워도 다시는 볼 수 없던 사람들…….

직원 청년은 되도록 천천히, 정중하게 관 뚜껑을 기울였지만 기어이 탁! 소리가 울리며 그녀는 돌아오지 못할 어둠에 갇히고 말았다. 그리고 바퀴달린 테이블 위에 놓였던 그녀의 관은 신속하게 옆에 달린 문 안으로 들어갔다. 열린 문으로 거기 몇 개의 화로 입구가 보였다. 그녀의 관은 그 중 가운데 화로 안으로 잠겨들었다. 제이가 제 엄마의 몸이 빨려든 화로를 보며 직원 청년과 뭐라 말을 주고받더니 가만히 고개를 숙인 채 점화버튼을 눌렀다. 그것은 마치 전기난로의 스위치를 켜는 것처럼 담담한 동작이었다.

"자! 이제 돌아가시죠. 아내의 화장이 끝나면 연락을 준다니까 집으로 돌아가 기다려야 할 것 같습니다."

그녀의 남편은 문 너머 화로를 멍하니 바라보고 선 사람들을 둘러보았다. 그는 한쪽 테이블에 놓였던 CD플레이어와 남은 장미꽃을 챙겼다. 9시 25분이었다. 그녀가 재가 되기 위한 의식은 겨우 25분 만에 끝나버렸다. 몇 안 되는 조객들이 각자 흩어져버려 나도 밖으로 나올 수밖에 없었다. 새벽부터 일어나 긴 시간을 운전하고 온 걸 생각하면 짧은 고별의식이 허무하기만 했다. 그렇지만 거기서 내가 더 해야 할 일은 아무것도 없었다. 제이와 그 아버지는 서류 처리가 남았는지 인사할 틈도 없이 화장장 오피스로 들어가 버렸다. 나는 오피스 앞에 우두커니 섰다가 그만 자동차에 올랐다.

천천히 차를 몰아 되짚어 오는 길 한편으로 아침 햇빛이 찬란한 바다가 펼쳐져 있었다. 바람에 주름지는 파도가 햇빛 속에서 하얗게 부서졌다. 운전대를 잡고 몇 번 바다를 힐끔거리던 나는 핸들을 틀어 그 바닷가로 들어섰다. 주차장 입구 스낵 샵에서 커피 한 잔을 사들고 파도가 내려다보이는 곳에 앉았다. 왜 그런지 온몸의 힘이 쭉 빠져나가는 듯했다. 간밤에 충분히 잠을 자지 못한 피로 때문인지 밀려오는 파도소리가 귓속을 윙 울려왔다.

"언니! 너무 아파요! 너무 아파서 평생 울 걸 다 운 것 같아요."

그녀가 징징대며 전화를 걸어왔던 게 불과 2주 전이었다. 그때는 그녀의 삶이 겨우 2주밖에 남지 않았다는 걸 그녀도 나도 알지 못했다. 파도소리에 섞이는 그녀의 목소리에서 '평생'이란 단어가 덜커덕 내 귀 가운데 걸렸다. 평생이라더니……

나는 사실 그녀를 많이 알지 못했다. 세계에서 가장 풍요롭다는 이 넓은 미국 땅에서 그녀는 가난한 모습으로 내게 다가왔다.

멀리서 이주를 해온 사람에겐 꼭 텃세를 하고 만다는 이 땅에서 그녀도 어떤 방식으로든 그 텃세를 지불했던 때문이었다. 얘기를 들어주고 밥을 사주고 차 한 잔을 사주는 대신, 나는 어쩌면 한 뭉치의 달러를 그녀에게 주었어야 했는지도 몰랐다. 아니면 영주권이 없어 3개월마다 멕시코 국경을 넘어 다시 미국 입국 스탬프를 찍어야 한다던 그녀의 가족을 위해 능력 있는 변호사라도 소개해줬어야 했다. 나는 늘 그녀의 긴 이야기를 듣기만 했다. 때론 혓바닥이 까끌거리도록 그녀를 위해 뭔가 지껄이기도 하면서……. 한참 말을 하다보면 내 입에서 나오는 말들이 나를 쓰다듬고 있는 것 같았다. 그럼에도 그녀는 내게서 위로를 얻어갔다. 덕망의 두께가 얇은 가슴 주변에 듬성듬성 가시울타리까지 세운 내게서 위로를 얻다니……. 때론 그녀가 기특하고도 이상했다.

컴컴한 공원 주차장에 세워 놓은 자동차 안에서 그녀와 이야기를 나누기 시작한 게 저녁 9시 가까워서였다. 늦은 저녁을 함께 먹은 뒤 편하게 얘기를 나눌 곳이 마땅찮았다. 바닷가 도시는 대부분의 찻집이나 식당이 9시면 다 문을 닫았다. 그녀를 차에 태운 나는 아무도 없는 공원 주차장으로 갔다. 뭔가 어려운 사정을 얘기할 것 같아 조금 긴장해 있던 내게 그녀는 뜬금없이 맘이 맞지 않는 이웃들과의 관계를 어떻게 해야 하냐고 물었다. 나는 당장 아파트 월세를 걱정해야 하는 그녀의 사정을 잘 알기에 기가 막혔다. 하지만 내가 뭉칫돈을 꺼내주지 못할 바에야 뭐라 말할 것인가. 그녀가 힘겹다는 이웃들과의 트러블을 들으며 간간히 대답도 해주던 사이 어느 결에 자정이 넘었을 때였다. 그녀가 갑자기 온몸을 꼬기 시작했다.

"언니! 나 오줌 마려워! 여기 화장실 어디야?"

그녀는 자동차 문 손잡이를 움켜쥔 채 금방이라도 튀어나갈 태세였다. 공원 화장실은 컴컴한 길을 한참 걸어야 하는 먼 곳에 있었다. 아무도 없는 텅 빈 공원을 가로질러 화장실로 걸어가는 그녀를 바라보는 것도, 따라가는 것도 영 내키지 않았다.

"그냥 저기 잔디밭에 가서 눠. 컴컴하잖아."

내 말에 용기가 난 듯 그녀가 얼른 밖으로 튀어나갔다. 그리고 잔디밭 한 가운데서 바지를 내리고 오줌을 눴다. 구름에 가려진 옅은 달빛 속에 희끄름하게 보이던 그녀의 통통한 엉덩이……. 좀 못생겼다 할 수밖에 없는 얼굴에 비해 그녀는 작지만 나름 균형 있는 몸매를 갖고 있었다. 그녀는 생각보다 잔디밭에 오래 쪼그리고 있었다. 나는 카시트에 머리를 눕히고 잠시 눈을 감았다. 아주 오래전 햇빛이 쨍한 풀숲에서 치마를 들치고 오줌을 누던 조그만 내 모습이 떠올랐다. 한낮이었는데 부끄러운 줄도 모를 만큼 나는 어린 나이였다. 그가 멀리서 나를 등진 채 서 있었다. 하늘색 셔츠를 입었던 것 같은 그의 뒷모습이 희미하게 기억됐다.

내 손을 잡고 들길을 걷던 그는 몸을 배배꼬던 나를 휙 던지듯 손을 놓아버렸다.

"빨리 갔다 와!"

그렇게 외치고 그는 그 자리에서 돌아섰다. 그가 왜 그날 날 데리고 그 들길을 걸었는지 잘 기억나지 않았다. 그는 고등학생이었고 나는 초등학교 입학 전이었다. 아버지가 하시는 일과 관계된 어떤 사람의 아들이라고, 우리 집에 심부름을 한번 온 적이 있었는데 그 뒤로 그는 종종 집에 놀러왔다. 마당이든 방이든 집에서 날 데리고 잘 놀던 그가 그날은 왜 밖에 나가자고 했는지…….

치마를 내리고 쪼르르 달려온 나를 돌아보며 그가 피식 웃음을 머금었다. 어머니는 그가 참 잘 생긴 학생이라고 했다. 나는 잘 생겼다는 게 뭔지 잘 모르던 나이였지만 내게 그림도 그려주고 무등도 태워주는 그가 그냥 좋았다. 도로 내 손을 잡으려던 그의 손이 주춤 허공에 멈춰졌다.

"너 혹시 손에 오줌 묻혔어?"

그렇게 물었지만 내가 고개를 젓기도 전에 그는 내 손을 덥석 잡았다. 그리곤 건너편 풀숲으로 나를 잡아끌었다.

"여기 앉았다 가자."

털썩 풀 위에 앉는 내 종아리를 풀끝이 스쳤다. 그 느낌은 조금 따갑고도 간지러웠다. 그가 한쪽 팔을 괴고 비스듬히 눕더니 풀 한 줄기를 꺾었다. 기다란 줄기 끝엔 아주 조그만 보랏빛 꽃이 피어 있었다. 그는 그 꽃잎 끝을 내 콧등에 갖다 대며 웅얼거렸다.

"꼬마야! 넌 왜 이렇게 귀여운 거지?"

간지러워 몸을 움츠리는 내 입술에도 그가 꽃잎을 갖다 댔다. 보드랍고 축축한 꽃잎에서 풀냄새가 났다. 나는 킬킬 웃으며 그를 바라봤다. 그는 눈을 반쯤 감고 막 잠에 빠져들려는 사람처럼 보였다.

"엄마가 아저씨는 참 잘 생겼다고 하던데 맞아?"

그가 거의 감기려는 눈꺼풀을 조금 들어 나를 바라보며 빙긋 웃더니 풀 위로 벌렁 드러누웠다. 아예 눈을 감아버린 그의 얼굴 위에 구름그림자가 졌다.

"아저씨는 왜 자꾸 우리 집에 와?"

그가 그대로 잠이 들까 걱정이 돼 나는 아무 말이나 지껄였다.

"네가 예뻐서……."

그가 잠꼬대하듯 웅얼대더니 눈을 뜨고 한쪽 눈을 찡긋해보였다. 나는 킬킬 웃으며 그의 손에 들렸던 풀꽃을 빼앗아 그의 얼굴에 흔들었다.

"아저씨는 엄마 아빠 떠나서 여기 혼자 있다며……. 엄마가 그랬어. 왜 여기 왔는데?"

그가 부모가 있는 도시를 떠나 우리 집 근처의 고등학교로 전학 왔다는 말이 생각나 물었다.

"말썽을 부렸거든!"

"무슨?"

"내가 술 먹고 담배피고⋯⋯."

"뭐?"

나는 조그만 몸을 발딱 일으켜 세웠다. 팔짱을 끼고 그를 내려다보며 내 딴엔 한껏 성난 표정을 지었다. 그가 놀란 듯 천천히 일어나 앉았다.

"꼬마야! 왜 화났어?"

"술 먹고 담배피면 나쁜 사람이라고 엄마가 그랬어. 아저씨는 나쁜 사람!"

나는 그렇게 외치고는 뒤도 돌아보지 않고 집으로 뛰어와 버렸다. 집에서 멀지 않은 곳이라 돌아오는 길이 어렵지 않았다. 그 뒤로 그는 우리 집에 오지 않았다. 얼마 안 있어 부모가 사는 도시의 학교로 그가 돌아갔다는 말만 들었다. 내가 자라는 동안 부모님은 이따금 그의 얘기를 했다. 그는 집으로 돌아간 후 열심히 공부해 일류 대학에 진학했다고, 예쁘고 돈이 많은 집 처녀를 만나 연애를 하고 있다고, 그 처녀가 아이를 몇 번이나 떼었다고, 그럼에도 그 부잣집에서 결혼을 반대해 이룰 수 없었다고⋯⋯. 두 분이 두런두런 나누는 대화를 나도 모르게 엿들으며 나는 어른이 되어갔다. 그를 돌아 세워놓고 땡볕에 오줌을 누던 조그만 계집아이가 생각날 때마다 가끔 창피한 생각만 들 뿐이었다.

종이컵의 커피를 다 마셔버렸을 땐 바닷가의 햇빛이 더 쨍해졌다. 상승한 기온에 나는 몸에 걸쳤던 패딩 코트를 벗었다. 밀려오는 파도에서 차가운 바람이 불어왔지만 햇살을 식히지는 못했다.

나는 이 바닷가 도시에서 겨우 2년 남짓을 살다 떠났다. 그녀와의 만남은 그 2년 동안 드문드문 이어져 왔을 뿐이다. 내가 떠나고 1년이 채 안 되어 그녀는 자신이 방광암에 걸렸다고 전화를 걸어왔다. 선뜩한 놀라움 속에 그녀가 어둠의 공원 한 가운데서 허연 엉덩이를 드러내고 오줌을 누던 장면이 떠올랐다. 내가 거기 잔디밭에서 해결하라고 했기 때문에 그녀가 병에 걸린 것만 같은 꺼림칙한 기분에 사로잡혔다. 그때부터 그녀의 투병이 시작되고 자신이 가장 고통스러울 때마다 내게 전화를 걸어왔다. 아프다고 호소하면서도 그녀는 자신이 죽을 수 있다는 건 생각하지 않는 것 같았다. 세상엔 그런 일들이 많았다. 본인은 모르는데 주변 사람은 다 상황을 감지하게 되는 일⋯⋯.

그 즈음 나는 오랜만에 그의 소식을 다시 들었다. 부잣집 처녀와 사랑을 이루지 못한 그가 다른 처녀와 결혼했다는 건 이미 알고 있던 바였다. 행복한 삶을 이룰 수 없어 결국 이혼을 해 홀로 살고 있다는 걸 알게 된 것도 벌써 여러 해 전의 일이었다. 그런 그가 병이 들었다고 했다. 그녀의 발병 소식과 비슷한 시기였다. 왜 나는 어린 시절 몇 번 만났을 뿐인 그의 소식을 평생 들어야 했던 걸까.

그녀의 방광과 그의 전립선은 서로 비슷한 시기에 암세포를 서서히 온몸으로 보내기 시작했다. 그녀가 통증에 울며 전화를 걸어올 때마다 나도 모르게 지금은 어떤 모습으로 변했을지 모를 그를 떠올렸다.

그들이 걸어갈 수밖에 없는 길 끝엔 죽음이란 섭리의 통과의례가 기다리고 있을 뿐, 나는 천천히 그 길을 가고 있는 그들을 앞질러 자꾸만 그 어둠의 도달점을 향하고 싶은 충동을 느꼈다. 거기 무엇이 있는 거지? 거기에 무엇이……. 서로의 존재를 전혀 알지 못하는 그녀와 그가, 타국과 고국이라는 먼 거리에서 비슷하게 가고 있는 그 길의 종착엔 무엇이 있을 것인가. 어쩌면 그와 그녀는 서로 다른 생을 다른 길이와 다른 모습으로 살고도 거기서 하나가 되어버릴 지도 모를 일이었다. 나는 잘 알지 못하나 마치 알기나 하는 듯 자꾸만 그들이 도달해야 할 곳을 훔쳐보았다. 거기에 이미 수많은 영혼들과 하나가 되어버린 누군가를 찾기나 하듯.

빈 커피 컵을 구겨 손에 쥔 채 일어섰다. 바닷바람의 습기를 머금은 머리카락이 엉클어진 채 내 얼굴을 덮었다. 문득 떠오르는 관속 그녀의 알머리……. 유난히 머리카락이 풍성하던 그녀는, 예약을 하고도 한 달을 기다려야 한다는 일본인이 운영하는 미용실에서 비싼 돈을 주고 헤어컷을 했다고 자랑한 적이 있었다. 그때 나는 그녀 형편에 그런 사치가 당키나 하냐고 야단을 치려다 그만 입을 다물었다.

커피 컵을 쓰레기통에 넣고 모래밭을 서성였다. 바닷가는 뜨거운 햇볕에도 바람이 차갑기만 했다. 때로 삶도 그러하였다. 뜨거움과 차가움이 한꺼번에 밀려와도 그것은 결코 뒤섞이지 않은 채 나를 펄펄 끓게 만들거나 몸서리치게 했다. 그들이 이미 도달한 곳은 가장 알맞은 온도의 쾌적함이 있는 곳일까. 이미 삶이라 부르지 못할 무엇, 죽음도 넘어선 그 무엇의 공간……. 죽음이란 이름은 단지 산자들이 명명한 것에 불과했다. 어쩌면 인류는 그들이 이미 도달한 그 무엇에 가장 어울리는 이름을 아직도 찾지 못했는지도 모른다.

그가 숨을 거뒀다는 소식을 들은 건 며칠 전이었다. 이따금 안부를 물어오는 친척이 기어이 그의 죽음을 전해주었다. 궁금하지도 기다리지도 않았지만 가슴 한켠으로 싸한 바람이 불었다. 오직 내게 기억되는 건 그의 손에 들렸던 풀꽃, 내 코를 간질이던 풀냄새와 가느다란 풀 가지를 쥔 채 사르륵 사르륵 움직이던 그의 손, 어렴풋이 떠오르는 그의 미소……. 풀밭에 오줌을 누는 조그만 나를 등지고 섰던 그의 뒷모습……. 그리고 까르륵 까르륵 자꾸만 나를 웃기던 잘 기억나지 않는 그의 말들…….

잠시 스치고 지났을 뿐인데도 평생 소식을 듣게 되는 그런 사람이 있었다. 그리고 오늘은 길지 않은 시간 인연을 맺어왔던 그녀의 차가운 손을 잡았다. 정작 내 생에 깊은 인연을 드리웠던 사람들이 떠나갔을 때 나는 그 차가운 손 한 번도 잡지 못한 채 보내지 않았던가.

소식을 듣고 부랴부랴 비행기 표를 구해 날아가면 그들은 이미 입관이 끝나 있었다. 단 한 번 입관 전에 도착한 어머니의 빈소는 초여름인데도 무더운 기운이 가득했다. 어머니는 그 옛날의 외할머니처럼 안방 병풍 뒤에 누워 있었다. 내겐 얼굴이 낯선 늙은이 몇 사람이 병풍을 걷고 칠성판에 누운 어머니를 덮은 홑이불을 걷었다. 몸속에 나를 품고, 낳고 먹이고 키운 어머니의 몸은 이미 잘 마른 나뭇가지 같았다. 가느다랗게 떠진 눈으로 회색 눈동자가 보였다. 나 어릴 때 이따금 어딘지도 모를 곳을 멍하니 바라보던 어머니의 눈은 지금 어디를 향한 걸까. 그 눈을 감기려 애를 쓰던 늙은이 하나가 중얼거렸다

너무 말라서 눈이 감기질 않아. 얼굴에 살이 있어야 말이지.

어머니의 몸과 나의 거리는 겨우 3미터 남짓이었다. 나는 뒤 대청마루에 서 있었지만 발이 바닥에 붙은 듯 움직여지질 않았다. 바싹 마른 몸에 마치 갈고리처럼 오그린 그 손을 한 번이라도 잡아야 하는데……. 이상하게도 다가설 수가 없었다. 늙은이들은 어머니를 염해 관 속에 넣고 못을 박았다. 탕탕 못이 쳐지던

소리……. 그것은 이제 다시는 볼 수 없다는 사실의 선포였다.

어머니의 손은 어떤 느낌이었을까. 그녀의 손처럼 그렇게 차가웠겠지. 긴 세월 집안 살림을 신앙처럼 해온 그 손은 결코 그녀의 손처럼 보드랍지는 않았을 것이다. 그의 손은 어땠을까. 내 코끝을 간질이던 풀꽃을 쥐고 흔들던 그의 손은……. 또 그의 손은, 내가 정말 알고 싶은 그의 손은…….

나는 희미하게 알 것 같았다. 이미 떠나버린 사람들이 웅뚱그려 하나가 되어버렸을 그 검은 도달점에서 내가 누구를 찾고 있는지……. 그것은 정말 희미하기만 했다. 내 안에 그 어느 누구도 짙은 기억으로 새겨 넣은 적이 없었으므로.

때론 열정이란 이름으로 다가와 나를 흔드는 것 같았어도 결국 아무도 들어올 수 없던 내 안에 내가 남긴 그 희미한 흔적을 가만히 더듬어보았다. 땀으로 끈끈하던 그 손과 5월의 밤바람, 수줍음과 어색함, 아무도 없는 곳이었는데도 어디선가 함성이 울려오는 듯한, 아니면 누군가 잔잔한 플롯 연주를 하고 있는 듯하던……. 그것은 감히 행복이라 표현해도 좋을 감미로운 기분이었다. 한껏 푸르렀던 나는 그런 기분이 영원할 거라고 잠시 삶을 오해했었다.

그때는 알지 못했다. 사람과 사람은 완전히 일치할 수 없는 존재라는 걸. 아무리 합일을 꿈꾸어도 그와 나 사이에 드리운 듯한 투명의 장막은 이승과 저승의 경계선만큼 완강했다. 나는 어쩌면 그에게서 신을 찾다가 스스로 지쳐 도망쳐버렸는지도 몰랐다.

그리고 삶은 모래바람 같았다. 그것은 푸른 시절에 온갖 습기를 다 헌납한 죄 때문이었다. 그런 나에게서 지금 불길 속에 타고 있을 그녀는 어쩐 일인지 위로를 얻어갔다. 위로를 주지 않아도 스스로 얻어가는 그런 사람들이 있었다. 상처를 주지 않았는데 상처받는 사람들이 있듯이.

어느 날 스마트 폰으로 웹 서핑을 하다가 문득 한 기사에 눈이 멎었다. 그것은 지병으로 세상을 떠난 누군가에 대한 기사였다. 학문적으로 성실했고, 새로운 논문으로 학계에 기여했으며, 성공적인 가정마저 꾸렸다는 그가 책이 가득한 서재에서 책상에 팔을 괴고 웃고 있었다. 젊은 날에 비해 넓어진 이마와 웃음으로 주름진 눈가, 왼 손이 받치고 있는 턱은 조금 위쪽을 향한 채였다. 엄지손가락은 턱 윤곽 안으로 들어가 보이지 않았지만, 네 손가락이 그의 한쪽 뺨을 감싸고 있었다. 나는 사실 그의 손이 어떻게 생겼는지 잘 기억하지 못했다. 그 손가락이 길었는지 짧았는지……. 다만 5월의 밤기운에 땀으로 축축하던 그 느낌만이 되살아났다. 나는 엄지와 검지를 벌려 스마트 폰 화면에 그의 사진을 확대했다 그의 손이 커다랗게 보일 때까지. 순식간에 그는 손과 뺨 한쪽만 남은 사람이 됐다. 나는 그의 손 위에 내 손가락을 가만히 얹어보았다. 두어 달 전의 일이었다.

그때 그녀는 항암치료가 고통스럽다며 전화로 징징 울었고, 친척은 내 어린 시절의 나쁜 아저씨 소식을 자꾸만 전해줬다. 그들이 그 어둠의 도달점을 향해 가고 있는 동안, 그는 아무런 기미도 없이 이미 그곳으로 가버린 것이다. 그 순간 왜 그토록 그의 손이 잡고 싶었던 걸까.

어쩌면 나는 정말 잡고 싶던 사람들의 마지막 손을 다 놓치고 오늘 엉뚱하게 그녀의 손을 잡았는지도 모른다. 내게 연민의 화살을 날려 가슴 가운데 명중시킨 그녀는 제 몸으로 연결된 보이지 않는 끈을 잡고 내 가슴을 조정했다. 나는 그녀가 잡아끄는 대로 움직였다. 울고 싶은 자의가 생기기도 전에 그녀의 울음을 따라 울었고, 아프다고 호소하는 그녀의 목소리에 내 몸 어딘가가 자꾸만 아파왔다. 그녀가 힘들어 보이면 쓸 곳이 많았던 지갑 안의 돈을 털어주었다. 이제 돈이 필요 없어진 그녀였지만, 오늘도 그녀가 원할 것 같아 부의금 봉투 안에 처음에 맘먹었던 금액의 두 배를 넣고 왔다. 그것이 정말 나의 자의였을까. 어쩌면 죽은 그녀가 살아 있는 나를 아직도 조정하고 있는지도 몰랐다.

바다가의 햇볕이 더 따가워지고 쪼그려 앉은 뱃속에서 쪼르륵 소리가 났다. 집으로 돌아가기까진 아직 긴 거리가 남아 있었다. 뭐든 먹고 떠나야 한다는 생각에 커피를 샀던 스낵숍으로 천천히 걸어갔다. 참치 샌드위치 반쪽을 사들고 발코니 자리에 가 앉았다. 바람에 일렁이는 바다 위로 어른대는 햇빛이 눈에 부셨다. 참치 샌드위치를 베어 물던 나는 흔들리는 햇빛이 어지러워 잠시 눈을 감았다. 그래, 나는 어지러운 것이다. 이른 새벽부터 먹은 것도 없이 이렇게 멀리 달려왔으므로. 아니, 어쩌면 별 생각 없이 이렇게 멀리 와버린 나의 세월이 어지러운 것인지도 모른다. 아무것에도 헌신하지 않았던 나의 세월에 대해서……. 그럼에도 뭉글뭉글 솟아나는 그리움에 대해서.

뻣뻣한 샌드위치를 씹으며 문득 관 속에 누운 채 억지로 다물렸던 그녀의 입술을 떠올렸다. 너의 몸은 지금 얼마큼 타고 있는 걸까. 점막 질로 이루어진 네 입술은 벌써 타버렸겠지. 때론 내게 재잘재잘 맘을 털어놓고, 내가 사준 음식을 잘도 먹던 너의 입술이…….

나는 샌드위치를 삼키다 순간 토악질을 했다. 그러나 입속에서 이미 잘게 분쇄된 샌드위치는 빵과 토마토, 양상추, 마요네즈에 버무린 참치 살이 겨자소스와 함께 꿀꺽 목을 넘어가고 말았다. 네 몸이 타는 동안 나는 먹고, 그가 죽음으로 가는 동안 나는 살았고, 그가 살아 이루는 동안 나는 곤두박질쳤다. 어쩌면 그들은 제각기 이미 제 삶의 탑을 다 쌓아 그 끝이 하늘에 닿았는지도 몰랐다. 그녀나 그나 또 그나 말이다. 그렇담 내가 곤두박질 친 건 잘한 일인가? 아직 이루지 못했으므로 더 가야할 길이 남았다는 것, 길게 산다는 게 큰 의미를 지니지 못한다는 걸 알면서도 나는 잠깐 안도의 숨을 쉬었다.

목이 메여왔다. 억지로 삼킨 샌드위치가 목에 걸렸거나 아니면 그녀가 내 가슴에 걸려 있는 것이다. 샌드위치와 함께 산 무가당 탄산수 뚜껑을 비틀었다. 커피를 마시지 않던 그녀는 늘 이 초록 병 음료를 마셨다. 나는 오늘 이 탄산수 뚜껑을 처음 열고 있었다. 무의식중에 그녀가 좋아하던 음료를 사고 말았다. 꿀꺽꿀꺽 탄산수가 목젖을 넘는 동안 입 안 가득 방울방울 기포가 피어올랐다. 알싸하게 혀를 스치는 그 감촉에 갑자기 눈물이 솟아올랐다.

너는 아마도 이 맛을 즐겼겠지. 달지도 않은 액체가 목젖을 간질이는 이 감촉을……. 지금쯤 너의 목젖은 다 타 재가 됐을까. 살아 있는 동안은 너를 굳건히 세우던 그 뼈들도 곧 소용없는 것이라며 분쇄기에 들어가 가루가 되겠지. 네가 소중히 했던 그것들이 말이다. 골다공증 예방을 위해 칼슘을 먹고, 근육을 만들기 위해 운동도 열심히 하던 너, 병중에도 몸을 가눌 수 있는 동안은 하루도 산책을 거르지 않았던 너였다. 작은 체격에 유난히 가슴이 커 몸에 달라붙는 셔츠는 입기가 쑥스럽다던 너, 네가 부끄러워하면서도 은근히 자랑하던 그 탐스런 가슴도 다 타버렸겠지. 제이를 낳느라 부풀었던 배와 오래전 네 엄마의 자궁에 이어졌던 배꼽과 통통하던 네 허벅다리, 어느 날은 수줍게도 말했지. 언니! 나도 여자인가 봐요. 때론 밤이 즐거운 걸요, 하던 너의 암팡진 몸……. 아아, 만질 수 있던 건 다 아무것도 아니었다. 지금은 만질 수 없는 그리움만 남았으므로.

나는 그의 몸이 화장되었는지 땅에 묻혔는지 알지 못했다. 친척은 그저 간단히 그의 죽음만을 알려왔다. 좋은 인물과 배경을 지니고도 인생을 잘 살지 못한 그를 안타까워하면서…….

그리고 그는……. 한 생애를 잘 살아왔다는 그의 몸은 땅에 묻혔을까, 화장됐을까. 기사를 읽다 멈춘 채 그의 사진을 어루만지던 나는 그의 몸이 어떻게 처리됐는지 끝까지 읽지 못했다. 젊은 날의 나는 스스로 발광의 빛이 강해 타인의 빛을 감지하는 데 둔했다. 그가 나를 향해 향기로운 빛을 쏘고 있어도 내 빛이 너무 아파 혼자 자지러졌다. 온힘을 다해 그를 소유하려던 나의 빛은 굴절을 거듭하며 방향을 잃었고 나는 지쳐 그만 도망쳐버렸다. 그것은 아무것도 아니었다. 그 흔한 연애의 이름을 걸고 나의 에너지를 흥건하게 낭비했던 시간들일 뿐이었다.

바다가 출렁거렸다. 해가 남중한 절정의 빛을 실은 채 몸을 뒤채는 바다는 비늘을 번쩍이는 거대한 괴물만 같았다. 나는 한 입 남은 샌드위치를 접시에 내려놓고 초록 병에 남은 탄산수를 마셨다. 따끔따끔한 목젖, 그녀를 마셔버렸다. 이제 더는 연민할 일도, 너를 따라 올 일도, 네 몸의 아픔을 따라 아파야 할 이유도 없어져 시원하다는 듯이. 그럼에도 가슴은 더 묵직해져 왔다. 그녀는 살아 있을 때보다 더 깊이 내 가슴에 화살촉을 박아 넣은 것 같았다. 자신을 잊지 말라며, 제가 이미 날렸던 화살촉을 떠나던 그 순간에 더 깊게 내 가슴에 밀어 넣어 버린 것이다. 아무것도 살아남지 못하는 내 가슴의 사막에 용케 화살을 날린 그녀…….

어쩌면 내가 먼저 텅 빈 가슴을 내밀어 자랑했던 지도 몰랐다. 그녀의 재잘거림이 울리는 이 공명을 들어보라고, 여기 이 텅 빈 자리에 네가 호소하는 가난과 아픔이 얼마나 큰 소리로 울리고 있는지 들어보라고…….

나는 가슴이 욱신거려 더는 앉아 있을 수가 없었다. 벌떡 일어서는 내 몸에서 뭔가가 덜커덕거리는 것 같았다. 절대로 내보낼 수 없는 무엇이 되어 그녀는 내 안의 텅 빈 사막에 똬리를 틀기 시작했다. 사실은…… 떠나간 모든 사람들이 내 안에서 덜컹거리고 있었다.

나는 가슴에 이는 답답함을 견딜 수 없어 다시 바다가로 달려갔다. 필경에 지금 네 가슴이 타고 있는 거겠지. 네가 다리가 저리다고 울면 나도 다리가 저린 듯했고, 네가 머리가 아프다면 나도 머리가 아픈 것 같았다. 지금 아마 너의 심장이 타고 있는 거겠지. 내 가슴에 이토록 불이 이는 걸 보면…….

나는 더 빨리 뛰기 시작했다. 바다에서 불어오는 바람이 자꾸만 나를 해안선 밖으로 밀어붙였다. 휘청 고꾸라질 듯하다가 달려가는 내 몸에서 불이 일었다. 나는 어쩌면 그녀의 화장을 산 채로 체험하고 있는지도 몰랐다. 쨍 내리쬐는 햇빛, 파도에서 불어오는 바람, 모래에 푹푹 빠지는 내 두 발, 맘은 뛰고 있었지만 나는 그저 모래 위를 휘청거릴 뿐이었다.

더는 나아갈 수가 없게 진이 빠졌다. 목 줄기에 흘러내리는 땀을 손등으로 닦으며 그대로 모래사장에 주저앉았다. 헉헉 숨을 내쉬고 있을 때 갑자기 하늘이 희끄무레해졌다. 맑기만 하던 하늘로 구름이 잔뜩 몰려들었다. 멀리 수평선 근처가 흐릿해지더니 주변에 해무가 내리기 시작했다. 띄엄띄엄 바닷가에 앉았던 사람들이 자리를 털고 일어나는 게 보였다. 모래사장을 벗어나는 그들의 걸음걸이가 지척에서 감지됐지만, 순식간에 아무것도 보이지 않게 됐다. 나는 모래 위에서 해무에 축축하게 젖어들었다. 바다도 햇빛도 아무것도 보이지 않았다. 마치 관속에 누워 아무것도 볼 수 없던 그녀처럼.

얼굴에 부딪는 안개에서 축축한 것이 내 볼로 흘러내렸다. 필경 너의 화장이 끝난 것이야. 열기가 꺼지고 너의 몸이 다 타고 만 것이야. 이 시간쯤이면 충분히 그랬겠지. 지금 너의 뼈가 분쇄기에 들어간 것일까. 이 축축한 기운에 내 뼈마디가 아픈 것이……

보이지 않는 바다에서 파도소리가 들렸다. 바람결에 틈이 생긴 해무 속을 헤쳐 겨우 자동차를 세워놓은 곳까지 걸었다. 자동차 헤드라이트를 켜고 천천히 빠져나오는 바닷가 도시는 고요한 정적에 싸인 채 모두가 잠든 새벽 같았다. 마치 그녀의 고통에 조용히 침묵하던 세상처럼……

돌아오는 길은 서두를 필요가 없었다. 천천히 달려 집이 가까워 올 무렵 하늘에 붉은 빛이 번졌다. 그 붉은 기운에 현혹된 나는 무작정 프리웨이를 내려 낯선 길로 들어섰다. 노을을 따라가다 보니 바다로 들어서는 고불거리는 길이 눈앞에 나타났다. 그 길 끝에는 아주 조그맣고 낯선 해변이 있었다. 그 작은 해변엔 생기가 넘쳐났다. 내가 마치 꿈속에 있는 것 같았다. 붉은 기운 속에서 젊은 청년들이 장작을 날라다 모래사장에 불을 지폈다. 아가씨들의 다리는 길고 윤이 났다. 턱수염을 기른 청년이 한 아가씨를 끌어안고 키스를 했다. 아가씨는 모래 위에 한 발을 세우고 청년의 가슴에 제 몸을 밀착시켰다. 붉은 해는 황혼에 이르렀지만 젊은이들은 한낮처럼 빛났다. 수평선 가까이 온 태양 대신 그들이 여러 개의 태양이 된 듯했다. 나는 그 눈부심에 눈을 가느스름 떴다. 어떤 존재가 나를 이곳으로 초대한 것만 같았다.

멍하니 그 모습을 바라보고 있는 사이 해가 수평선에 걸렸다. 붉고 둥근 해는 조금씩 수평선 너머로 몸을 내렸다. 숨을 거두는 태양이 토해낸 붉은 빛은 해변을 따라 심어진 키 큰 팜 추리 사이로 번지고, 나도 거기 작은 나무처럼 서 있었다. 내 몸 가득 노을이 채워졌다. 가슴속에서 펄펄 끓던 무엇이 차츰 가라앉는 게 느껴졌다. 나는 바닷바람을 향해 가만히 한 손을 내밀었다. 바람이 스쳐가는 내 손바닥에 슬그머니 손 하나가 잡혀왔다. 차고 보드라운 너의 손……. 그녀의 손이었다. 오래전 풀꽃을 흔들던 그의 손이었다. 그토록 다시 잡고 싶어 스마트 폰 액정화면 위를 더듬게 하던 그의 손이었다. 어쩌면 그리운 모든 사람들의 손이었다. 잡아주지 못하고 보냈던 그 손들…….

해가 수평선 밑으로 자취를 감췄다. 그래도 수평선 주위엔 붉은 빛이 떠돌았다. 어스름과 뒤섞인 그 붉은 빛은 절정의 노을보다도 강렬했다. 나는 검붉은 수평선을 보며 중얼거렸다.

그래, 다 거기 있구나. 사라진 게 아니야. 수평선 너머에 해가 있듯 모두 그저 저 선을 넘어간 거야.

기억의 나무

1

노파가 누운 평상 위로 오소소 바람이 불어왔다. 제 팔을 베고 모로 누워 몸을 잔뜩 웅크린 노파의 잿빛 치맛자락이 바람에 부풀어 오르다 가라앉았다. 말간 햇빛 아래 노파의 모습은 노란 비닐장판을 덧씌운 평상에 눌러 붙은 기다란 얼룩 같았다.

수돗가에 쪼그려 앉은 여인은 마당 한 가운데 놓인 평상을 이따금 흘긋거리며 빨랫감을 비볐다. 노파는 몇 시간째 미동도 하지 않은 채 그렇게 누워 있었다. 여인이 사온 빵 두 개를 아침식사로 먹고 난 후부터였다. 여인이 오래 비워둬 먼지로 가득한 집안을 대충 청소하고, 장지문에 어설프게 붙어 있던 낡은 커튼들을 걷어내 커다란 고무 통에 넣고 질근질근 밟을 때도, 검은 비닐

봉지와 쓰레기들이 어질러진 마당에 물을 뿌려 썩썩 비질할 때도 노파는 깨지 않았다.

여인은 고무 통 가장자리에 걸쳐놓아 거의 물이 빠진 커튼 네 쪽을 들고 뒤뜰로 갔다. 뒷마당을 가로지른 빨래 줄에 앉은 먼지를 닦고 커튼을 펴 널었다. 뒤 담장에 붙어 옹기전처럼 늘어선 수십 개의 장독들은 부연 먼지가 가득했다. 여인은 혹 깨끗이 빨아 널어놓은 빨래에 그 먼지들이 날아올까 염려가 됐다. 걸레를 들고 장독대의 먼지를 닦으려던 여인은 이내 돌아서 앞뜰로 와버렸다. 걸레로는 어림도 없는 일이었다. 양동이로 물을 퍼 날라 죽죽 부어야만 걷어질 먼지였다. 여인은 남의 집에 그리 공을 들일 일이 아니라는 생각이 들었다. 오늘 일당만 받으면 그만이었다. 오랫동안 비워둔 집에 멀리서 손님이 왔다고 청소와 음식을 부탁해 왔을 뿐이다.

이제 막 농번기가 시작돼 일감이 많은 철이었다. 어딜 가도 하루 6만 원은 족히 벌 수 있지만 하도 사정을 하는 통에 오늘 아침은 이리로 오고 만 것이다. 이 오래된 집의 며느리는 여인의 딸이 다니는 여고 선생님이다. 조그만 소읍에서 서로 알고지내는 터에 거절할 수도 없는 일이었다. 어제 하룻밤을 이 집에서 머물렀다는 노파를 '고모님'이라 부르는 여선생은 노파를 귀찮아하는 기색이 역력했다. 딸 하나뿐이었던 이 집에 오래전 양자를 들여 이 낡은 집과 전답을 좀 물려줬다고 했다. 노파보다 두어 살 많던 그 양자는 몇 해 전 세상을 떠났고, 여선생은 그 양자의 며느리였다.

여인은 부엌으로 들어가 냉장고에 통째로 넣어놓았던 장바구니를 풀었다. 낡은 식탁 위에 주르르 장거리를 쏟아놓은 여인은 야채부터 다듬기 시작했다. 밥 한 끼 정도는 차려놓고 오라고 여선생은 말했다. 그 다음은 아마도 노파가 알아서 할 거라고. 멸치 국물을 우려내 된장을 풀고 시금치국을 끓였다. 현미를 섞어 밥을 짓고 가자미 한 마리를 구워 거의 상이 차려졌을 때서야 노파는 평상에서 부스스 몸을 일으켰다. 여인이 부엌에 들어오기 전 덮어준 얇은 누비이불을 걷어낸 노파의 몸은 마치 거적에 싸인 막대기처럼 말라 있었다. 풀어헤친 잿빛 머리카락에 반쯤 가려진 기름한 얼굴은 햇볕에 그을린 듯한 갈 빛이었다. 언뜻 보면 요즘은 시골에서도 흔해진 동남아 어디쯤에서 온 여인 같았다.

"잘 주무셨어요?"

여인이 쪼르르 툇마루로 나가 인사를 했다. 노파는 평상에 앉아 게슴츠레 눈을 뜨며 슬쩍 미소를 머금었다.

"내가 얼마나 잤나요?"

노파의 목소리는 쉬어 있었다. 어쩌면 목소리가 본래 그렇게 탁한지도 몰랐다.

"서너 시간은 주무신 것 같은데요. 벌써 점심때가 된 걸요. 지금 상을 차리고 있어요."

여인이 좀 씻고 먹겠느냐고 물으려는데 노파가 평상 아래로 두 다리를 내려 슬리퍼를 찾았다. 여인은 수돗가에 엎어놓은 밤색 고무 슬리퍼를 가리키며 급히 말했다.

"제가 씻어서 저기 말리는 중이에요. 도대체 이 집에 먼지투성이 아닌 게 없어서요. 어젯밤엔 어떻게 주무셨는지 모르겠네요."

노파가 맨발로 서너 걸음 거리에 있는 수돗가로 걸어가며 웃었다.

"그러게. 한 잠도 못 잤지요. 정말 먼지투성이 아닌 게 없어서……. 조카 말대로 어젯밤은 여관에서라도 잘 걸 그랬나 봐요. 조카 집에 빈 방이 없다잖아요."

노파는 수돗물을 틀어 흙 묻은 발을 씻으며 웅얼거렸다. 여인은 여선생 집이 방 세 칸짜리 아파트라는 걸 알고 있었다. 부부와 아이가 쓰는 방 말고 다른 방 한 칸은 책이 빼곡한 서재라는 걸. 그 방은 책이 주인일 뿐 사람을 들이면 안 되는 걸까, 여인은 자신도 모르게 고개를 갸웃했다. 이역만리에서 비행기를 타고 왔다는데도 노파를 집에 들이지 않으려는 여선생의 처사가 너무한 것 아닌가 싶었다.

발에 묻은 흙을 씻어낸 노파가 수돗가 가장자리에 엎어놓은 슬리퍼를 뒤집어 발을 꿰었다. 허리를 펴고 일어선 노파는 키가 컸다. 여인은 어렴풋이 오래전 이 집의 안주인이 키가 컸던 걸 기억했다. 여인이 예닐곱 살 무렵이었다. 이 집에 허드렛일을 하러 온 어머니 치마꼬리를 따라다니던 여인에게 고소한 약과를 내밀던 안주인은 큰 키를 굽히며 미소를 띠었다. 찬장마다 맛있는 음식이 가득하던 집이었다. 안주인은 품위 있게 늙었고 사랑방은 늘 손님이 넘쳤다. 집에 부리는 사람을 두고도 일손이 모자라 여인의 어머니는 하루가 멀다 하고 이 집으로 불려오곤 했었다. 부쳐 먹을 밭 뙈기도 변변히 없던 가난한 살림에, 여인의 아버지는 이 집의 장작을 패주고 어머니는 부엌일을 거들었다. 이 집 대문을 나설 때면 후한 품삯에다 손님상에서 남은 음식까지 챙긴 어머니가 미소를 짓던 모습이 떠올랐다.

기억을 더듬던 여인은 갑자기 표정이 샐쭉해졌다. 부모가 품을 팔던 집에서 자신이 또 품을 팔고 있나 싶어서였다. 그러나 여인은 곧 고개를 도리질했다. 단지 딸이 다니는 학교의 여선생 부탁을 거절할 수 없어 왔을 뿐이라고……. 자신은 결코 남의 집 허드렛일로 품을 파는 사람이 아니라고 생각했다. 여인의 남편은 동네 공장에 취직해 일을 하고 있으니 지난 날 아버지가 이 집 장작을 패주던 것에 비할 바가 아니었다. 여인은 얼른 툇마루를 내려서 빨래 줄에 널어놓았던 수건을 걷어냈다.

"물기라도 좀 닦으세요. 아무리 더운 날씨라지만 감기 걸리시면 어쩌려고요."

여인은 어린 시절 이 집 안주인이 내밀던 고소한 약과를 떠올리며 미소 지었다.

"고마워요. 어쩌면 낯익은 얼굴인 듯도 하고……. 아주머니 말이에요."

노파가 여인을 기억하는 듯한 표정을 지었다. 여인은 다시 남의 집 일을 대물림한 것 같은 부끄러움에 얼굴이 붉어졌다.

"저 아주 어릴 때였어요. 제 부모님이 이 댁 일을 가끔 도우신 게……."

기어들어가는 목소리로 말하는 여인의 머릿속 한 갈피에서 고개를 쳐드는 장면이 있었다. 검고 긴 머리를 늘어뜨리고 푸른 원피스를 입었던 멋쟁이 여자, 그때도 이런 여름날이었던 것 같았다. 여자는 하얀 샌들을 신고 있었다. 그 발가락에 칠해져 있던 붉은 페디큐어를 신기하게 바라보던 기억이 났다. 생각에 잠긴 여인을 빤히 바라보던 노파가 흠, 흠, 헛기침을 했다.

"난 거의 이 집을 떠나 있었어요. 여기서 태어나긴 했어도 말이죠. 그래도 늘 돌아오고 싶었죠. 이 집으로요. 언제나 그랬어요."

노파의 목소리가 좀 맑개져 있었다. 본래 그렇게 탁음은 아닌 듯했다.

"점심이 거의 다 됐어요. 지금 드시겠어요? 아님 좀 씻고 드시겠어요? 보일러가 작동된다고 했어요. 욕실에 아마 더운 물이 나올 거예요."

여인은 노파의 주름진 얼굴을 올려다봤다. 노파는 수건을 목에 걸친 채 햇빛이 눈부신 듯 얼굴을 찡그렸다.

"도대체 이 집을 얼마동안이나 비워둔 건가요? 내가 왔던 20년 전만 해도 이렇진 않았어요."

"비워둔 지야 꽤 됐지요. 조카님이 결혼해 아파트로 옮기고 나서부터니까요. 하지만 1년에 두 번 제사는 꼭 여기서 지내요. 그때마다 제가 와서 쓸고 닦고는 했어요. 살림살이도 그대로 있잖아요. 조카며느님이 여기 있는 물건은 하나도 가져가지 않았어요."

종알종알 일러바친 꼴이 된 여인의 얼굴이 또 붉어졌다. 노파가 킁 코웃음을 쳤다.

"그렇겠지요. 이 낡은 집에서 불편해 어찌 살겠어요. 그렇다고 헐어버릴 수도 없고. 팔아버릴 수도 없고……. 그렇죠?"

노파가 여인에게 눈을 찡긋해보였다. 칠십에 이르렀다는 나이만큼 늙은 얼굴이긴 했으나 짓는 그 표정은 꼭 젊은 사람 같았다. 여인은 노파가 오랜 세월 미국에서 살아온 티가 나는 것이라고 생각했다. 씻고 나서 밥을 먹겠느냐고 다시 물으려는데 노파가 성큼 수돗가 시멘트 턱을 내려왔다. 키가 큰 만큼 다리도 길어 마치 황새가 움직이는 것 같았다.

"밥부터 먹지요. 배가 고프네요."

노파가 앞서 토방을 딛고 툇마루로 올라섰다. 몹시 마른 몸이었지만 노파의 뼈 무게를 감당 못하는지 마룻장이 삐걱 소리를 냈다. 툇마루 왼쪽에 열린 부엌문을 들어선 노파가 여인이 차리다 만 식탁에 앉았다.

"잠깐만 기다리세요. 김치 썰고 국만 덥히면 돼요."

여인이 국 냄비가 얹힌 렌지에 불을 올리고 도마를 꺼냈다.

"천천히 하세요. 세상에! 모든 것이 그대로네요. 이 부엌 말이에요. 내가 떠난 게 40년이 넘었는데……. 물론 그동안 두어 번오긴 했었지요. 이건 울 어머니가 쓰시던 그릇들인데……. 참,물건이 이렇게 오래 갈 수도 있는 건가요?"

김치를 꺼내려고 냉장고를 열던 여인은 노파의 회색 눈동자가부엌 안을 휘휘 둘러보는 걸 보았다. 몹시 커다란 눈이었다. 그러나 젊은 시절에도 그다지 예쁜 모습은 아니었을 것 같았다. 눈두덩이 움푹 들어간 큰 눈에 기다란 코, 얇게 다물린 입술은 공부를많이 한 사람다운 분위기를 풍겼지만 결코 잘 생겼다는 생각은들지 않았다.

"그러니까 미국 유학을 가셨다지요? 그게 그렇게 오래전 일인가요? 그때라면 전 아주 어릴 땐데요. 어렴풋이 기억이 나는 것도 같고요. 이 대가 집의 따님이 멀리 떠난다고 동네가 술렁술렁했던 것도 같아요."

여인은 도마에 펼쳐놓은 김치포기를 숭덩숭덩 썰며 말했다.등 뒤에서 노파가 다시 코웃음을 쳤다.

"대가 집요? 무슨……. 이 고장에 이렇게 낡은 집이 또 있을까요? 집이 아직 이대로 있는 건 내게 고마운 일이지만……. 이젠

다 지나간 세월이죠."

설핏 돌아본 여인의 시선 속에 노파가 담배를 피워 물었다. 담배가 끼워진 주름진 손가락 끝에 매니큐어를 한 손톱이 붉었다. 여인은 희미한 기억 속 멋쟁이 여자의 푸른 원피스와 하얀 샌들, 붉은 페디큐어를 다시 떠올렸다. 멋쟁이 여자와 노파가 같은 사람이라는 생각이 잘 들지 않았다. 둘 다 키가 컸다는 것밖에는.

"여기 얼마나 계실 건가요?"

여인은 자신이 얼마나 더 이 노파의 수발을 들어야 할까 궁금해 물었다. 노파는 대답대신 담배 연기를 길게 내뿜었다.

"난 오래전에도 이 집에서 담배를 피운 적이 있었어요. 아, 아주머니는 그때 아주 어린아이였겠군요."

하하 웃는 노파의 얼굴이 주름으로 일그러졌다. 젊게 가꾸는 요즘에 비하면 그저 늙게 내버려둔 얼굴 같았다. 여인은 김이 오르는 시금치 국을 떠 노파 앞에 놓았다.

"이 댁 된장 맛을 흉내는 냈지만 입에 맞으실지요? 우리 어머니가 생전에 이 댁 장 담글 때마다 거드셨거든요. 저는 또 어머니 된장 맛을 흉내 낸 거구요. 양념들은 저희 집에서 가져왔어요."

여인이 슬그머니 노파 맞은편에 앉으며 반쯤 탄 담배를 끄고 국을 떠먹는 노파의 기색을 살폈다.

"난 아마 여기 더 오지 못할 거예요. 그러니까 이번이 마지막 방문일 거라고요."

노파가 국을 꿀꺽 삼키고 나서 여인을 멍하게 바라봤다. 노파의 커다란 눈엔 여독 때문인지 핏발이 서 있었다.

점심 설거지를 끝낸 여인은 노파에게 냉장고 안의 밑반찬 통들을 보여주며 전기밥솥에 밥이 남아 있다고 말했다. 내일 다시 오겠다며 여인이 대문을 나가자 낡은 집엔 노파만이 남았다.

여인이 나간 대문을 우두커니 바라보고 섰던 노파는 슬리퍼를 끌며 뒤뜰로 갔다. 이웃과 면한 양쪽 담장을 가로지른 빨래 줄에 여인이 빨아 널어놓은 커튼 자락이 아직도 물을 떨구고 있었다. 낡고 물이 바랜 불그스름한 빛깔의 커튼은 아마도 겨울이면 장지문에 들이칠 바람 때문에 언젠가부터 거기 매달려 있었으리라. 노파는 새삼 세월에 색이 바랜 커튼과 같은 자신의 삶을 생각했다. 노파는 뒤 툇마루에 엉덩이를 걸치며 다시 담배를 빼어 물었다. 그녀가 살아온 칠십 여년의 생에서 끽연을 한 건 겨우 석 달 뿐이었다. 조금 전 여인에게 말했듯이 젊은 시절의 두 달쯤 노파는 이 집에서 담배를 피웠다. 노파의 나이 스물다섯이었다. 그리고 한 달 전부터 그녀는 미국에서 담배를 피워 물었다.

2

"당신은 폐암이에요. 치료를 시작할 수는 있지만 조금 늦었어요."

의사가 말했을 때, 그녀는 스물다섯에 피워보았던 담배를 45년이나 참았던 걸 후회했다. 그 긴 세월 동안 그녀는 한줄기 연기를 뱉듯 삶을 훅 불어내고 싶은 순간이 너무도 많았다. 그 수많은 순간들을 참고 참다가 가슴에 옹이가 생겼는지도 모를 일이었다. 진즉에 훅 연기를 내뱉을 수 있었다면 이렇게 손을 못 쓸 정도가 되진 않았을 것 같았다.

치료를 시작하겠냐는 의사의 물음에 노파는 고개를 저었다. 이제는 정말 자신이 하고 싶던 일을 해도 될 것 같았다. 치료에 시달리느니 차라리 그 일을 하고 조금 빨리 떠나는 게 좋겠다는 생각을 했다. 노파는 자신의 싱글 아파트에 한동안 웅크려 누웠다. 삶의 끝자락을 살고 있는 노인들이 모여 사는 시니어 커뮤니티, 노파는 그곳의 누구와도 말을 나누지 않았다. 다소 엄격한 표정에 결코 좋은 인상을 지녔다고 말하기 어려운 노파가 사람을 사귀기에는 너무 짧은 시간이긴 했다. 그곳으로 옮긴지 겨우 석 달이 지났을 뿐이었다. 늙은이들은 거의가 비슷했다. 숱이 성긴 은발, 굼 뜬 동작, 어눌한 말투, 구부정한 등, 느린 걸음걸이……. 노파는 자신이 그들만큼 늙었다는 걸 거기 살기 시작하면서야 실감했다. 스스로는 아직 늙은이가 아니라고 생각했지만 그들은 거울처럼 노파의 나이를 비추고 있었다. 나이를 먹으면서 국가의 의료혜택을 받게 된 노파는 얼마든지 정기검진을 받을 수가 있었다. 한사코 피해온 건 어쩌면 자신의 늙음을 인식하고 싶지 않아서였는지도 몰랐다. 간간히 터져 나오는 기침에 감기려니 하고 찾았던 병원……. 잠시는 놀랐으나 노파는 슬퍼하지 않았다. 어차피 죽음으로 가고 있는 나이였다. 그리고 노파는 삶의 희망을 잃어버린 지 오래였다. 다만 아직 뇌와 몸이 기능하고 있을 때 자신이 해야 할 일이 있을 것 같았다.

일주일 후로 비행기 티켓을 예매해 놓은 노파는 은행 잔고를 정리했다. 한두 달은 버틸 수 있는 자금이었다. 그리고 렌터카 한 대를 구했다. 노파는 그곳으로 옮기기 전 낡은 자동차를 처분했다. 시니어 아파트 주변은 걸어 다닐 수 있는 거리에 모든 편의시설이 있어서, 굳이 자동차를 소유할 필요가 없기 때문이었다.

노파는 매일 렌터카를 몰고 시니어 커뮤니티에서 25마일쯤 떨어진 부촌을 찾아갔다. 대부분은 담과 담이 이어진 집들 중에 멀찍한 숲속에 외따로 지어진 집이 있었다. 마치 하얀 성채처럼 우뚝 선 아름다운 집, 오래전 노파가 살고 싶다고 말했던 집이었다. 노파는 사흘 정도 그 집 근처를 배회했다. 아침 6시가 되면 이층 침실의 커튼이 열리며 방충망 사이로 사람의 모습이 어렴풋이 보였다. 잠시 후 뒤뜰로 난 부엌 창문이 열리고 그릇 부딪치는 소리가 났다. 곧 담장에 기대선 노파의 후각에 갓 내려진 커피 냄새가 희미하게 감지되었다. 노파는 우두커니 선 채 그 커피 냄새를 맡았다. 이른 아침의 청신한 숲 속에 은은히 번지던 커피 향은 차츰 어디론가 사라져가고 그 담장 가에 선 참나무 가지에서 새들이 울었다. 그 시각쯤이면 현관문이 열리고 지팡이를 짚은 노인이 산책을 나왔다. 노파는 그의 구부정한 뒷모습을 멀리서 바라보며 시간을 쟀다. 노인의 산책은 그다지 길지 않았다. 근처 길을 걷다오는지 정확히 30분 만에 그는 집 앞으로 돌아왔다.

노인이 집안으로 들어가고 햇볕이 쨍해질 무렵이면 노파는 차를 몰고 그 주택가를 벗어나 근처 맥도날드에서 아침 겸 점심을 먹었다. 반쯤 먹다 남은 햄버거를 싸들고 맥도날드를 나온 노파는 해가 질 때까지 있을 곳이 필요했다. 주변을 두리번거리던 노파가 찾아간 곳은 그 동네의 시립도서관이었다. 방학을 맞은 아이들이 대부분인 도서관 안에서 노파는 발코니 근처 책상에 앉았다. 아무 책이나 뽑아 펼쳐놓았으나 자꾸 그 내용이 읽혀졌다. 노파는 그 내용들은 해석할 만한 영어 실력이 있었다. 유학을 온 것이 스물다섯 살이었다. 인근 도시의 좋은 집안 자제로 국비유학을 떠나는 청년이 혼인할 의사가 있다고 매파를 보내왔다. 대학을 졸업한 노파가 빈둥빈둥 서울의 거처에서 젊음을 보내고 있을 즈음이었다. 그녀는 청춘이었지만, 그 삶은 엉킨 실타래처럼 막막하기만 했던 때였다. 그녀는 어디론가 떠날 수 있다는 희망에 그 청혼을 받아들였다.

노파가 도서관 서고에서 아무렇게나 빼어든 책은 심령과학에 관한 것이었다. 무심히 한 장 한 장 읽어나가던 노파는 자신이 죽고 나서도 영매가 있으면 다시 이 세상에 올 수 있을 것 같았다. 어쩌면 죽는다는 건 살아선 접하기 어려운 심령의 세계에 다가 갈 수 있는 문이 열리는 것인지도 모른다는 생각이 들었다. 하지만 책 속에 설명된 것들은 다 믿을 수가 없었다. 육신이 없는 영이 된다면 자신이 할 수 있는 것들이 있을까, 하는 의문이 들었다. 이제 그녀가 몸을 움직여 뭔가를 해야 하는 시간은 얼마 남아 있지 않았다. 혹 목숨이 붙어 있다 해도 움직일 수 있는 시간은 제한돼 있을 것이다. 가슴 안에서 똬리를 트는, 뭔가 해야 한다는 생각에도 불구하고 노파는 졸음이 쏟아졌다. 거의 뜬 눈으로 밤을 지새우다가 새벽부터 나왔으니 그럴 만도 했다. 노파는 자신도 모르게 꾸벅꾸벅 졸기 시작했다. 주변에서 속삭이는 아이들 목소리가 들려왔다.

"더러운 아시안 노파가 졸고 있네. 차이니즈인가? 아, 퀴퀴한 냄새가 나는 것 같아."

"노우, 울 엄마가 그런 말 하면 안 된댔어. 사람은 다 똑 같다고……."

"그래도 차이니즈야. 컬러 피플은 더러워! 젠장! 이 캘리포니아는 유색인종 투성이라고 울 아빠는 맨날 중얼거린다니까."

"그러지 마! 울 할머니도 차이니즈야. 그럼 나도 차이니즈니?"

"뭐? 그래도 넌 백인이잖아. 저 늙은 여자 좀 봐. 쭈그러진 얼굴이 모래색이야. 졸지나 않았으면……."

224

노파는 잠결에 아이들 목소리를 듣다 눈을 번쩍 떴다. 가슴에서 똬리를 틀던 무엇이 갑자기 부풀어 오르는 것 같았다. 노파는 아이들은 노려보았다. 머리칼이 노란 백인 사내아이 둘이서 겁먹은 눈으로 그녀를 바라봤다. 두 아이는 보던 책을 들고 슬금슬금 다른 자리로 옮겨가버렸다. 노파는 깊게 숨을 내쉬었다. 자신이 아이들에게 화를 내고 있는 게 아니란 걸 알고 있었다. 철없는 아이들의 인종차별적인 발언쯤은 아무렇지도 않게 들릴 만큼 오랜 세월을 미국 땅에서 살아온 그녀였다.

창밖엔 서서히 해가 기울고 있었다. 노파는 펼쳐진 심령과학 책을 제 자리에 꽂아놓고 도서관을 나왔다. 그녀가 다시 그 숲속의 집 가까이 도착했을 땐 어스름 해가 기울고 있었다. 노파는 집 현관이 보이는 멀찍한 곳에 차를 세웠다. 주변이 침침했지만 하얀 페인트가 칠해진 그 집은 눈에 잘 들어왔다. 집안은 텅 빈 듯 불빛이 보이지 않았다. 어둠이 조금 더 짙어지자 그 집 현관 앞의 나이트 라이트가 저절로 켜졌다. 잠시 후 노파의 렌터카가 세워진 뒤쪽에서 헤드라이트 불빛이 비추더니 자동차 한 대가 그 집 앞에 멎었다. 먼저 검은 세단 뒷좌석에서 키가 작달막하고 몸이 통통한 늙은 여인이 내렸다. 그리고 등이 구부정한 노인이 지팡이를 내려 땅을 짚고서야 힘겹게 자동차를 나왔다. 그들은 자동차 운전석에 대고 뭐라 말하며 손을 흔들었다. 노파는 운전석에 앉은 사람이 그들의 두 아들 중 하나일 거라고 짐작했다. 노파

가 그들과 헤어진 게 벌써 30년 전이었지만 누군가를 통해 늘 그
들의 소식을 들을 수 있었다. 노파가 젊은 시절 일했던 사회복지
센터에서도, 은퇴 후 아이들을 돌봐주며 입주해 있었던 한인교수
부부의 집에서도……. 그만큼 그들은 타운 내의 유명 인사였다.
그들의 소식이 들릴 때마다 뭉글 일어서던 감정들을 노파는 차곡
차곡 가슴에 쌓아두었다. 그것은 30년 세월에 자꾸 옹이를 틀고
점점 단단해져갔다. 그녀는 그것이 자신의 죽음과 함께 사라지
리라 생각했다. 자신이 죽으면 그 옹이도 더 이상은 그녀의 가슴
안에서 통증을 일으키지 않으리라고……. 막연히 그렇게 생각해
왔으나 막상 죽음이 눈앞에 다가오자 노파는 맘이 달라졌다. 스
스로 그 옹이를 부수고 떠나야 한다는 생각이 들었다.

　검은 자동차가 그곳을 떠나자 한동안 우두커니 섰던 두 사람
은 느린 동작으로 현관문을 열고 집안으로 들어갔다. 곧 아래층
창에 불이 켜졌다. 잠시 두 사람이 이리저리 움직이는 기척이 창
을 스쳤다. 밤 10시가 가까워 오자 2층 침실에 불이 켜지고 아래
층은 캄캄해졌다. 곧 침실의 불도 꺼졌다. 사흘을 그렇게 그 집
근처를 맴돌던 노파는 그들이 늘 밤 10시경 잠자리에 들었다가
아침 6시에 깬다는 걸 알았다. 그리고 7시가 되면 노인은 아침
산책을 나갔다. 그 산책 시간에 그를 만나는 게 적합하겠다고 생
각한 노파는 다시 사흘을 자신의 싱글 아파트에 웅크려 누웠다.
똬리를 튼 뱀처럼 자신의 기다란 몸을 잔뜩 오그리고 누웠던 노

파는 비행기 티켓이 예약된 전 날 밤 트렁크에 대충 짐을 꾸렸다. 더러 노파에게 귀중하게 생각되는 물건들이 있긴 했지만, 어차피 죽음으로 가져갈 수 있는 건 없었다. 노파는 여벌 옷 몇 가지와 현금만을 챙겼다. 거의 뜬 눈으로 밤을 지새운 노파는 이른 새벽 트렁크를 렌터카에 싣고 자신의 싱글 아파트를 떠났다.

길은 새벽안개가 자욱했다. 방향이 잘 가늠되지 않아 몇 번인가 눈을 껌벅거리던 노파는 자신의 볼 위로 눈물이 흘러내리는 걸 느꼈다. 참으로 지루한 세월이었다. 그를 만나러 가는 길⋯⋯. 그리움인지 원망인지 알지 못할 것들이 노파의 가슴속에서 끓어올랐다.

3

툇마루에 걸터앉은 노파에게 선선한 바람이 불어왔다. 바람결에 담 모퉁이에 선 은행나무 잎사귀가 소리를 냈다. 노파는 잊고 있었던 듯 나무를 올려다봤다. 무성한 잎이 만들어낸 나무 아래 그늘이 멍석만 했다. 노파는 터벅터벅 그 나무 그늘로 걸어갔다. 나이를 얼마나 먹었는지 가늠되지 않는 아름드리나무 둥치에 등을 기대고 서서 잎사귀들을 올려다봤다. 바람에 흔들리는 무성한 잎들 사이로 한창 빛을 뿜는 햇살이 간간히 스며들었다. 노파는 아주 오래전 자신이 그렇게 나무둥치에 기대어 잎사귀 사이의 햇

살을 바라보던 적이 있던 걸 떠올렸다. 사금파리를 주어 소꿉장
난을 하던 때였다. 문득 올려다본 시야에 흔들리는 바늘처럼 파
고들던 햇살에 눈살을 찌푸리던 순간, 뒷짐을 진 아버지가 뒤뜰
로 들어서며 빙긋 웃음을 머금었다.

"사금파리로 소꿉질하다 손 베일라. 아버지가 장에 나가면 소
꿉살림 사다주랴?"

다정한 그 소리에도 눈살만 찌푸리고 있던 아이는 어느덧 늙
은이가 되고 그 아버지는 이제 땅속에서 흙이 되었으리라고 노파
는 생각했다.

그녀는 은행나무 둥치를 손으로 꾹꾹 눌러보았다. 거칠고 단
단한 몸피가 노파의 주름진 손과 어우러졌다. 노파는 자신의 손
이 그 늙은 나무의 일부가 되는 듯했다. 노파는 새삼 생각했다.
자신이 그 은행나무 아래서 걸음마를 했고, 소꿉질을 했고, 간
당 치마를 치켜 올리고 그 둥치 아래서 오줌을 누며 자랐다는
걸……. 여고시절 여름 방학이면 그 그늘에 평상을 펴고 앉아 시
를 읽었고, 청춘의 어느 여름엔 그녀를 찾아왔던 사랑의 품에 안
겨 밤을 지새우기도 했던 나무 밑이었다. 노파는 나무를 꾹꾹 누
르던 손으로 자신의 가슴을 눌렀다. 자신의 전 생애가 한꺼번에
웅퉁그려져 가슴을 가득 메워왔다.

어디선가 바람이 거세게 불어와 은행나무 잎을 흔들었다. 나
무 그늘 아래 선 노파의 몸으로 파편처럼 빗살이 떨어져 내리다

사라졌다. 노파는 갑자기 눈앞이 자욱해지는 걸 느꼈다. 짙은 안개 속에 갇힌 듯 온몸에 몽롱한 기운이 감돌았다. 나무 그늘을 빠져나오려 했지만 나무둥치가 그녀의 등을 붙여놓은 듯 꿈쩍할 수가 없었다. 노파는 나무에 등을 기댄 채 주르르 흘러내리듯 앉았다. 그늘에 잠긴 땅바닥에서 올라온 한기가 노파의 마른 엉덩이에 선뜩하게 감지되었다. 그러나 그것도 잠시, 노파는 아무것도 느낄 수 없었다. 어디선가 말소리가 들려왔다. 여러 사람의 목소리가 겹쳐진 듯한 이상한 소리였다.

"나는 너무 오래 살았어."

목소리의 주인을 찾으려고 주변을 둘러보던 노파는 곧 나무가 말하고 있다는 걸 알았다.

"몇 년이나 살았는데?"

노파는 정말 그 나무가 몇 살인지 알지 못했다.

"네 나이의 서너 배쯤. 난 여기 서서 너무 많은 것을 느꼈어. 네 어미가 아기인 너를 안고 내 그늘을 오가며 토닥토닥 잠을 재울 때 네게서 풍겨오던 젖 냄새, 네가 대여섯 살 무렵 아무도 몰래 여기서 눴던 오줌냄새, 그리고 네가 저지른 그 교합의 냄새도 나는 기억하고 있어. 너 뿐이 아니지. 너의 아버지, 그 아버지의 아버지, 그들의 고함과 침 튀김도 나는 기억한단다."

"그래, 그렇겠지. 너, 나무는 아주 오래전부터 여기 있었다고 했으니까. 가을이면 썩은 생선 냄새가 나는 열매를 잔뜩 단 너의 요사스러움에 어머니는 몇 번이나 나무를 베어달라고 아버지께 간청했었지. 아버지의 바람기가 냄새를 풍기는 너 때문이라고 말이야."

노파는 깊은 밤까지 앞마당을 서성이며 아버지를 기다리던 어머니의 긴 그림자를 떠올렸다. 뒤뜰 나무에서 고약한 냄새가 풍겨오던 가을날이었다. 잠을 자다 일어난 아이는 장지문에 붙은 작은 유리창으로 키가 큰 어머니의 그림자가 더 길게 늘어난 걸 보았다. 어머니를 부르려했지만, 하품이 먼저 나왔다. 혼자 칭얼거리다 그대로 장지문 앞에 고꾸라져 잠이 들었던 그 가을 날, 노파는 자신이 몇 살이었는지 정확히 기억나지 않았다.

"날보고 요사하다고? 너희 어머니는 냄새에 코를 싸쥐면서도 장대로 내 열매들을 다 거두어갔지. 무른 겉껍질을 벗기고 멍석 위에 펴 말려 자루에 담긴 그것들은 겨우내 네 아버지의 술안주와 이따금은 너의 간식도 됐지. 단단한 속껍질을 부수고 나온 푸른 색 내 속살은 때론 꼬챙이에 꿰어져 불에 구어지기도 했고, 기름 위에서 볶아지기도 했으니까. 나는 여기 선 채로 그냥 열매를 맺고 그것을 떨구었을 뿐이다. 너희들은 날 미워하면서도 열매를 거둬 먹었잖아. 그러다 어느 날 내게 정말 톱날을 들이대기도 했어."

노파는 성이 잔뜩 난 아버지가 흐트러진 옷차림으로 톱을 들고 뒤뜰로 가던 장면을 떠올렸다.

"나무 때문이라고? 저 나무가 요사한 냄새를 풍겨서 그렇다고? 그럼 베어버리면 될 거 아녀?"

앞마당에 선 어머니에게 고함을 친 아버지는 식식대며 톱을 찾아들고 뒤뜰로 갔다. 어머니의 치마꼬리를 붙들고 울음을 터트리던 어린 그녀를 누군가가 덥석 안아 올렸다. 그 가슴팍에선 송진 냄새가 났다. 딱딱하고도 따뜻한 할머니의 품이었다.

"안 된다! 아범! 나무에게도 혼이 있어. 이제껏 이 집을 지켜준 나무를 함부로 베어내는 게 아니다. 해마다 한 가마니씩 은행 알을 맺는 나무한테 그러는 게 아니야."

할머니는 아이를 안고 툇마루로 가며 어머니를 흘겨보았다.

"아범이 딴 짓을 한다면 왜 그게 나무 탓이냐? 남자가 술을 마시다보면 밖에서 밤을 새기도 하는 거지, 무슨 일이 있다고……."

혼잣말처럼 구시렁대는 할머니의 목소리에 어머니는 털퍼덕 마당에 주저앉았다. 키가 큰 어머니는 꼭 무엇엔가 얻어맞고 무너지는 것 같았다. 어머니의 울음소리가 가느다랗게 새어나왔다. 아이를 방에 들여놓은 할머니는 툇마루로 나가 앉았다. 깊은 가을, 소슬한 바람이 불었지만 햇볕이 따스하게 내리쬐던 아침이었다.

"에미야! 이리 좀 와봐라!"

할머니의 목소리가 조용하게 마당을 울렸다. 나무를 베어버리

겠다고 뒤뜰로 간 아버지는 무엇을 하는지 기척도 들리지 않았
다. 어머니가 마당 가운데 무너졌던 몸을 슬그머니 일으켜 툇마
루 끝에 가 앉았다.

"저도 다 알아요. 저기 비석거리에 사는 과부라잖아요. 아이도
하나 있다던데요. 저 양반이 미쳤나 봐요."

울음 섞인 어머니의 목소리에 할머니가 휴우 숨을 내쉬었다.

"다 지나갈 것이다. 사람은 금방 늙고 마니께."

노파는 사람은 금세 늙고 만다는 할머니의 목소리가 바로 옆
에서 들리는 것 같아 자신도 모르게 고개를 끄덕였다.

"맞아요. 할머니. 사람은 금세 늙고 마네요. 나도 이렇게 늙은
이가 됐잖아요. 할머니가 안고 업던 제가 말이에요."

"그래, 그때 그렇게 아기였던 네가 지금은 늙어버렸지. 인간들
의 삶은 정말 짧다. 한 자리에 가만히 서 있어야 하는 나에 비하
면 너희 인간들의 삶은 정말 정신이 없어. 그렇게 짧은 시간을 부
대끼다 다들 떠나고야 마는구나. 네 할아버지, 할머니, 아버지,
어머니……. 이제 네 차렌가? 넌 내가 깜빡 잊어버렸을 만큼 여
기 오지 않았어. 어디에 있었던 거야?"

노파가 기억 속 할머니에게 중얼거렸는데 나무가 대답을 했
다. 노파는 기대앉은 나무 둥치를 향해 조금 얼굴을 돌렸다. 둥치
의 거친 표면이 그녀의 뺨에 닿았다.

"멀리 갔었어. 너는 이 자리에서 일어났던 일은 다 안다면

232

서 기억을 못해? 내가 떠나기 전 얼마나 이 나무 밑을 서성였는데……. 그때는 청춘이었어."

"그래, 나는 너를 기억하지. 하지만 난 너희의 젊고 늙음에 상관없이 그저 그 존재를 기억해. 네 몸 안에 담긴 그 혼을 말이야. 나는 너를 알고 있어. 조금은 질긴 네 영혼의 느낌을 기억하지."

"질기다고?"

"그래, 너는 질긴 영혼이었지. 그때 네 아비가 내 둥치에 톱날을 들이대던 오래전에도 넌 울다가 살그머니 눈을 뜨고 뒤뜰을 내다봤지. 어쩌면 넌 내 둥치가 댕강 잘려나가길 기다리는 것도 같았어. 그 조그만 아이가 말이야."

노파는 어렴풋이 기억했다. 아버지가 밖으로 떠도는 게 어쩌면 나무 열매가 풍기는 냄새 때문이라고 말하는 어머니의 말을 믿었던 걸. 그래서 그 나무가 집에서 사라지길 바랐었다는 것도…….

"그때는 정말 나무 네가 사라지길 바랐지. 그리고 떠난 후에도 간간히 내가 없는 이 집에서 네가 살아 있지 않길 바랐어. 내가 멀리 있는 동안에도 나무 너는 열매를 맺고 냄새를 풍겼겠지. 가을이 깊어지면……."

나무 둥치에 기대 앉아 죽은 듯 눈을 감은 노파의 머릿속으로 멀리 밀려갔던 세월이 순식간에 가득 차올랐다.

4

무더운 여름이었다. 열일곱 살 소녀는 나무 그늘 평상에 누워 있었다. 그늘 밖은 땡볕이 내리쬐고, 부채질을 하며 책을 읽던 소녀는 대나무 목침을 베고 누운 채 깜박 잠이 든 것 같았다. 뭔가 낯설고 불편한 기운에 눈을 떴을 때 소녀는 소스라쳐 놀랐다. 코앞까지 와 있는 누군가의 얼굴, 짙은 땀 냄새와 거친 숨소리, 들춰진 치마 밑에서 움직이는 낯선 손놀림보다 더 놀란 건 자신을 노려보는 그 눈이었다. 물기로 번질번질한 그 커다란 눈에 어린 건 증오심이었다. 소녀는 화들짝 몸을 일으키며 자신의 하체를 더듬던 손을 뿌리쳤다. 평상 모서리가 맞닿은 나무 둥치에 등을 기대며 몸을 웅크렸을 때서야 웬 소년이 거기 서 있는 걸 보았다. 자그만 키였지만 나이는 얼추 소녀와 비슷해 보이는 미소년이었다.

"너 누구야?"

크게 소리쳤다고 생각했지만 소녀의 목소리가 모기만 하게 새어나왔다. 두 다리를 오그려 붙이며 치마를 무릎 밑으로 잡아당겼을 때서야 자신의 속옷이 반쯤 벗겨져 있음을 알았다.

"너 지금 무슨 짓을 한 거야? 이 미친놈이……."

소녀가 웅얼거리며 울음을 머금었지만 낯선 소년은 멀뚱멀뚱 서 있기만 했다. 증오심으로 번득이는 것 같던 소년의 눈은 소녀가 아닌 나무만을 뚫어져라 바라보았다. 그 순간 앞뜰 쪽에서 아버지의 목소리가 들렸다.

"뭐하고 있냐? 거기 모퉁이에 세워놓은 괭이 좀 갖고 오라니께!"

참다못한 아버지가 뒤뜰로 들어서는 기척에 소년이 얼른 나무 그늘을 벗어나 담 모퉁이 연장들을 세워놓은 곳으로 갔다. 소년의 손이 괭이자루에 막 닿았을 때 아버지가 모습을 나타냈다.

"찾았구먼요. 전 저쪽 담장인 줄 알고 장독대 근처까지 갔다 왔어유."

태연하게 흘러나오는 소년의 목소리에 아버지가 나무 그늘 평상에 앉은 딸을 흘깃 바라보았다. 소녀는 왜 그런지 아버지에게 아무 말도 해서는 안 될 것 같았다. 소녀는 나무 둥치에 기대 앉아 책 속에 눈길을 떨어뜨렸다. 마치 계속 그래왔던 것처럼. 오그려 붙인 무릎을 치마로 덮었지만 반쯤 벗겨진 속옷이 허벅지에 걸쳐져 있었다.

"너 거기 있었냐?"

아버지의 목소리가 조금은 미심쩍은 기운을 담고 흘러나왔다. 소녀는 태연히 고개를 끄덕여 보이다 다시 책 속으로 눈길을 떨구었다. 그 모습은 독서에 열중하느라 소년이 뒤뜰로 들어온 것조차 모르고 있었던 것처럼 보였다.

"너는 괭이 들고 어서 앞뜰로 와라. 앞 화단의 돌을 좀 옮기려는데 생각보다 품이 많이 드는구나."

아버지는 앞의 말은 소년에게 하면서 뒤의 말은 딸에게 했다. 벌써 몸을 돌려 앞뜰로 향하는 아버지 뒤를 소년이 괭이를 들고 따라갔다. 자그만 키 때문에 그의 뒷모습은 좀 더 어리게 보였다. 곧 앞마당 쪽에서 괭이질하는 소리가 났다. 괭이가 흙 속에 내려쳐질 때마다 소년이 힘에 부친 듯 쉿, 쉿 기압을 넣는 소리가 들렸다.

화단작업이 마무리 될 때까지 소녀는 뒤뜰 평상 위에 가만히 앉아 있었다. 책은 내팽개쳐졌고 치마에 덮인 무릎을 자꾸만 오므렸다. 대문이 덜컹 열리는 소리와 함께 장에 나갔던 어머니가 돌아오는 기척이 났다. 그래도 소녀는 움직일 수가 없었다. 어느새 해가 기울고 있었다. 어머니가 부엌 뒷문을 열고 뒤뜰로 나왔다. 딸을 발견한 어머니는 성큼성큼 걸어와 평상 끝에 앉았다.

"저 애를 집에 들이지 말라는데도 저 양반 저러네. 힘쓸 사람이 동네에 없을까봐? 하필 그 요사한 과부 아들을 우리 집에 들인단 말이냐."

혼자 구시렁대는 어머니의 한숨 섞인 목소리에 움찔 놀란 소녀의 온몸에서 땀이 솟았다.

"누구라고요?"

자신도 모르게 급히 묻는 소리에 하늘만 보고 있던 어머니의 시선이 소녀를 향했다.

"누구긴! 그 과부 아들이라니께. 네 아버지가 오매불망 잊지 못하는 그 여자 말이다. 죽으면 끝날 줄 알았는데 이제 그 자식 놈을 여기까지 불러들이다니…….."

어머니가 긴 한숨을 내쉬었다. 소녀는 아득히 먼 기억 속에 이 나무그늘 평상에 앉아 막걸리만 퍼마시던 아버지를 떠올렸다.

"그러게. 그렇게 목을 맬 줄 누가 알았겠냐. 내가 좀 모진 소리를 하긴 했다만, 가정이 있는 남자를 호리는 게 할 짓이냐고 말한 게 잘못이냐?"

할머니가 아버지 등 뒤에서 말했지만 아버지는 뒤도 돌아보지 않고 양은 주전자를 흔들며 소리쳤다.

"가서 술이나 더 받아와! 이놈의 여편네 어디 갔어? 멀쩡한 여자 하나 죽여 놓고 이제는 살판이 나서 서방이 술 받아오라는데 코도 안 내미냐?"

아버지의 고함소리에 어머니가 부엌 뒷문에 기대 선 채 눈물을 흘리던 장면이 소녀의 눈에 선했다.

은행나무가 고약한 냄새를 풍기며 열매를 맺던 그 가을이 몇 번이나 지났는지 기억나지 않았다. 소녀가 초등학교에 입학했던 이른 봄이었다. 기력이 부쩍 쇠진해진 할머니를 부축하며 외출이 잦아졌던 어머니는 그 큰 키가 더 커보이도록 여위어갔다. 그리고 기어코 그 과부가 목을 매 죽었다는 소식이 전해져왔다. 매일 찾아와 마을을 떠나라는 할머니의 호통을 견딜 수 없던 때문일 거라고 동네사람들은 두런댔다. 어깨가 좁고 몸이 자그만 여자라고 했다. 얼굴도 갸름하고 예뻤다고 했다. 전쟁 통에 사라진 남편은 의용군인지 국군인지 어디론가 끌려가 소식이 없고, 그녀는 할 수 없이 비석거리에 술집을 열었다. 다소곳한 외모에 음식 솜씨가 좋아 손님이 많았다고 했다. 아버지는 그 손님 중 한 사람이었고, 나중엔 그 과부의 집에 근 몇 년 간 살다시피 했다.

어머니보다 더 참을 수 없어하는 사람은 할머니 같았다. 그러나 할머니를 참을 수 없게 만든 건 어머니였다는 걸 어렸던 그녀도 짐작할 수 있었다. 어머니는 틈만 나면 할머니 앞에 앉아 눈물바람을 했다. 그 봄, 할머니는 어머니의 부축을 받으며 아침마다 비석거리로 갔다. 과부가 새벽까지 장사를 하고 아직 잠을 자고 있을 무렵이었다. 아버지가 한 이불 속에 누워 있을 때도 있더란 말을 들은 것도 같았다. 할머니는 얼마 남지 않은 자신의 생애에 꼭 해야 할 일을 하고 말겠다는 듯 과부에게 호통을 쳤다고 했다.

그리고 과부는 자신의 술청 대들보에 목을 맸다. 어미를 잃은 과부의 아들을 그 외할미가 거뒀다. 아버지가 가끔 그 아이가 자라는 집에 들러 쌀가마니를 들여놓는 것 같다고 어머니는 할머니 앞에서 두런거렸다.

"그것마저 못하게 하면 어쩌겠냐? 남의 남편을 호린 건 제 어미 잘못이지만, 어린것이 무슨 죄가 있겠냐? 어쩌면 이제는 우리가 그 애한테 죄를 짓고 있는지도 모르겠구나. 이 돌고 도는 죄를 어찌 할꼬? 내가 죽어 다 짊어지고 가마."

어머니 앞에서 슬그머니 고개를 돌리던 할머니 눈에 고이던 눈물을 소녀는 기억했다. 할머니는 그 이듬해 정말 당신이 모든 걸 다 짊어지고 가듯 세상을 떠났다. 그 사이 소녀의 키가 부쩍 자라났다.

깊은 가을날 은행나무 열매가 풍기는 냄새와 자신의 몸 어디 선가 풍기는 냄새가 비슷하다는 걸 소녀가 알아가던 즈음, 그 여름날 과부의 아들은 그렇게 찾아왔다. 소년은 그 후에도 이따금 집을 찾아왔다. 그때마다 뭔가 집안에 일이 있었는데, 그것이 아버지가 공연히 만들어낸 일인 것 같은 느낌이 들 때가 많았다.

"그 자식 얼굴이 꼭 제 에미를 닮았다니께. 아마도 네 아버지 는 그 놈 얼굴에서 죽은 그 여편네를 보는 것이여."

어머니가 소년의 밥을 푸며 중얼대곤 했다.

한쪽이 주저앉은 담장을 수리하거나, 삐걱거리는 대문에 기름 칠을 하거나, 장독을 이리저리 옮기거나, 그런 일들이 끝나면 아 버지는 소년과 겸상을 하고 앉아 저녁을 먹었다. 저녁을 먹고 난 소년은 돌아가는 척 인사를 한 뒤 뒤채에 있는 소녀 방으로 왔다. 소녀는 왜 소년이 불쑥 방에 들어왔을 때 소리를 지르지 못했는 지 자신도 알 수 없었다. 어쩌면 그 여름 날 평상에서 낮잠을 자 다 엉겁결에 느낀 그 손길의 기억에 사로잡혀 있는지도 몰랐다.

가을이었다. 다시 은행나무는 요사한 냄새를 풍기고 소년과 눈이 마주친 소녀의 몸에서 은행 열매를 닮은 냄새가 흘러나왔다. 아버지가 소년의 어머니를 사랑한 것이 숙명이듯 소녀는 소년의 단아한 얼굴에 이끌리는 자신을 느꼈다. 그럴 수는 없다고 고개를 도리질하며 방을 뛰쳐나왔지만, 소년의 발길이 살금살금 그녀를 뒤 쫓았다. 마치 소녀가 그를 유도한 듯 그들은 은행나무 아래 평상에 이르렀다. 낮이면 그늘에 말려야 할 호박고지와 채 썬 가지가 널리던 평상은 여름이 지나도 그 은행나무 그늘 아래 놓여 있었다.

소녀는 자신이 왜 그리로 도망쳐 왔는지 알 수 없었다. 차라리 소리를 지르며 안마당으로 가든지 어머니 아버지가 자고 있는 안방으로 가야했다. 소녀는 소년을 낭패에 이르게 할 수는 없었다. 자신의 아버지 때문에, 어쩌면 할머니 때문에, 아니 어머니 때문에 스스로 목숨을 끊은 소년의 어머니를 생각한다면 소년을 곤란한 상황에 몰아넣으면 안 될 것 같았다.

싸늘한 가을바람에 소녀의 몸이 오소소 떨려왔다. 어둠 때문에 아무것도 보이지 않는다고 생각했는데 차츰 소년의 얼굴 윤곽이 가늠되었다. 제 어미를 닮아 갸름한 얼굴에 날이 선 코가 아름다웠다. 그리고 얄다랗게 다물린 입술, 어둠 속에서도 빛을 내는 듯한 그 눈이 그녀를 올려다봤다. 소년은 소녀보다 한 뼘쯤 키가 작았다.

왈칵 끌어안는 소년의 두 손에서 뿜어져 나온 열기가 소녀의 허리를 감쌌다. 가을밤은 차가웠으나 두 사람에겐 따뜻한 막이 씌워진 듯 아늑했다. 소녀는 조금 버둥거린 것 같았다. 낯섦과 아픔이 몸을 스쳐갔다. 그러나 곧 아스라함이 찾아와 소녀는 정신을 놓아버렸다. 어디서 배운 것일까. 소년은 소녀를 행복하게 하는 법을 알고 있었다. 어쩌면 소년과 그 어머니는 사람의 몸을 행복하게 하는 기술을 갖고 있는 지도 몰랐다. 아버지가 소년의 어머니를 벗어날 수 없었듯이 그녀도 왜 그런지 소년을 벗어날 수 없을 것 같았다. 그들의 몸이 식어갈 때 은행나무 가지가 흔들렸다. 바람에 그 요사한 냄새가 진동을 했다.

소년은 천천히 일어나 돌아섰다. 그의 자그마한 등을 바라보고 앉았던 소녀는 그제야 그가 자신에게 한 마디도 말을 하지 않았다는 걸 깨달았다. 소년이 앞마당 쪽으로 걸어 나갔다. 그 걸음걸이는 마치 아무 일도 없었던 듯 차분했다. 잠시 후 아주 조심스레 대문이 여닫히는 소리가 났다. 소녀는 그 소리를 들은 어머니와 아버지가 방에서 뛰쳐나올 것 같은 두려움에 숨을 죽였다. 바람이 다시 은행나무를 흔들었다. 열매에서 풍기는 냄새가 소녀의 몸을 훑고 지나갔다. 그녀는 온몸을 진저리치며 평상에서 일어서 살금살금 자신의 방으로 돌아갔다.

"그건 업보였어. 너희들이 내 그늘에서 행한 짓……."
나무가 말했다. 노파는 슬그머니 손을 올려 나무 둥치를 쓰다듬었다.

"그랬을까? 업보였을까? 우리가 그렇게 되었던 것……."

"악연이었지."

나무는 단호하게 말했다.

"그래, 악연…… 악연이었을 거야."

나무의 말을 받아 웅얼거리던 노파는 눈을 질끈 감은 채 돌연 목 놓아 울기 시작했다. 노파의 울음소리는 점점 커져 갔다. 그 볼을 흐르는 눈물이 번져 나무둥치를 적셨다. 나무가 마치 그 눈물에 누그러진 듯 중얼거렸다.

"악연은 너희들만의 문제가 아니었어. 네가 모르는 날들에 벌써 그것은 예비 돼 있었지."

노파는 뜻밖의 소리에 젖은 눈꺼풀을 슬그머니 떴다.

"그건 무슨 말이야?"

"나는 한 자리에서 너무 오래 살았어. 그래도 기억은 환하고 전혀 잊힌 것이 없어."

나무는 제 둥치를 적신 노파의 눈물을 오래된 기억 속으로 데려갔다.

5

한 남자가 마당을 비질하고 있었다. 싸리비질에 부옇게 일어서는 흙먼지 땜에 그의 모습이 흐릿했으나 젊고 몸이 다부져 보이는 남자였다. 푸슬푸슬 일어서는 먼지 속에 입을 꾹 다문 남자는 길이가 짧은 하얀 무명저고리를 옹색하게 입고 있었다. 종아리 부분이 착 감기도록 대님을 칭칭 감은 바지도 더러웠다.

그는 느리게 뒷마당을 스친 싸리비 끝을 하늘로 치켜 올리며 장난질을 했다. 몇 번인가 그렇게 빗자루 끝이 하늘로 치켜 올라갔을 때 어디선가 날아온 물이 그를 덮어씌웠다.

"앗! 차가!"

움찔 놀라는 그의 목소리에서 쇳소리가 났다.

"이 늠아! 비질을 하려면 제대로 혀. 지금 장난하는 거여? 마당에 물이라도 좀 뿌리고 비질을 해야 먼지가 안 나지. 애써 빨아 놓은 이불 호청에 먼지 다 내려 앉잖여."

물바가지를 든 초로의 여인이 부엌 뒷문 앞에 오도카니 서서 남자를 노려보았다. 쪽을 찐 그녀의 머리가 반백이었다.

"아 참! 할멈! 그렇다고 물바가지를 끼얹을 건 뭐유?"

이마에 묻은 물기를 손등으로 훔치며 여인을 쏘아보는 그의 얼굴은 남자라고 불리기엔 좀 덜 여문 모습이었다. 싸리비 끝에서 일어서던 먼지가 가라앉은 마당에 선명히 드러난 그의 모습은 아직 소년에 가까웠다. 할멈이 못 들은 척 돌아서려다 흘깃 소년을 돌아보았다.

"이 늠아! 집도 절도 없는 놈을 데려다 이만큼 키워줬으면 마당이라도 제대로 쓸어야지 만날 빈둥빈둥 꾀나 피고……. 나이가 벌써 열여섯이여. 에고 쓰잘 데 없는 놈!"

할멈은 소년을 때릴 듯 바가지를 위로 치켜들더니 그만 부엌 뒷문으로 들어가 버렸다. 혼자 남은 소년은 싸리비를 세워든 채 우두커니 뒷마당에 서 있었다. 물에 함빡 젖은 그의 모습은 더 초라해보였다. 소년은 물에 젖어 몸에 달라붙은 저고리 등을 털며 혼자 중얼댔다.

"염병할 놈의 세상! 내가 언제까지 이러고 살아야 한단 말여. 날 공짜로 키워줬남? 철도 들기 전부터 쎄가 빠지게 부려먹어 놓고……."

소년은 다시 마당을 비질하기 시작했다. 씩씩대며 바닥을 훑는 싸리비 끝에서 마당이 패여 들어가는 듯했다. 소년의 비질이 은행나무 앞에 이르렀다. 그는 그만 싸리비를 내던지고 나무 그늘에 등을 기대고 앉았다. 나뭇가지로 스미는 햇살이 물기와 땀으로 번들거리는 소년의 목덜미를 비추었다. 훅 내뱉는 그의 숨결이 은행나무 가지 위로 피어올랐다. 나무는 소년의 숨을 제 가지 끝에 간직했다.

"난 이렇게만 살지는 않을 겨. 세상이 바뀔 날이 있을 거여. 양반 상놈 없는 세상 말여."

소년은 늘 웅얼거리던 말을 또 뱉어냈다. 하지만 그는 그렇게 중얼거릴 때마다 흐릿한 안개가 가슴을 채우는 듯한 석연찮은 심정이 됐다. 장거리에서 울고 있는 세 살쯤으로 보이는 사내아이를 업어온 부엌 할멈은 그해가 천주학쟁이를 잡아들이던 병인년이었다고 했다. 아이는 무명 동저고리 바람이었지만 귀티가 났었다고. 부엌 할멈의 머리가 하얗게 세어가는 동안 그는 몸이 다부진 소년으로 자라났다. 할멈이 언젠가 소년에게 말했다.

"필경에 천주학쟁이 자손일거여. 자식이라도 살리려고 장거리에 버리고 갔겠지. 니가 정말 상놈인지 나는 모른다. 양반님네도 믿었던 천주학 집안의 아이에게 일부러 상놈 옷을 입혀 버렸는지도 모르지."

이제는 가물가물해진 할멈의 말을 소년은 꼭 붙잡고 있었다. 하지만 소년이 자라나자 부엌 할멈은 다시는 그런 말을 하지 않았다. 오히려 너는 단지 이 집안의 머슴일 뿐이라고 못을 박 듯 그를 구박하기 시작했다. 소년은 어릴 때 부엌 할멈이 들려줬던 말을 가슴에 새긴 채 머슴으로 성장하며, 자신도 모르게 삐뚤고 사나운 성정을 지니고 말았다. 나무는 청춘의 소년이 뿜는 향기로운 숨결과 그 마음에 똬리를 튼 분노를 함께 기억했다. 어느 날 길고 진한 숨을 나무에 대고 토해내던 소년은 그만 그 집을 떠나고 말았다. 나무는 그가 간 곳을 알지 못했다. 나무에 새겨졌던 소년의 존재는 차츰 흐릿해졌다.

소년이 떠나간 다음부터 안방에서만 놀던 어린 계집아이가 자라나 자꾸만 나무 밑으로 왔다. 계집아이는 소년처럼 나무 밑에서 여물어 갔다. 10년 세월이 흐르고 계집아이가 이웃마을 만석지기 아들에게 시집가기로 한 봄을 앞둔 무렵, 소년이 나타났다. 그는 턱밑에 검은 수염을 덥수룩하게 기르고 눈빛이 매서운 사내가 돼 나무 밑을 찾아왔다. 나무가 선 뒤뜰엔 계집아이의 혼수이불을 꾸밀 풀 먹인 비단이 널려 있었다. 사내를 올려다보는 부엌 할멈의 쪽진 머리는 이제 온통 백발이었다.

"은혜도 모르는 놈! 니가 동학쟁이가 돼 이 집을 쳐들어 와?"

부엌 할멈이 소리쳤다. 사내는 얼른 늙은 여인의 입을 막고 나무 둥치 뒤로 숨어들었다. 앞마당에서 비명소리가 났다. 우르르 들어선 동학군들이 집안을 뒤져 주인부부를 끌어내고 세간들을 팽개쳤다.

"양반 상놈 없는 세상! 이제는 우리가 주인이닷!"

누군가 외치는 소리가 났다. 나무 뒤 풀숲으로 숨어들던 사내와 부엌 할멈은 몸을 웅크린 채 오들오들 떨고 선 아가씨를 보았다. 동그랗게 벌어진 눈에 눈물이 가득 고여 있었다. 사내는 아가씨를 기억했다. 안방 깊은 곳에서만 놀다가 이따금 툇마루로 얼굴을 내밀던 조그맣고 예쁘던 아이였다. 어느 날은 사내의 등에 업혀 잠도 들던 아이를 그는 단번에 알아보았다. 사내는 부엌 할멈과 아가씨를 양손에 안고 풀숲에 고개를 숙였다. 아가씨의 가느다란 허리가 사내의 커다란 손에 감겼다. 겁먹은 아가씨의 숨결이 나뭇가지 위로 날아올랐다. 흙냄새를 풍기는 사내의 숨결도 아가씨의 향기로움을 따라 날아올랐다. 나무는 그것을 다 제게 새겨 넣었다.

　동학군들은 밤이 깊기 전에 산채로 돌아갔다. 집안은 아수라장이 되고 탐관오리라 불리는 아가씨의 아버지와 어머니까지 산채로 끌려갔다. 하인들은 무서워 어디론가 도망을 가고 텅 빈 집엔 사내와 아가씨, 부엌 할멈만이 남았다. 어스름 속에 마당에 흩어진 세간을 주섬주섬 챙기던 부엌 할멈은 툇마루 끝에 앉은 사내를 흘깃 바라보았다. 사내는 몸이 호리호리하던 지난날의 소년이 아니었다. 산 속에서 어른이 된 사내는 어깨가 떡 벌어지고 팔뚝이 굵은, 누구든지 보면 겁부터 먹고 말 그런 장정이었다. 하지만 눈빛만은 뭔가 순한 기운을 품고 있었다. 부엌 할멈은 제 손으로 키운 사내와, 또 제 손으로 키운 거나 다름없는 아가씨가 모두가 사라진 집에 덩그마니 남은 것이 맘에 걸렸다. 안방에서 흩어진 물건들을 정리하며 조용히 움직이던 아가씨가 갑자기 대성통곡을 하기 시작했다. 그 소리에 무심코 안방으로 들어서려던 사내는 열린 문틈으로 울음소리와 함께 새어나오는 향기에 흠칫 멈춰 섰다. 갑자기 산채에 두고 온 아내의 모습이 어른거렸다. 때묻은 옷에 수세미 같은 머리로 예쁘지도 않은 여자였지만 밤이면 그의 품을 파고들던 사랑스런 아내. 사내는 왜 아가씨의 울음소리와 향기를 맡으며 아내를 생각하고 있는지 자신도 알 수 없다. 사내가 안방에 들어서기도 전에 부엌 할멈이 뛰쳐 왔다.

"아가씨! 걱정 마셔유. 천지신명께서 보살펴주실 것이유. 여기서 기다리다보면 분명 관군이 들어와 우리도 구하고 대감님과 마님도 구하실 것이구먼유."

아가씨는 부엌 할멈의 품에 안겨 하염없이 울었다. 부엌 할멈은 곡식 광 모서리에 옥수수 씨앗자루가 남아 있는 걸 알았다. 얼마간은 버틸 수 있을 것 같았다.

사내는 산채로 돌아가지 않았다. 부엌 할멈이 밥을 짓도록 물을 길어오고 장작을 팼다. 한번 시작하니 그 일이 좋아졌다. 오래전 자신이 그런 일을 하며 이 집에서 자랐다는 게 새삼 생각났다. 싸리비로 마당을 쓸며 이제는 장난을 치지 않았다. 싹싹 마당을 스치는 싸리비 소리가 안방에 앉은 아가씨 귀에 들리도록 열심히 비질을 했다. 방에서만 지내는 아가씨는 부엌 할멈이 밥상을 들일 때만 얼굴을 내밀었다. 아가씨의 얼굴은 날이 갈수록 초췌해지고 옷매무새도 점점 초라해졌다. 처음엔 아가씨 밥상을 따로 차리던 부엌 할멈은 이제는 가릴 것이 없다며 사내와 겸상하던 밥상에 아가씨의 숟가락을 놓았다. 아가씨는 울상을 짓지도 않았다. 천천히 강냉이밥을 입에 퍼 넣는 아가씨를 보며 사내는 정말 세상이 공평해졌다고 생각했다. 동학은 성공했고 내내 반상의 차별이 없는 평등한 세상이 될 것이라고…….

강냉이밥을 하던 부엌 할멈은 강냉이 죽을 쑤기 시작했다. 죽이 점점 멀개지다가 아예 아무것도 없어지자 부엌 할멈은 아직 추위가 가시지 않은 산으로 갔다. 칡뿌리든 무엇이든 입에 넣을 것이 필요했다. 사내가 가겠다고 했지만 할멈은 한사코 집을 나섰다. 누군가 아가씨를 지켜야 한다면 늙은 자신보다는 사내가 더 믿음직스럽다고 생각했다.

차가운 산길을 헤매던 부엌 할멈은 칡을 캐다가 그만 비탈로 굴러 떨어졌다. 몇 바퀴를 굴렀던가. 정신은 말짱했지만 몸이 영 움직여지질 않았다. 할멈은 곧 어둠이 오리라는 걸 알았다. 그리고 자신은 사내와 아가씨를 남겨 두고 온 집으로 돌아갈 수 없다는 것도.

"천지신명의 조화여. 내가 키운 두 사람을 어찌 그 빈 집에 두고 왔단 말인고."

부엌 할멈은 차가운 흙 위에 누운 채 중얼거렸다.

밤이 깊어서도 부엌 할멈이 돌아오지 않자 아가씨는 툇마루 끝에 서서 안절부절 서성였다. 사내는 가마솥에 물을 퍼다 붓고 아가씨의 방이 차가워지지 않도록 아궁이를 지폈다. 부엌 할멈은 돌아오지 않을 것 같았다. 그 늙고 굼뜬 몸으로 산으로 가겠다고 했을 때 말려야 했다. 하지만 사내는 아가씨와 호젓하게 있게 될 시간이 은근히 좋기도 했다. 하루 종일 아가씨는 방안에, 사내는 마당을 서성여서 얼굴도 마주치지 못했지만 사내는 괜히 신이 났다. 거의 물이나 다름없는 강냉이 죽을 먹은 뱃속이 헛헛했지만 그는 은행나무 둥치에 기대앉아 하늘을 올려다봤다. 빈 가지 사이로 해가 져가는 하늘이 희끄무레했다. 차가운 기운이 그의 몸을 타고 올라왔지만 그는 열에 들뜬 듯 뭔가 몽롱하기만 했다. 나무는 동학군이 들어오던 날 숨어들었던 아가씨의 숨결과 사내의 숨을 함께 품었다가 사내에게 토해냈다. 사내는 견딜 수가 없었다. 벌떡 일어서 나무를 끌어안고 그 거대한 뿌리를 뽑아낼 듯 공연히 용을 썼다. 그의 입술에서 더운 김이 길게 새어나왔다. 그만 나무 둥치를 놓아버린 사내는 아가씨의 방문 앞으로 단숨에 달려갔다. 호롱불을 밝혀놓은 장지문에 아가씨가 흐느끼는 모습이 어른거렸다. 불빛에 흔들리는 연약한 그림자가 자꾸만 사내를 부르고 있는 것 같았다. 사내는 흙 묻은 짚신을 벗어던지고 툇마루로 올라섰다. 누군가 방 앞에 선 것을 알아챈 아가씨의 그림자가 잠시 멈칫했다.

아가씨의 그림자를 뒤덮은 사내의 커다란 그림자는 미동도 않은 채 가만히 서 있었다. 하늘은 어둠이 짙어지고 사내가 선 툇마루로 찬바람이 불어왔다. 코끝을 스치는 바람에 사내는 자신도 모르게 재채기를 했다. 그의 그림자가 커다랗게 흔들렸다. 사내의 그림자 속에 숨을 죽이고 있던 아가씨가 일어서는 기척이 났다. 가만히 장지문을 연 아가씨는 어둠 속에 선 사내에게 말했다.

"무서워요."

아가씨의 눈과 얼굴이 눈물로 범벅돼 있었다. 사내는 자신도 모르게 방안으로 덥석 들어섰다. 사내가 군불을 때놓은 방은 따뜻했다. 사내는 찬 기운에 경직됐던 몸이 나른해지는 걸 느끼며 아가씨에게 말했다.

"저는 떠나지 않을 거구면유. 끝까지 아가씨를 지켜드리겠어유. 부엌 할멈이 산중에서 길을 잃은 모양예유. 내일 낮에 지가 찾아볼게유. 걱정 말고 주무셔유. 먹을 게 없어 배가 고프시겠지만 그것도 낼 구해볼게유."

사내는 문가에 가만히 앉았다. 걱정과 굶주림으로 부쩍 초췌해진 아가씨가 살며시 고개를 돌리며 아랫목에 가 앉았다. 아가씨는 또 울기 시작했다. 아가씨의 조그만 어깨가 들썩이는 걸 바라만 보던 사내는 자신도 모르게 무릎걸음으로 다가가 아가씨를 품에 안았다. 아가씨는 놀라지도 저항하지도 않았다. 오히려 사내 품에 기대어 더 섧게 울었다. 아가씨의 울음에서 향기가 진동했다. 사내의 거친 몸속으로 아가씨의 향기가 땀구멍마다 핏줄마다 스며들었다. 아가씨는 사내의 더러운 옷에서 풍기는 흙냄새에 이상하게도 마음이 가라앉는 걸 느꼈다. 자신을 어떻게 하든 그가 곁에 있다는 것에 안도감이 들었다. 어릴 적 기억은 희미해 그가 언제 자신의 집 하인이었던지 알 수 없었다. 하지만 부엌 할멈이 아가씨가 태어나기도 전부터 그가 이 집 마당을 쓸고 물을 긷고, 때로는 어린 아가씨를 업고 뒷마당을 오가기도 했다고 말하자 그와 오래 같이 살아온 것 같은 느낌이 들었다. 사내의 가슴에 얼굴을 묻은 아가씨의 울음이 조금씩 그쳐갔다. 그리고 깊숙이, 자꾸만 깊숙이 품에 안는 사내의 몸짓에 아가씨는 소르르 졸음이 밀려왔다.

밤이 지나고 장지문에 햇살이 스며들자 사내는 아직 잠이 든 아가씨 곁을 가만히 빠져나왔다. 부엌 할멈도 찾아봐야 하고 먹을 것도 구해야 했다. 사내가 대문을 나가는 소리를 들은 아가씨는 이부자리를 걷고 일어났다. 경대를 끌어당겨 머리를 빗고 서랍 안에 있던 어머니의 옥비녀를 만지작거렸다. 이제 자신은 사내의 여자였다. 부자에다 학식 높은 정혼자와 혼례를 앞두고 있었지만 이 난리 통에 모든 것이 다 부서져버렸다. 거기다 동학은 양반도 상놈도 없다고 하지 않는가. 아가씨는 자신의 마음을 편하게 해주는 사내와 잘 살 수 있을 것 같은 마음이 들었다. 머리를 쪽 지어 옥비녀를 꽂은 아가씨는 혼자서 불안한 미소를 머금었다.

산길을 헤매던 사내는 칡넝쿨이 우거진 골짜기 아래에 부엌 할멈이 죽어 있는 걸 보았다. 갈고리 같은 한쪽 손에 호미가 들리고 등 봇짐엔 칡뿌리 몇 개가 들어 있었다. 병인박해 난리 통에 어린 사내를 거둬 열여섯 살까지 키워준 고마운 사람이었다. 사내는 후드득 눈물을 뿌렸다. 산으로 도망쳐 동학군이 됐을 땐 산 아래의 모든 인연은 다 잊고자 했었다. 그러나 사내는 그 인연을 놓지 못해 머물다 어젯밤엔 아가씨를 안았고 오늘은 부엌 할멈의 시신을 거뒀다. 시신은 뻣뻣했지만 푸르스름한 입가에 미소가 어려 있었다. 사내는 부엌 할멈의 손에 들렸던 호미로 골짜기의 땅을 파고 거기 할멈을 뉘었다. 또 한 차례의 눈물이 후드득 떨어져 내렸다. 차가운 흙이 부엌 할멈의 몸 위로 자꾸만 덮어지고 사내는 이담에 다시와 양지바른 곳에 묻어주겠다며 커다란 돌 하나를 주어다 그 위에 표식을 했다.

할멈의 봇짐에 있던 칡뿌리에 사내가 캔 칡뿌리를 얹어 산을 내려올 때는 찬바람에도 햇볕이 따가웠다. 아무것도 먹지 못한 채 기다릴 아가씨를 생각하면 산에 더 머물 일이 아니었다. 사내는 꿈인 듯 지나간 간밤의 일들이 생각나 갑자기 가슴이 덜컥 내려앉았다.

내가 어찌 아가씨를……. 거기다 산중의 아내는 어쩐단 말인가.

사내는 걱정이 앞서 자꾸만 발걸음이 헛디뎌졌다. 사내의 커다란 몸이 고꾸라질 듯 산비탈에서 흔들릴 때마다 봇짐 속의 칡뿌리가 그의 등짝을 때렸다. 아가씨가 있는 집 솟을 대문 앞에 도착했을 때는 추위에도 땀이 흘렀다. 아가씨는 부엌에 쪼그리고 앉아 아궁이에 불을 때고 있었다.

"추우셨던 게지유?"

사내가 얼른 아가씨 손에 들린 부지깽이를 빼앗았다. 사내는 아가씨의 뒷머리에 옥비녀가 꽂혀 있는 걸 보았다. 멍청히 선 사내를 올려다보며 아가씨가 떨리는 목소리로 말했다.

"이녁하고 같이 있으면 무섭지가 않아요. 난 이제 그 전의 아가씨가 아니에요. 다시 돌아갈 수도 없어요. 우리 그냥 이렇게 살아요. 이녁하고 나하고……. 참, 할멈은 찾았나요?"

아가씨는 애절한 표정으로 사내를 바라봤다. 사내는 고개를 떨구었다.

"비탈에서 굴렀던가 봐유. 골짜기에서 발견했어유. 맘은 편히 간 듯 얼굴이 웃고 있었어유. 거기 그냥 묻어주고 왔구먼유."

사내는 등 봇짐을 풀어 부엌 할멈이 캐낸 칡뿌리를 꺼냈다. 아가씨가 오열했다. 아궁이 앞에 주저앉아 눈물을 흘리는 아가씨의 모습이 가엾어 사내는 어깨를 보듬었다. 아궁이의 솔가지 연기가 배어든 아가씨에게서 어젯밤보다도 더 진한 향내가 났다. 사내는 아가씨를 안고 방으로 들어갔다. 이부자리 위에 아가씨를 눕히고 오래오래 안아주었다. 아가씨가 울음을 그치고 잠이 들자 사내는 칡뿌리를 끓이기 위해 부엌으로 갔다.

사내와 아가씨는 봄이 익고 여름이 가고 다시 추위가 올 때까지 함께 살았다. 겨울이 시작됐을 때 외세의 힘을 빌린 관군에게 동학군이 완전히 패했다는 소문이 돌았다. 아가씨의 집에도 관군이 들이닥쳤다. 관군은 당장에 사내를 포박했다. 사내는 자신이 죽을 것이 두렵지 않았다. 다만 아가씨를 더 이상 보듬어주지 못하는 게 안타깝기만 했다. 사내는 읍내 포도청으로 이송돼 혹독한 고문을 받았다. 관군은 사내가 살던 산채의 위치를 대라고 매질을 했다. 사내는 입을 다물었다. 아직도 산채엔 그가 두고 온 아내와 동료들이 남아 있을 것 같았다. 사내의 살이 매질에 다 헤어지고 허연 뼈가 드러났다. 고통의 감각마저도 희미해질 때 사내는 자신도 모르게 슬며시 미소를 머금었다. 부엌 할멈이 골짜기의 추위 속에 미소를 머금고 죽은 게 떠올랐다. 사내는 왜 할멈이 그렇게 웃고 떠났는지 알 것만 같았다. 아가씨를 더 지켜주지 못하는 게 한이지만, 사내는 자신이 할 수 있는 것을 다 했다는 생각이 들었다. 제 몸과 운명에 그만한 기운밖에 깃들여 있지 않아 그만큼만 하고 떠난다는 것을……. 부엌 할멈도 그러했으리라는 걸…….

사내는 스르르 눈을 감았다. 한 순간 빛 같은 것이 눈꺼풀에 어룽대다 모든 것이 캄캄해졌다.

"이 놈 숨이 끊어져버렸네."

누군가의 목소리가 들려왔다. 잠시 주변이 웅성거렸지만 소리는 점점 희미해졌다. 그리고 사내는 어둠 속에서 어디론가 가고 있었다. 피투성이 제 몸을 거기에 두고서.

사내의 영혼은 아가씨가 혼자 울고 있는 집에 다다랐다. 무릎에 고개를 처박은 아가씨의 쪽머리가 가엾게 흔들렸다. 아가씨는 뒷마당 은행나무 둥치에 기대앉아 있었다. 사내의 영혼은 나무가 아가씨의 울음을 제 몸에 고스란히 새겨 넣는 걸 알았다. 사내는 아가씨의 쪽머리를 쓰다듬고 싶었다. 하지만 그에겐 이제 그럴 몸이 없었다. 사내의 영혼은 알고 있었다. 얼마 안 있어 자신은 영원히 소멸되거나 아주 높은 곳으로 날아오를 수도 있다는 것을. 사내의 영혼은 나무의 정령 안으로 들어가길 원했다. 소멸되는 것보다는 그게 더 나을 것 같았다. 나무는 사내의 영혼을 품어 안았다.

나무에 기대앉아 울고 있던 아가씨가 벌떡 일어섰다. 누군가 대문을 들어서는 소리가 났다. 모퉁이를 돌아나간 앞마당에 웬 남자가 서 있는 걸 본 아가씨는 주춤 멈춰 섰다. 두루마기에 중인 갓을 쓴 모습이 말끔한 그는 아가씨에게 말했다.

"나는 이 댁 아가씨와 혼사를 앞뒀던 용수골 김 대감댁 집사요. 듣기에 이 댁 양주는 산중에서 죽음을 맞았고 아가씨도 동학군 잔당과 인연을 맺었다는 소문을 들었소이다. 그 동학군은 포청에서 숨이 끊어져 오늘 장거리에 효수되었소. 이제 이 댁과의 혼사는 없었던 일로 하자는 우리 도련님의 뜻을 전하러 왔소이다."

그는 단숨에 말을 마치더니 휙 돌아서 대문을 나갔다. 그 뒷모습을 바라보고 선 아가씨의 눈빛이 멍해졌다. 툇마루에 와 털썩 주저앉으며 아가씨는 중얼거렸다.

"양반 상놈 없는 세상이 된다더니 세상은 바뀌지 못했네. 어머니도 아버지도 부엌 할멈도 그 많던 하인들도 다 어디로 간 것인가. 나를 지키던 그 사람은 죽어 효수가 되었다니 나는 이제 어찌할꼬?"

아가씨는 본 적도 없는 정혼자에게 파혼을 당한 건 섭섭하지

256

않다고 생각했다. 자신은 이미 죽은 사내의 아낙이었다. 아가씨는 사내의 효수된 모습이라도 봐야할 것 같았다. 가본 적도 없는 장거리로 아가씨는 걸음을 내디뎠다. 오가는 사람들에게 묻고 물어 당도한 곳, 정말 사내의 얼굴이 높다란 장대에 걸려 있었다. 장거리의 사람들은 그 끔찍함을 바라보기도 싫은지 고개를 숙이고 오갔다. 그들은 대부분 동학이 성공하기를 기다리던 민초들이었다. 아가씨는 거기서 또 오열했다. 이제는 기댈 사람도 없고 살아갈 길이 막막했다. 그것은 목이 잘린 사내의 모습보다 더 두렵고 끔찍한 일이었다. 더럽고 초라한 아가씨의 모습은 이제 대가댁 귀한 따님의 품위를 잃어버렸다. 쪽머리에 꽂힌 옥비녀만이 햇빛에 푸르게 빛을 냈다.

　해가 기울 때까지 장거리에서 울고 있는 아가씨를 눈여겨보는 사람이 있었다. 그는 떠돌이였고 난봉꾼 사내였다. 난봉꾼은 아가씨의 가냘픈 몸매와 청초한 얼굴에 마음이 끌렸다. 필경에 동학 난리에 남편을 잃은 아낙이겠거니 생각했다. 아가씨가 울음에 기진했을 무렵 난봉꾼이 다가갔다. 난봉꾼에게 국밥 한 그릇을 얻어먹은 아가씨는 나른하게 눈이 감겼다. 슬픔도 두려움도 배고픔을 이기지는 못했다. 잠시 눈을 부치고 가라는 주모의 말에 아가씨는 깜박 잠이 들었다. 주막의 어두운 방, 난봉꾼은 쉽게 아가씨를 가져버렸다. 아가씨는 난봉꾼의 손길에 한동안 자신을 지켜줬던 동학 사내의 흔적이 지워져가는 걸 느꼈다. 난봉꾼과 하룻밤을 잔 아가씨는 장대 끝에서 햇빛에 비틀어지는 동학 사내의 얼굴을 올려다보다 난봉꾼을 따라 장거리를 떠났다. 이제는 텅 빈 집에 더 돌아갈 수 없을 것 같았다. 고귀한 아가씨로 자라던 과거와 혼사를 앞두고 가슴이 뛰던 날들, 갑자기 들이닥친 동학군 무리에 어디선가 나타난 사내가 자신과 부엌 할멈의 허리를 안고 나무 뒤에 숨어 있던 순간, 돌아오지 않던 부엌 할멈, 사내의 품, 그 품에서 풍겨오던 아늑한 흙 내음……. 아가씨는 난봉꾼의 발길을 따라가며 모든 걸 지워야 한다는 걸 알았다.

아가씨는 난봉꾼을 따라다니며 한 해를 살았다. 그리고 어딘지도 모를 마을의 주막에 버려졌다. 거기서 아가씨는 사내아이를 낳았다. 아이는 주막에서 일을 거들며 자라고, 아가씨는 자신의 한 많은 생을 더 감당할 수가 없어 젊은 나이에 세상을 떠났다.

대감 댁 나무의 정령에 깃들었던 사내의 영혼은 하염없이 아가씨를 기다리고 있었다. 아가씨의 울음은 자신이 효수가 된 곳에 뿌려질 게 아니라 여기 나무 앞이라는 걸 사내는 전할 수가 없어 아가씨를 장거리로 내보내고 말았다. 곧 돌아올 것이라 믿었는데 아가씨는 영영 돌아오지 않았다. 사내의 영혼은 누군가 빈집에 와 살기 시작하는 걸 알았다. 그들은 사내의 소년시절 이집에서 함께 하인노릇을 했던 부부였다. 아가씨를 기다리다 지친 사내의 영혼은 그만 소멸되는 것을 택했다. 나무의 정령을 떠난 사내의 영혼은 허공에 흩어져 사라져갔다. 그가 살았다는 것과 아가씨를 사랑했다는 건 나무만이 알고 있었다.

6

그로부터 40여년 뒤 한 남자가 이 집을 사들였다. 일본과 합방된 조선에서 밀무역으로 돈을 번 사람이었다. 그에겐 늙은 어머니가 있었는데, 늙은이는 이따금 뒤뜰로 들어서 나무를 어루만졌다.

"여기 이렇게 큰 나무가 있다고 했어. 힘이 들면 나무 밑에 앉아 숨도 돌리고 속도 털어놨다고……."

나무는 늙은 여인의 한숨 속에 떠오르는 한 사내의 기운을 느꼈다. 그것은 싸리비로 뒷마당을 비질하던 소년이었고, 동학군이돼 아가씨와 부엌 할멈을 나무 뒤로 숨기던 사내였고, 아가씨를 사랑하고 효수된 그 가엾은 사내의 기운이었다. 나무에게 스며들어 아가씨를 기다리고 기다리던…….

나무는 그의 영혼이 자신의 정령을 떠나 소멸된 게 오래라는걸 기억했다. 그의 아내와 아들이 이 집을 찾아와도 그것은 산자의 기억과 그리움일 뿐 사내는 아무것도 알 수 없으리라는 것을.

"하필 당신이 산을 내려가고 나서야 태기가 있는 걸 알았어. 기다려도, 기다려도 오지 않더군. 동학군이 패해서 모두 산을 내려와 숨어서 살았지. 혹시나 당신을 만날 수 있을까 찾아봤지만 아무도 모른다고 했어. 오래전 장거리에 효수되었던 동학군이 있었는데 그 사람이 아닐까 누군가 말했지만 나는 믿지 않았어. 그 죽은 자는 양반네 아가씨를 겁탈한 죄까지 있다는데 당신은 그럴 리 없으니까. 무뚝뚝하고 다정하지도 않았지만 난 당신을 믿어. 우린 어린 나이에 산중에서 만났고 한울님 아래서 혼인했으니까. 당신의 아들이 어른이 돼 이 집을 샀어. 아버지가 자라던 집이라고 내가 말해줬거든. 당신이 천애고아로 여기서 머슴으로 자랐다는 건 말하지 않았어. 그냥 당신이 자란 집이라고만 했어."

늙은 여인은 웅얼대며 나무를 쓰다듬었다.

"그래, 이 은행나무! 당신이 이 나무를 말하지 않았다면 나는 이 집을 찾을 수 없었을 거야."

이따금 나무 밑을 찾아오던 여인은 더 늙어 이 집에서 죽었다. 어머니의 장례를 치른 집주인은 동경유학을 떠난 하나뿐인 아들이 어서 당도하길 기다렸다. 학사모에 망토를 두른 잘 생긴 아들은 키가 큰 신여성을 데리고 왔다. 같은 유학생인데 혼인하고 싶다고 했다. 집주인은 며느리 감이 키가 너무 큰 게 맘에 들지 않았지만 유순한 얼굴에 예의가 바르고 집안도 좋아 결혼을 시켰다. 해방을 앞두고 집 주인이 세상을 떠났을 때 며느리는 임신 중이었다. 남편을 잃은 안주인은 며느리가 아이 낳기만을 기다렸다. 기저귀 감을 빨아 널고 배내저고리를 만들고 아기 이불을 꾸미며 슬픔을 달랬다. 해방이 되던 해 9월에 며느리는 딸을 낳았

다. 사내아이를 기다리던 안주인과 아들은 적이 실망했지만 내색
은 하지 않았다. 안주인은 아기 기르는 것에 온 정성을 쏟으며 늙
어갔다. 아기는 제 어미를 닮아 팔다리가 길고 키가 컸다. 키가
큰 신여성을 동경해 아내로 맞았던 아들은 세월이 갈수록 키 큰
여자에게 싫증이 났다. 그도 작은 키가 아니었지만 길쭉하게 누
운 아내 곁에 있기가 점점 싫어졌다. 제 어미를 닮아 자꾸 키가
커지는 딸도 왜 그런지 맘에 들지 않았다.

아비가 일제 강점기에 쌓아놓은 재산은 전쟁을 겪었어도 잘 보
존되어 그는 슬그머니 정치판에 끼어들었다. 자유당 당원들과 술
집을 전전하던 그는 비석거리 과부에게 맘이 끌렸다. 몸이 아담
하고 어깨가 좁은 여인이었다. 갸름하고 작은 얼굴에 콧날도 입
술도 단아해 팔자가 세 보이지 않았는데 술을 팔며 살아갔다. 그
는 여인과 잠자리에 들면 품에 쏙 안겨오는 그 작은 몸이 너무 사
랑스러워 집에 돌아갈 생각을 잊었다. 그는 늘 혼미함에 잠겨 아
내와 딸과 늙은 어머니가 있는 집과 비석거리 여인의 술청을 오
갔다. 도의원에 한번 출마했지만 낙선하자 그의 혼미함은 더 깊
어졌다. 그는 차츰 집과 여인 사이를 오가던 거리를 줄여 거의 여
인의 술청에 머물렀다.

한없이 여인에게로 침잠해 갈 때였다. 돌연 여인이 목숨을 끊
었다. 그가 막 여인의 술청을 들어서던 저녁 무렵이었다. 그는 그
날따라 짙은 안개로 자욱해진 어스름 녘의 길을 터덜터덜 걸어

여인을 찾아갔다. 그곳에 가야만 얻을 수 있는 자유와 아늑함을 꿈꾸며 여인의 술청 미닫이문을 열었다. 일제 때의 적산가옥 낮은 건물은 어지간히 낡아 드르륵 문이 열릴 때마다 마치 건물 전체가 흔들리는 듯한 소리를 냈다. 들어서기도 전에 공중에 매달린 여인의 흰 보선이 눈에 들어왔다. 명주로 지은 하얀 속치마, 속저고리 차림이었다. 축 처진 여인의 작은 몸을 대들보에서 내렸을 때 축축한 아랫도리에서 지린내가 났다. 그는 자신도 모르게 코를 싸쥐었다. 그를 영원히 가둘 것 같던 여인의 몸은 뻣뻣이 굳어 있었다. 헤벌어진 입과 다 감기지 못한 눈, 쪽진 머리엔 푸른 옥비녀가 꽂혀 있었다.

동네에 뒤숭숭한 소문이 도는 가운데 여인의 장례가 치러졌다. 여인의 하나뿐인 아들은 그의 딸과 비슷한 어린 아이였다. 친정어머니라는 노인네가 장례 내내 통곡을 했다. 그녀의 어머니라고 믿기가 어렵게 노인네는 박색이었다. 아이는 제 외할머니를 따라가고 여인의 술청엔 문이 잠겼다. 그는 그 뒤부터 아무 곳에도 가지 않고 그저 남은 전답을 돌보는 촌로가 되었다. 실패한 정치판도 사랑 놀음도 더 돌아보기 싫었다. 그가 외출하는 일이 있다면 이따금 여인의 아이가 자라고 있는 그 외가에 쌀가마니를 들여 주러 갈 때였다.

아이의 외할머니는 더는 생을 견딜 수 없었던지 아이의 나이 열일곱에 죽고 말았다. 그는 혼자 남은 아이를 자주 집으로 불러

들였다. 지르퉁 입을 내민 아내는 못마땅해 했지만 그는 모른 척했다. 열일곱 소년은 제 어미를 닮아 이목구비가 단아한 미소년이었다. 또래에 비해 키도 작고 몸피도 얇았다. 소년에겐 왠지 허드렛일이 어울려 보이지 않았지만 그가 시키는 일을 고분고분 잘 따라했다. 말이 없고 행동도 그다지 빠르지 않았지만 차분히 일하는 모습은 그의 맘에 들었다. 외짝 쌍꺼풀 눈이 먼 허공을 바라볼 때 이상하게 날카로워 보이는 순간이 있었지만 그는 소년이 고등학교를 마치고 지방대학에 다니도록 돌보았다.

서울에서 대학을 마친 딸은 이듬해 여름 고향으로 내려왔다. 길고 가느다란 몸에 푸른 원피스 차림으로 집에 왔던 딸은 매파의 중매로 미국유학이 결정됐다. 국비장학생으로 선발되었다는 유수한 대학 출신의 청년이 사윗감으로 맘에 들었다. 그는 온 동네에 잔치를 베풀었다. 마당에 차양을 치고 멍석을 깔아 잔치 상을 차렸다. 결혼식은 미국에서 하겠다는 딸의 말에 그것으로 결혼잔치를 대신했다. 사위가 될 국비유학생은 딸의 큰 키가 험이 되지 않을 만큼 키도 체격도 컸다. 국비유학생은 여름이 끝나갈 무렵 미국으로 떠나고, 그녀는 가을 두 달 동안 나무 아래서 담배를 피워 물었다. 과부의 아들은 군복무 중이었고 그녀는 겨울이 오기 전에 국비유학생을 따라 미국으로 떠났다.

노파의 주변에 어둠이 짙었다. 어둠 속에서 눈을 번쩍 뜬 노파가 중얼거렸다.

"그래, 그 다음은 다 알아. 그런데……."

"옥비녀!"

나무가 말했다.

"옥비녀?"

노파는 동학군과 몸을 섞고 난 아가씨가 머리를 올려 옥비녀를 꽂았다던 나무의 말을 떠올렸다.

"그럼 이 집에서? 그 아가씨가?"

"그래, 너는 그 동학군의 후손이고 그는 아가씨의 후손이었다."

"뭐라고?"

놀란 노파의 목소리가 어둠을 갈랐다. 나무가 다시 말했다.

"그 소년이 네게로 와 이 나무 밑에서 너를 만지기 시작했을 때 나는 알았어. 그 단아한 모습에도 결기 어린 눈이 어디에서 왔는가를……. 소년의 몸에 모든 역사가 새겨져 있었어."

"아아."

노파는 외마디처럼 긴 숨을 토해냈다.

7

아가씨가 주막에서 죽으며 남긴 아들은 거리에서 성장해 한 여인을 만났다. 너무 가난해 박색이라도 같이 살아줄 여자만 있었으면 좋겠다고 생각할 때 아가씨를 닮아 기품 있는 그에게 정말 박색의 여자가 찾아왔다. 그들은 바닷가까지 가 건어물을 떼어다 장거리에 내다 팔았다. 그런대로 밥은 먹을 수 있는 생활 중에 딸이 태어났다. 아이 때문에 아내를 바닷가까지 데려갈 수 없던 그는 몇 번인가 그렇게 혼자 건어물을 사러 다녀왔다. 그러던 어느 날 그는 영 돌아오지 않았다. 누군가는 객지에서 병을 얻어 죽었다고도 했고 딴 여자와 살림을 차렸다고도 했다. 혼자 남은 박색의 여인은 예쁜 딸에게 잔심부름을 시키며 술청을 열어 살아갈 수밖에 없었다. 그 딸이 남자를 맞았을 때 여인은 고이 간직했던 옥비녀를 주었다.

"이건 죽었는지 살았는지도 모르는 네 아비가 소중히 하던 물건이란다. 네 할머니 것이라더구나."

딸은 아비가 소중히 간직했던 물건이란 말에 그 옥비녀를 가슴에 품었다. 얼굴이 기억나지 않는 아버지와 먼 옛날의 할머니가 자신의 가슴에 새겨지는 것 같았다. 하지만 제대로 혼인도 못한 채 살았던 남편은 전쟁 통에 사라지고, 여자는 제 어머니가 하던 술청을 흉내 내 이 동네 비석거리까지 왔다. 먼 옛날 아가씨가 어딘지 모르는 곳으로 떠나갔는데, 아가씨의 피를 이어받은 여자는 자신도 모르게 이 동네로 온 것이다. 그리고 여자는 사랑 때문에 목숨을 끊었다.

"그러니까······."

긴 이야기를 풀어낸 나무는 아직 할 말이 남은 듯했다.

"그러니까! 오래전 이 집에서 벌어진 귀한 아가씨와 한 동학군의 인연이 질기게도 나에게까지 왔단 말이야? 내 증조할아버지 얘기네. 왜 나에게 말하는 거야."

"네가 돌아왔잖아. 너는 지금 생과 사의 경계에 있어. 그런 경계에 있는 자들만이 나의 말을 알아듣지. 나는 너무 오래 그것들을 간직했어. 너에게 이 말을 다 해 주고 가벼워지고 싶어."

"그럼 나는? 나는 어떻게 너의 말을 간직해야 해? 나에게 생명이 얼마 남지 않았는데······. 또 내가 한 짓은······."

"알아. 네가 무슨 짓을 저지르고 여기까지 왔는지. 네 몸에 다 새겨져 있어. 너는 그를 깨뜨리고 싶었잖아. 그렇지?"

노파는 주름진 손으로 두 귀를 막았다.

국비유학생과 미국에 갔던 그녀가 학위를 마칠 무렵 과부의 아들이 미국으로 왔다. 그녀가 중매를 한 교포 처녀와 결혼을 하기 위해서였다. 그녀는 이역만리 먼 땅에서 그를 만날 방법을 그렇게 찾았다. 수수한 교포처녀는 그와 잘 화합했고 그녀와 그는 남몰래 자주 만나 함께 보냈다. 그녀는 사랑이었지만 그에겐 아직도 어머니에 대한 복수심이 남아 있었다. 어느 날 드라이브 길에 고급 주택가를 지나게 되었을 때 그녀는 숲 속에 외따로 선 아

266

름다운 집을 가리켰다.

"저런 집에 살고 싶어."

운전대를 잡은 그는 그 집을 눈여겨 봐두었다.

그 집을 지나쳐 바닷가에 이른 그들은 모래사장에 누웠다. 서로의 몸을 어루만지기도 지루해 돌아누운 그들은 뭔가 지쳐가는 걸 느꼈다.

"어머니의 옥비녀를 갖고 있어. 내게 남은 단 하나의 유품……. 어머니는 목을 매달 때도 그걸 머리에 꽂고 있었어. 너에게 줄까? 나의 마지막 선물로…….."

"뭐? 마지막?"

그녀는 벌떡 일어나 앉았다. 그녀의 몸에 묻었던 모래가 바닷바람에 그의 얼굴로 떨어져 내렸다. 그는 모래가 눈에 들어 갈까 봐 얼른 고개를 돌렸다. 그 모습이 그녀에게는 마치 이제는 정말 그만두자는 뜻으로 보였다.

그 뒤 한동안 만나지 않던 그들은 교포들의 연말파티에서 맞닥뜨렸다. 한복을 곱게 차려입은 그의 아내 머리에 푸른 옥비녀가 꽂혀 있었다. 그녀는 파티에 앉아 자꾸만 술을 마셨다. 그때는 몸도 마음도 뜨거운 나이였다. 파티가 무르익을 무렵, 만취한 그녀는 돌연 그의 아내에게 달려들었다. 마지막 선물로 주겠다던 그 옥비녀가 왜 그의 아내 머리에 꽂혀 있는 것인지, 그녀는 옥비녀를 빼앗아야 할 것 같았다. 정말 마지막이 되기 위해서…… 어쩌면 그를 온전히 소유하기 위해서. 그 아내의 한복 앞섶을 잡아 당기고 머리채를 잡았지만 옥비녀에 손이 닿지 않았다. 누군지도 모르는 사람들이 그녀를 붙잡고 말리는 통에 그야말로 추태만 보인 꼴이 되고 말았다.

그 일이 있고나서 그녀는 국비유학생에서 잘 나가는 이학교수가 된 남편과 헤어졌다. 두 남자를 다 잃어버린 그녀는 이국에서 꾸역꾸역 삶을 이어왔다. 이학교수와 그녀 사이엔 아이가 없었지만 그녀가 사랑했던 그는 아들 둘을 두었다. 고독에 찌든 삶을 사는 동안 그녀는 그 큰 키가 더 커보이도록 여위고 초라하게 늙어갔다. 어쩌면 그가 제 어미를 대신해 한 복수가 제대로 맞아 들어갔는지도 몰랐다.

"당신은 폐암이에요. 생명이 얼마 남지 않았군요."

백인 의사의 말을 들었을 때서야 그녀는 자신이 뭔가 해야 한다는 걸 깨달았다.

트렁크를 차에 싣고 그의 집 앞을 배회하던 그녀는 아침 산책을 마치고 돌아오던 그 앞에 가 섰다. 전 날의 미소년은 간 데 없고 머리가 벗겨진 늙은이가 지팡이를 짚은 채 놀란 눈으로 그녀를 올려다봤다. 아직은 허리가 꼿꼿한 그녀에 비해 그는 등까지 구부정해 더 키가 작아보였다. 그녀는 그를 노려보았다.

"너의 복수는 성공한 거야. 너는 잘 살고 있고 나는 부서졌으니까. 이젠 네가 부서질 차례야. 서러워하지 마. 조금 빨리 갈뿐이야. 네가 원했던 것보다."

그녀는 옆구리에 숨기고 있던 날카로운 나이프를 그의 가슴에 들이댔다. 외따로 선 그의 집 주변엔 아무도 없었다. 사업에 성공했던 그는 언젠가 그녀가 살고 싶다고 말했던 그 아름다운 집을 사들여 아내와 함께 노년을 보내고 있었다. 그것이 그녀를 더 아프게 했다.

그는 놀라지 않았다. 다만 지팡이를 뒤로 물리며 조금 물러섰을 뿐이다.

"맘대로 해. 내가 군대에 있는 동안 미국으로 떠나버린 것도 너였고, 나를 이곳으로 불러들여 다른 여자와 결혼을 시킨 것도 너였어. 나는 늘 너를 벗어나야 한다고 생각만 했지. 그만 두자고 말은 했지만 언제라도 널 또 만날 수 있을 거라고 생각했어. 한동안 내 전화도 받지 않던 너는 그 파티에서……. 그날 네가 그 난리만 피지 않았어도 우리는 이따금 만나며 살 수 있었을 거야. 혹옥비녀 때문이었어?"

"그만 뒤! 이제 우리의 생은 끝났어."

그녀는 그에게 한 걸음 다가섰다. 그의 가슴을 겨냥한 칼날이 아침 햇빛에 반사돼 번쩍 빛을 냈다.

"그래서 그는 어떻게 됐어? 아아 나는 그 미소년을 기억하고 있는데……. 대학을 가고도 이 집에 들를 때면 꼭 내 그늘을 찾아오곤 했었지. 죽었어?"

나무가 물었지만 노파는 가만히 입을 다물고만 있었다. 노파는 이제 어두워진 허공을 올려다봤다. 나무는 노파가 뿜는 숨을 제 몸에 새기며 노파의 칼끝이 그를 비켜 길가 잔디밭에 던져진 걸 알았다. 나무가 가만히 말했다.

"그래, 눈을 감아. 내가 너의 영혼을 품어줄게. 너의 모든 것도 품어줄게. 사람들이 잊고 마는 것도 나는 다 기억하고 있어."

나무의 말에 노파의 눈이 스르르 감겼다. 나뭇가지 사이로 향기가 실린 바람이 불어왔다. 흠흠 그 향기를 맡던 노파는 가만히 귀를 기울였다. 어디선가 노랫소리가 들리는 것 같았다. 희미한 곡조가 조금씩 더 크게 들려왔다. 남자와 여자가 따로 부르는 노래 같았는데 그 소리는 점점 섞여들어 하나가 됐다. 곡조는 슬프지만 아름다웠다. 노파는 미소를 머금었다.

아침 일찍 오래된 집에 들른 여인은 집안에 인기척이 없는 걸 느꼈다. 방안엔 노파의 트렁크가 그대로 있는데 부엌과 욕실을 둘러봐도 노파는 보이지 않았다. 그래도 밥은 지어놓아야 할 것 같아 부엌에서 막 쌀을 씻던 여인은 한순간 자신도 모르는 섬뜩함에 뜨물에 담갔던 손을 닦을 새도 없이 뒤뜰로 갔다. 장독대를 지나 나무 가까이까지 간 여인은 소스라쳐 놀랐다. 노파가 나무에 비스듬히 기대 앉아 눈을 감고 있었다. 쭉 뻗은 긴 다리 끝엔 슬리퍼가 벗겨진 맨발이 기우뚱하고, 어깨에 늘어진 잿빛 머리칼은 이슬에 젖어 축축했다. 두어 번 노파를 흔들던 여인은 눈물을 뚝뚝 떨어뜨리며 주머니 속 핸드폰을 꺼냈다.

몇 시간이 지나지 않아 노파의 시신은 들것에 실려 나갔다. 경찰과 여선생과 여인이 보고 있을 뿐이었다. 여선생의 남편인 피가 섞이지 않은 노파의 조카는 출장 중이었다. 울고 있는 건 여인뿐이었다. 들것 위에 덮인 담요 밑으로 노파의 길쭉한 맨발이 보였다. 여인은 아주 오래전 그 발톱에 페디큐어를 하고 샌들을 신었던 푸른 원피스의 여자를 기억했다. 큰 키에 썩 어울리는 긴 머리를 귀 뒤로 넘길 때면 살며시 풍겨오던 향긋함을 여인은 잊을 수 없었다. 흑흑 흐느끼는 여인의 울음을 나무는 듣고 있었다. 그 울음이 나무 둥치에 저절로 새겨졌다.

노파의 몸은 태워져 부모의 산소 근처에 산골 되었다. 그녀의 트렁크에 있던 현금은 간소한 장례절차를 치르고 그 몸을 화장하고도 남았다. 남은 돈은 피가 섞이지 않은 조카가 챙기고, 노파의 트렁크는 그 몸처럼 불살라졌다. 사라진 것들이 흩뿌린 기운이 나무 근처로 모였다. 나무엔 그녀가 살기 시작했다. 나무는 바람이 불 때면 잎사귀를 흔들어 가만가만 오래된 사랑을 세상에 말했다. 알아듣는 이가 없을지라도…….

작품해설

흘러간 시간 속으로

흘러간 시간 속으로

– 장두영(문학평론가)

1. 회상의 형식

'회상', 지난 일을 돌이켜 생각함, 또는 그런 생각. 박경숙 작가의 이번 소설집 『의미 있는 생』에 수록된 여러 작품을 관통하는 서사적 장치가 바로 회상이다. 주인공이 아버지를 그리워하며 과거를 회상하기도 하고, 반대로 별로 듣고 싶지 않아도 정신병원에서 치료받는 아버지가 '그 아이'를 향한 자신의 옛사랑 이야기를 들려주기도 한다. 때로는 오래된 은행나무가 자신의 그늘에 머물렀던 사람들의 그 질기고도 독한 인연을 회상하고, 때로는 장례식에서 망자의 차가운 손을 매만지며 그 사람과의 인연을 회고한다. 심지어 그리움이나 상처를 회상하는 일과는 거리가 멀어 보이는 어느 바람난 남자의 이야기에서도 소설의 클라이맥스에서 과거 회상이 결정적 역할을 한다.

보통의 경우 회상은 지극히 사적인 분위기의 창출로 이어지기 마련이다. 옛 추억에 잠기는 그 순간 사람은 흘러간 시간 속으로 잠시 혼자만의 여행을 떠날 수 있다. 이런 점에서 빈번한 회상의 활용은 작가의 자전적 경험과 사색의 반영이 아닌가 싶은 추측으로 이어진다. 회상과 자전적 요소의 결합을 대표적으로 예시하는 작품이 바로 「감자가 익는 동안」이다.

이 작품을 읽다 보면 자전적 소설이 아닐까 싶은 생각이 자연스레 떠오른다. 실제 작가가 자신의 가족에 관한 기억을 소재로 소설을 쓰는 것은 종종 있는 일이고, 소설 속의 여러 정황에 관한 상세한 묘사는 실제로 경험한 사람이 썼으리라는 짐작이 들기 때문이다. 소설 속 아버지가 주인공에게 작가가 되었으면 좋겠다고 하는 대목 역시 시간이 흘러 그 소녀가 자라서 이런 글을 쓴 작가가 되었다는 상상으로 이어진다. 또 소설에서 회상되는 아버지가 무한한 그리움의 대상으로 그려진다는 점 또한 작가가 실제 자신의 아버지를 그린 게 아닌가 싶은 생각을 하게 한다.

한없는 애정과 존경의 대상이고, 동시에 그러한 아버지를 다시 만날 수 없다는 사실 때문에 형언할 수 없는 슬픔의 근원이기도 한 아버지, 이 소설에서 풍기는 진솔함은 실제의 체험에서 연유한 것일 가능성이 크다. 이 소설은 역사적 사건을 소재로 하여 읽는 이의 관심을 끌기도 하지만, 아버지에 관한 회상이야말로 이 소설을 애틋하고 아름답게 만들어주는 요소다.

그러나 실제 작가와 소설 속 인물을 혼동해서는 안 되고, 그럴 필요도 없다. 작가가 얼마나 능숙하게 상상의 세계를 구축하는지는 「묵주」를 보면 금방 확인할 수 있다. 이 소설에는 두 명의 중심인물이 나온다. 하나는 일인칭 서술자이자 요양원에 봉사활동을 하러 간 '나'이고, 다른 하나는 과거를 회상하며 이야기를 들려주는 노파이다. 두 인물 모두 작가 혹은 작가 지망생으로 설정되어 있기는 하지만 「감자가 익는 동안」의 경우와는 달리 실제 작가를 떠올리게 하는 표지는 발견할 수 없다. 더욱이 묵주의 '신비'라는 환상적인 상상력으로 확장되는 소설의 내용이 작가의 실제 경험이라고 생각하기는 쉽지 않다.

박경숙 작가의 여러 소설에서는 자전적 요소의 여부를 떠나서 회상의 원리가 더욱 중요하다. 회상은 기본적으로 현재와 과거 사이의 거리를 전제로 한다. 소설의 서술자나 주인공은 대개 중년의 나이를 넘긴 여성이고, '현재'는 그 인물이 서 있는 시점이다. 인생을 살아오면서 수많은 상처를 겪었고, 그것이 단단한 옹이가 되어 있는 상태이다. 여기서 회상은 적어도 수십 년의 시간을 거슬러 올라간다. 회상 속 인물은 여고생이거나 초등학생이거나 어쩌면 그보다 더 어린 소녀다. 아직 성년이 되지 않은 소녀들, 세상 밖으로 나가지 않았기에 때가 묻지 않은 소녀들, 그래서 순수하고 꿈 많은 소녀들이다. 그래서 과거는 늘 아름답고 그립고 애틋하다. 현재의 상처가 더욱 아프게 감각될수록, 현재가 더욱 초라할수록, 과거를 향한 그리움은 더욱 강렬해지는 원리가 박경숙 작가의 소설을 지배하는 셈이다.

이러한 회상의 원리는 한편으로는 지극히 사적인 분위기를 연출하지만 동시에 보편성을 획득한다는 점에 주목할 필요가 있다. 이지적인 중년 여성의 담담한 어조 속에서 표현되는 그리움과 슬픔이라는 정서는 분명 박경숙 소설의 특수성에 속하는 것이다. 그러나 소설을 읽는 독자로서는 소설 속 아버지와의 추억을 회상하는 주인공을 보면서 자꾸만 독자 자신의 아버지를 떠올리게 된다. 인생을 어느 정도 통과한 사람이라면, 그래서 숱한 상처들을 가슴속에 품고 살아가는 사람이라면 그러한 소설의 정서에 공감하지 않을 수 없다는 점에서 소설은 보편성을 지향하는 것이다. 박경숙 작가의 작품을 읽고 나서 한동안 머릿속을 맴도는 여운은 바로 이러한 특수성과 보편성을 동시에 자아내는 회상의 형식에 기인한다고 할 수 있을 듯하다.

2. 시간을 넘어서

회상은 세월의 흐름을 거슬러 흘러간 시간 속으로 떠나는 정신적 여행이다. 과거로의 여행을 시작하기 위해서는 어느 순간 시간의 역행이 필요하다. 순차적으로 흐르던 시간의 흐름에 변화가 생기고, 그 순간 수십 년 전 과거로 비약하는 시간 여행의 출발이라고 하면 꽤 거창하다. 하지만 「감자가 익는 동안」에서는 인터넷 검색이라는 지극히 평범하고 일상적인 계기로 여행이 시작된다.

그녀는 가끔 그리운 이름들을 인터넷 창에 검색했다. 오랫동안 만나지 못한 사람들, 혹은 세상을 떠난 사람들의 이름을 타이핑하며 입속에서 되뇌었다.
오늘 그녀는 아버지의 이름을 검색해봤다. (……) 그렇게 웹에서 아버지를 만날 때면 그녀의 얼굴엔 온화한 미소가 번졌다. 늘 날이 선 표정을 짓는다는 주변인들의 말과 달리 그녀의 표정은 참으로 따뜻해졌다.
다정다감한 성품에 남 돕기를 좋아하던 아버지를 떠올리는 일은 그녀의 차가운 가슴에 따뜻한 물 한 줄기가 흘러드는 것 같은 느낌을 준다. 그런 아버지는 결코 정치판에 어울리는 사람이 아니었다. 어떻게 아버지가 정치에 입문했던지. 그녀는 가만히 그 기억들을 더듬어봤다.　　　　　　　　　　　-「감자가 익는 동안」

　박경숙 소설에서 회상이라는 시간 여행은 잔잔하게 출발한다. 평범한 일상 속에서 지극히 일상적 행동을 통해서 시작되기 때문에 거창함이나 화려함은 전혀 찾아볼 수 없다. 그 대신 고요함이 깔려 있다. 주인공은 다른 사람의 방해 없이 조용히 컴퓨터 앞에 앉아서 생각에 빠져든다. 평범하기만 해서는 안 되고 호수 같은 마음의 평정이 수반되어야 가능한 여행이다. 고요함 속에서 과거의 추억을 다시 떠올리는 일이란 수도자의 명상에 가깝다. 평범한 일상 속에서 경건함으로 비약하는 그러한 명상이다.

고요함 속에서 이루어지는 회상의 작업은 성당 채플에서 기도를 올리면서 첫사랑의 얼굴을 떠올리는 「첫사랑」의 도입부에서도 비슷하게 이어진다. 성당에서 무릎을 꿇고 기도를 올리는 주인공 앞에는 그 시절 초여름 보랏빛 등꽃이 선하게 떠오른다. '연보랏빛으로 피어난 등꽃 넝쿨 아래 앳된 소녀가 오도카니 앉아 있다. 소녀의 미소는 하얗게 눈부시고, 뒤쪽으로 넓은 뜰 담장 곁에 동그란 연못이 보였다.' (「첫사랑」) 한 조각 기억은 또 다른 기억을 호출하고, 이것이 반복되면 그동안 가라앉았던 숱한 기억을 연달아 끌어 올리게 되어, 마침내 첫사랑의 얼굴을 떠올리기에 이른다. 신에게 기도하면서 시작된 회상이라서 그런지 지극히 차분하고도 경건하기만 하다. 박경숙 소설의 곳곳에서 감지되는 고결함과 정결함을 향한 동경은 이처럼 회상의 과정에 깔린 고요하고 경건한 분위기에서 산출된다고 볼 수 있다.

회상은 간혹 신비로운 분위기로 채색되기도 하는데 이를 잘 보여주는 사례가 「묵주」이다. 전형적인 액자소설의 외관을 취하고 있는 「묵주」에서는 액자서사와 삽입서사를 연결하는 장치가 묵주이다. 삽입서사에서 묵주는 세상의 신비와 인생의 고통을 노파에게 알려주는 역할을 하였고, 노파는 인생의 주요 변곡점에 나타났다가 사라지는 묵주를 향해 '신비'라고 부른다. 더구나 묵주에 얽힌 신비의 이야기, 곧 노파의 회상은 죽음이 임박한 노파가 들려주는 인생의 총결산이라는 점에서 경건한 분위기는 더욱 강화된다. 노파의 회상이란 사실상 유언에 가까운 것으로 자신의 전 생애를 가장 솔직하게 되돌아보는 일체 거짓 없는 순수함의 절정이다. 여기에 묵주라는 소재가 자아내는 종교적 분위기를 덧씌워 본다면 노파의 회상은 결국 가톨릭의 고백성사에 근접하기도 한다. 한 인간의 생이 저물어가는 순간이기에, 또 경건한 종교적 의식이기에 이를 지켜보는 독자로서는 경외심마저 느끼게 된다.

회상이 신비와 결합하는 방식은 「기억의 나무」에서도 반복된다. 특히 나무에 정령이 깃든다고 하여 애니미즘을 떠올리게 하는 참신한 발상이 무척 흥미롭다.

그녀는 은행나무 둥치를 손으로 꾹꾹 눌러보았다. 거칠고 단단한 몸피가 노파의 주름진 손과 어우러졌다. 노파는 자신의 손이 그 늙은 나무의 일부가 되는 듯했다. 노파는 새삼 생각했다. 자신이 그 은행나무 아래서 걸음마를 했고, 소꿉질을 했고, 간당 치마를

치켜 올리고 그 둥치 아래서 오줌을 누며 자랐다는 걸⋯⋯. 여고
시절 여름 방학이면 그 그늘에 평상을 펴고 앉아 시를 읽었고, 청
춘의 어느 여름엔 그녀를 찾아왔던 사랑의 품에 안겨 밤을 지새
우기도 했던 나무 밑이었다. 노파는 나무를 꾹꾹 누르던 손으로
자신의 가슴을 눌렀다. 자신의 전 생애가 한꺼번에 웅퉁그려져
가슴을 가득 메워왔다.   −「기억의 나무」

　　환상성이 두드러지는 「기억의 나무」에서 회상은 단순히 한 인
물이 자신의 과거를 되돌아보는 방식이 아니라 사람이 나무와 뒤
섞여 나무의 일부로 동화되는 물질적 변환의 과정을 거쳐 과거의
기억이 전달된다는 독특한 방식으로 연출된다. 거칠고 단단한 나
무의 몸피와 노파의 주름진 손의 경계가 흐려지고, 급기야 하나
로 합쳐지는 듯한 기이한 환상, 무형의 기억이 마치 물질의 이동
처럼 묘사되는 기억의 전달에 대한 상상은 그 자체로 논리적 설
명을 초월한다. 그럼에도 불구하고 이상의 과정이 황당함이 아니
라 절실함으로 다가오는 이유는 노파가 죽음에 임박했다는 사실
에서 연유한다. 죽음을 앞둔 노파에게 회상의 순간은 전 생애를
압축하여 되돌아보는 순간이고, 동시에 죽음을 맞이하는 순간이
다. 어떠한 잘못을 저질렀든 죽음 앞에서 자신의 생애를 회고하
는 인간에게서 풍기는 경건함이 이 소설을 감싼다.
　　이처럼 박경숙 소설에서 시간을 넘어서는 회상의 작업은 그것

이 일상적이고 평온하든, 환상적이고 강렬하든 관계없이 한 인간의 생애를 되돌아볼 때의 진지함 내지 경건함이 바탕에 깔려있다.

3. 기억의 존재 방식

「기억의 나무」에서 무형의 기억이 물질처럼 다루어지는 모습을 잠깐 살펴보았듯, 박경숙 작가의 여러 작품에서는 기억이 독특한 방식으로 그려진다. 가령 「첫사랑」에서는 우리가 흔히 기억을 잊는다고 말하지만 사실은 그런 것이 아니라 가슴속에 가라앉는 것이라고 말한다. 기억에 무게라는 물질의 속성을 부여하는 독특한 발상이다.

그녀의 가슴속으로 깊게 가라앉았던 추억이 슬그머니 떠올랐다. 기억은 잊혀지는 게 아니라 가라앉는 게 분명했다. 세월의 무게가 추처럼 달리면 기억의 물밑으로 침잠했다가 어느 순간 자극에 부력이 실려 떠오르는 것이다. 어쩌다 떠오른 하나의 기억은 연결된 기억들에 자꾸 그 부력을 전달하면서. ─「첫사랑」

소설이 알려주는 진실에 따르면 기억은 사라지는 게 아니다. 다만 물밑으로 침잠할 뿐이다. 슬픈 기억이든 즐거운 기억이든 동

일하다. 의식의 저편에서 기억의 조각들은 강바닥의 모래알이나 진흙처럼 가라앉아 있다. 그렇기에 간혹 건져 올릴 수 있고, 그렇게 하기 위해서는 고요하게 물속을 들여다보면서 명상하거나 기도해야 한다. 가끔 죽음이 임박하여 거센 풍랑이 일면 의도하지 않았더라도 물밑에 잠겨 있던 기억이 한꺼번에 떠오르기도 한다.

또한 기억은 몸에 새겨지는 것이다. 기억의 나무는 노파의 말을 듣지 않아도 노파의 몸에 새겨진 기억을 보고 노파가 무슨 일을 했는지 알아차린다. 몸에 새겨넣었다면 문신이 떠오른다. 사람들이 나무에 새겨놓은 칼자국 같은 것인지도 모른다. 얼굴의 주름 같은 것인지도 모르겠다. 어찌 되었든 몸에 새겨지는 것은 쉽게 지울 수 없다. 의식을 하든 하지 못하든 몸에는 지울 수 없는 기억이 남아 있고, 나무는 노파의 몸에 새겨진 기억을 쓰다듬어 준다. '그래, 눈을 감아. 내가 너의 영혼을 품어줄게. 너의 모든 것도 품어줄게. 사람들이 잊고 마는 것도 나는 다 기억하고 있어.'(「기억의 나무」)

「의미 있는 생」에서는 기억을 호스에서 흘러나오는 물줄기에 비유한다. 과거를 회상하는 아버지를 두고 57년의 길이를 가진 낡은 고무호스에서 물이 졸졸 쏟아지고 있다고 말한다. 살아온 세월만큼 찌꺼기가 농축되어 구릿한 냄새가 풍기는 그런 물이다. 그러나 호스가 낡아서 물이 새는데 어쩌겠는가? "나이를 먹으니 평생 속에 있던 말이 저절로 나오더구나. 젊어서는 생각만으로도 위로가 되던 사실이 이제는 말로 쏟아내야만 속이 시원해지는……. 내 맘을 넌 모를 거다. 내가 평생 무엇에 기대고 살아왔는지를……. 인생이 비루하다고 느낄 때마다 그 애를 생각하면 견딜 수가 있었단다."(「의미 있는 생」) 이어 아버지는 '그 애'가 죽었다고 말하면서 결국 눈물을 흘린다. 호스에서 흘러나온 물줄기에 관한 비유가 진짜 몸 밖으로 흘러나오는 물(눈물)로 변하는 흥미로운 발상이다. 남들이 볼 때는 초라하고 비루하기만 한 일생이지만 그가 흘리는 눈물의 의미를 알게 되는 순간 그 눈물을, 그 기억을, 그리고 그의 생을 향해 감히 비루하다고 단언할 수 있는 사람은 세상 어디에도 없다.

그리고 기억은 반드시 다른 누군가에게 전달해야 한다. 그것이 몸에 새겨진 것이든, 물밑에 가라앉은 것이든, 그 기억은 반드시 다른 사람에게 전해져야 한다. 물론 아무에게나 전해줄 수는 없다. 그 기억의 의미를 알아차리고, 그 가치를 헤아릴 수 있는 사람에게 전해야 한다. 「묵주」에서 노파는 이렇게 말한다. "그래, 이건 묵주이지. 나는 어쩌면 죽기 전에 이 묵주에 관한 얘기를 누군가에게 하고 싶어서 이제껏 살아 있는지도 모르겠어. 내 얘기를 듣겠니?", "나는 그저 신비를 알아들을 사람을 기다리고 있었던 거야. 무엇보다 듣고 싶은 열의가 있는 사람을.", "내 에너지를 담은 언어들이 읽는 사람의 간절함과 맞닿아야 시너지를 내

는 거지." 노파는 작가다. 노파가 '나'에게 자신의 기억을 전해주
는 일은 작가가 글을 써서 독자에게 메시지를 보내는 일과 같다.
작가가 독자를 향해 간절히 메시지를 송신하고, 듣고 싶은 열의
가 있는 독자가 그 메시지를 수신함으로써 소설의 텍스트는 온전
히 제 존재의 의의를 지닐 수 있다. 박경숙 작가의 소설에서 지금
껏 살아온 자신의 생에 대한 회상과 그 회상을 통해 건져 올린 기
억의 전달이 소설 쓰기와 읽기에 관한 근본적인 비유로 작동하고
있음을 다시 한번 확인할 수 있다.

4. 그리움 혹은 상처

그렇다면 소설 속 인물들은 과연 무엇 때문에 과거를 회상하
는가? 우선 생각해볼 수 있는 것은 그리움과 위로다. 그들은 그
리움과 위로 때문에 과거를 회상한다. 이것은 「감자가 익는 동
안」에서 뚜렷하게 확인된다. 이 소설에서는 전체 내용에 걸쳐 다
정다감한 성품을 지니셨던 아버지에 대한 그리움이 넘쳐난다.
'모니터에 떠오른 아버지 사진을 바라보며 그녀는 미소를 지었
다.' 회상을 통해 그녀는 현재의 불만족스러운 삶을 잠시 잊고 위
로를 받을 수 있다. 그리움과 위로는 「의미 있는 생」에서도 반복
되는 주제다. 추남인 아버지가 '그 아이'를 그리워하면서 과거를
회상하면서 이렇게 말한다. "인생이 비루하다고 느낄 때마다 그

애를 생각하면 견딜 수가 있었단다." 늙은 추남인 아버지 역시 회상을 통해 현재의 비루한 삶을 잠시 잊고 위로를 받는다.

그러나 그러한 위로는 오래 가지 못한다. 회상은 잠시 미소를 짓게 하지만 결국 눈물을 흘리게 만든다. 「감자가 익는 동안」에 서는 아버지가 겪었을 마음의 상처를 생각하면서 '그녀는 끝내 모니터 앞에 엎드려 울음을 터트렸다.' 「의미 있는 생」에서 '그 아 이'를 떠올리며 과거를 회상하던 추남인 아버지도 '기어이 엉엉 울기 시작했다.' 늘 다정하게 미소 짓던 아버지는 돌아가셨고, 그 아이도 2년 전에 죽었다. 실상 그리움이란 이별을 전제로 성립되 는 단어다. 헤어져 있지 않으면 애초에 그리움이 생길 수 없다. 따라서 그리움이란 미소와 위로보다는 슬픔을 더 많이 지닌 단어 일 수밖에 없다고 박경숙 소설은 말한다.

「고슴도치」는 회상이 따뜻한 미소보다 처절한 상처와 연결되 는 과정을 단적으로 보여준다. 「고슴도치」의 회상 내용은 딸이 비극적인 사고를 당한 이야기다. 소설의 초반에 딸이 사망했다는 사실이 알려지지만 그보다 중요한 사고의 전말은 뒤늦게 회상을 통해서 소개된다. 상처에 관한 회상이 이루어지고 나서야 독자들 은 주인공이 한인 사회와 거리를 유지하는 이유를 이해할 수 있 다. 또 다른 회상 내용은 조셉 신부가 겪은 상처에 관한 것이다. 조셉 신부가 어린 시절 베트남에서 미국으로 건너와 힘든 시간을 견뎌냈다는 고백이다. 주인공은 자신의 상처를 드러내 보이고 조셉 신부의 상처를 엿보게 된 것이다. 두 사람은 각자 자신의 상처를 회상하면서 또 상대방의 상처를 알게 되면서 서로에게 다가간다. '나는 머릿속에 펼쳐지는 그 시기쯤의 내 삶을 반추하며 겨우 말했다. 어린 그가 어둠을 걷고 있을 때 나의 삶은 환하고 풍족한 봄이었는데 지금은 반대가 된 기분이다.' 소설의 결말은 두 사람의 관계가 앞으로 어떻게 펼쳐질지 궁금증을 유발하는 동시에 과거의 상처는 무엇으로 극복될 수 있는가? 라는 쉽지 않은 질문을 독자에게 던진다.

그들이 걸어갈 수밖에 없는 길 끝엔 죽음이란 섭리의 통과의례가 기다리고 있을 뿐, 나는 천천히 그 길을 가고 있는 그들을 앞질러 자꾸만 그 어둠의 도달점을 향하고 싶은 충동을 느꼈다. 거기 무엇이 있는 거지? 거기에 무엇이……. 서로의 존재를 전혀 알지 못하는 그녀와 그가, 타국과 고국이라는 먼 거리에서 비슷하게 가고 있는 그 길의 종착엔 무엇이 있을 것인가. 어쩌면 그와 그녀는 서로 다른 생을 다른 길이와 다른 모습으로 살고도 거기서 하나가 되어버릴 지도 모를 일이었다. 나는 잘 알지 못하나 마치 알기나 하는 듯 자꾸만 그들이 도달해야 할 곳을 훔쳐보았다. 거기에 이미 수많은 영혼들과 하나가 되어버린 누군가를 찾기나 하듯.

—「너의 차가운 손」

「첫사랑」이나 「너의 차가운 손」에서도 다른 작품에서와 마찬가지로 그리움으로 시작된 회상은 상처의 확인으로 귀결된다. 박경숙 작가의 소설에서는 늘 그리움이 상처를 거느리고 있는 셈이다. 특히 「너의 차가운 손」에서는 그리움과 상처의 병치가 결국 인간으로서는 해결할 수 없는 문제, 인간의 유한성, 죽음과 연결되어 있음을 확인한다. 그녀와 그에 대한 회상은 계속 이어져 '잡아주지 못하고 보냈던 그 손들', 사별하여 그리운 모든 이들에 대한 회상으로 확장되고, 모든 인간의 종착지인 죽음에 관한 생각으로 나아간다. 여기에 이르면 이제 회상은 단순히 누군가를 그리워하고, 과거의 상처에 대해 슬퍼하는 것을 넘어, 인간의 생이 맞닥뜨려야 하는 근본 문제에 관한 깊은 성찰로 이어진다는 것을 비로소 알게 된다.

5. 회상이 향하는 곳

그녀는 어쩌면 그를 기억하는 것이 아니라 그 훈훈하고 아름다웠던 때를 그리워하는 것이라고, 그때의 순백색 자신을 그리워하는 것이라고 생각했다. —「첫사랑」

「첫사랑」의 주인공은 누군가를 회상하면서 그리워하고 그의 부재 때문에 슬퍼하지만, 사실은 자신의 과거를 그리워하는 것이

며 더 이상 순백색의 그때로 돌아갈 수 없음을 안타까워하는 것
이라고 생각한다. 자신이 살아온 생, 이미 흘러가 버렸고 그래
서 영영 되돌릴 수 없는 시간을 향한 그리움과 안타까움이 회상
의 본질이라는 통찰이다. 이것은 이번 소설집에 수록된 모든 작
품에 공통적으로 적용될 수 있는 회상의 원리다. 생을 마감하는
이들이 자신의 과거를 회상하는 것은 물론이거니와, 이미 세상을
떠난 이들과 나누었던 시간을 회상하면서 결국 자신의 삶에 대해
생각하는 경우가 대부분이다. 궁극적으로 회상은 회상하는 사람
자신이 지금까지 살아온 인생을 되돌아보는 일인 것이다.

인생을 되돌아보는 자는 인생 이후에 관해서도 생각이 미친
다. '나는 검붉은 수평선을 보며 중얼거렸다. 그래, 다 거기 있구
나. 사라진 게 아니야. 수평선 너머 해가 있듯 모두 그저 저 선을
넘어간 거야.'(「너의 차가운 손」) 죽은 사람들은 그저 저 선을 넘
어간 것이라는 생각, 그리고 나도 언젠가 저 선을 넘어간다는 생
각. 내세를 생각하는 것이 종교의 출발 아닌가. 그리움에서 출발
한 회상은 상처를 돌아보면서 그 자리에 주저앉는 것이 아니라
다시 고개를 들어 내세를 인식하고 있다. 작가의 여러 소설에서
종교적 색채가 진한 소재를 자주 발견하게 되는 것도 이와 무관
하지 않은 듯싶다.

그러나 박경숙 작가의 이번 소설집에 수록된 여러 소설은 종
교소설이나 신앙소설이 아니다. 소설 속에서 종교적 분위기가 곳

곳에서 감지되지만 어디까지나 소설의 중심은 저 선 너머가 아니라 아직 생이 지속되고 있는 바로 지금 여기에 있다. 그래서 소설 속 인물들은 여전히 떠난 이를 그리워하고, 과거의 상처를 슬퍼하며 눈물 흘린다. 신의 섭리를 받아들여야 한다고 생각하면서도 계속해서 그리워하고 슬퍼하기를 반복한다는 점에서 지극히 인간적인 몸부림이다.

박경숙 작가의 소설에서 결말은 늘 미지수다. 회상의 과정에서 떠오른 그리움이나 슬픔은 쉽사리 마무리되지 않는다. 오랜 머뭇거림과 망설임이 결말을 지연시킨다. 첫사랑의 동생이 보낸 메일을 노려보듯 바라보는 그녀는 첫사랑을 향한 회상을 다시 시작할지도 모른다(「첫사랑」). 송수신이 불안정한 엘리베이터 안에서 발신 버튼을 누르는 남자는 떠난 이에 대한 미련을 아직 못 버렸다(「유행 시대」). 회상이 아직 끝나지 않았고 소설도 아직 끝나지 않은 것이다.

소설 속 인물들은 늘 무언가를 새롭게 시작한다. 입이 사라진 여자와 늙은 추남이 빛 속에서 울고 있고, 나는 어둠 속을 달려가면서 정작 그들이 빛이라고 새롭게 깨닫는다(「의미 있는 생」). 세상에 의미 없는 생은 없다는 것을 어렴풋하게나마 알아차리는 순간이다. 은행나무에는 노파의 혼이 들어가 살고 비록 알아듣는 이가 없을지라도 오래된 사랑을 세상에 말하기 시작한다(「기억의 나무」). 단 한 사람이라도 그 의미를 알아차릴 수 있는 사람이 있다면 누군가의 생을 회상하는 작업은 계속되어야 한다고 강조한다.

그녀는 눈물을 닦으며 얼굴을 들었다. 인터넷 화면을 끄고 한글 워드 창을 모니터에 띄웠다. 아직 아무것도 시작하지 않은 빈 워드 창에서 커서가 깜박이며 그녀를 재촉했다. 그녀는 중얼거렸다. "나는 아직 끝나지 않았어. 끝나지 않았다고."
자판을 두들기는 그녀는 여덟 살 아이가 되었다. 교복을 입은 여중생이 되고, 첫사랑에 가슴이 두근대는 소녀가 되었다. 꿈과 사랑을 잃은 여대생이 되고, 끝내 상처로 단단해진 한 사람이 되었다. 모니터 화면엔 아버지를 입은 그녀가 마구 달려가고 있다.
—「감자가 익는 동안」

계속 이어지는 회상은 결국 소설 쓰기에 관한 하나의 선명한 비유가 된다. 아버지를 회상하며 자판을 두들기는 그녀는 아직 끝나지 않았다고 외치면서 흘러간 시간 속으로 달려간다 (「감자가 익는 동안」). 노파의 생애가 담긴 묵주를 훔쳐 간 '나는 천천히 집을 향해 걷기 시작했다' (「묵주」). 작가이거나 작가 지망생인 그녀들이 계속해서 회상을 이어나간다면, 그래서 그 회상의 내용을 글로 옮긴다면 그것이 바로 소설이 된다. 이런 점에서 회상의 시간 속에서 소설을 쓰기 시작하는 인물들은 실제 작가와 무척 닮아있을지도 모르겠다.

　이처럼 회상은 소설이 끝나고 나서도 계속된다. 회상이란 일시적인 위로에 머무르지 않는다. 흘러간 시간 속에서 그리움은 계속되고, 슬픔도 계속된다. 플롯은 끝났지만 삶이라는 소설은 끝나지 않았기에 회상도 계속될 수밖에 없기 때문이다. 회상의 시간 속에서 과거를 그리워하고 슬퍼하는 것은 생에 대한 의미 부여 작업이다. 가끔 인간의 유한성 저 너머를 바라보기도 하지만, 다시 그리움과 슬픔을 길어 올리는 회상의 작업을 반복하는 소설 속 주인공들은 계속해서 바위를 밀어 올리는 시시포스를 닮았다. 이 점에서 박경숙 소설은 아무리 초라한 생일지라도 의미 없는 생은 없다는 지극히 인간적인 격려를 우리에게 건네고 있다.

의미 있는 생

초판 1쇄 인쇄일 • 2022년 2월 10일
초판 1쇄 발행일 • 2022년 2월 15일

지은이 • 박경숙
펴낸이 • 임성규
펴낸곳 • 문이당

등록 • 1988. 11. ·5. 제 1-832호
주소 • 서울시 성북구 동소문로 65-2 삼송빌딩 5층
전화 • 928-8741~3(영) 927-4990~2(편)
팩스 • 925-5406

ⓒ 박경숙, 2021

전자우편 munidang88@naver.com

ISBN 978-89-7456-542-8 03810